课堂外的氧吧

——志愿准备从高一开始

傅增文◎著

团结出版社

图书在版编目（CIP）数据

课堂外的氧吧：志愿准备从高一开始／傅增文著.—北京：
团结出版社，2010.1
ISBN 978-7-80214-476-7

Ⅰ．课… Ⅱ．傅… Ⅲ．高中－学生生活 Ⅳ.G635.5

中国版本图书馆CIP数据核字（2009）第235416号

出　版：团结出版社
　　　　（北京市东城区东皇城根南街84号　邮编：100006）
电　话：（010）65228880　65244790（出版社）
　　　　（010）65238766　85113874　65133603（发行部）
　　　　（010）85113694（邮购）
网　址：http://www.tjpress.com
　　　　65244790@163.com（出版社）　65228880@163.com（投稿）
　　　　65133603@163.com（购书）
经　销：全国新华书店
印　刷：三河东方印刷厂
装　订：三河中门辛装订厂

开　本：140×210毫米　1/32
印　张：10.375
字　数：240千字
印　数：6000
版　次：2010年1月　第1版
印　次：2010年1月　第1次印刷

书　号：ISBN 978-7-80214-476-7/G·559
定　价：18.00元

目　录

附录:作者与高中生在线交流精粹

1.

重点高中：你是天堂，还是地狱

重点高中是炙手可热的。考上重点高中的同学倍感荣耀，他们的父母也会为之感到无比骄傲，瞧，我这孩子多有出息！考生所在的初中也会把考上重点高中的学生当做教学工作的自我肯定，当做提升学校声望的金字招牌。

重点高中在很多学生和家长那里已经被神化了，神到了如果进不了这样的殿堂，人生的希望就没了。媒体经常有报道说，一些学生因为没有考上重点高中而轻生。比如，《衢州晚报》2009 年 7 月 13 日报道，17 岁女孩青青（化名）的成绩一直不错，初三下学期的期中考试还进了年级的前 20 名，她的中考志愿是浙江省重点高中——江山中学。可由于中考发挥不理想，青青没能考上江山中学，在情绪波动中她喝下农药"百草枯"。

再比如，上海一16岁初三男生欺骗父母考上重点高中，开学后跳楼自杀。中考成绩出来后，他对父母说自己中考考了全校第三名，顺利升入本地重点高中。9月1日开学后，他每天背着书包上学，每天按时放学。正当父母和亲属都沉浸在快乐之中时，在开学的第5天的早晨，他突然从家对面的6楼楼顶跳了下来。他的反常之举惊呆了所有人。后来人们了解到，他的中考成绩只有300多分，他连高中都没有填报。他对父母撒了一个善意的谎言，却送给父母一个致命的打击。他的母亲赋闲在家，家里就靠父亲打零工生活。父亲曾经多次跟他说过，家里经济条件不好，要他多争气，争取考上重点高中。但父亲从来没有打骂过孩子。"是不是孩子听了我这些话，心理压力太大，才骗我们说他考上了重点高中？是不是因为觉得再也瞒不下去了，才要跳楼呢？"他父亲还在喃喃自语。

看到这里，笔者内心不由自主地发出感叹：这个男生太不愿意父母伤心了，他太懂事了，但是他所做的只是为了应付一时，为了博得父母一时的快乐，他知道这个美丽的谎言早晚都会被戳穿的，最终他选择了为这个谎言付出生命的代价。笔者觉得父亲的压力是一方面，但是更多的是他在平时接受了太多的有关重点高中的信息，学校领导的、老师的、家人的，甚至同学的，慢慢地，重点高中变得越来越神圣，随之而来的压力也越演越烈，最终酿成如此悲剧！

在重点高中门槛前倒下的绝对不是一两个人。如果你在Google或百度的搜索引擎上键入"中考 自杀"这几个关键词，你就可以轻易搜索到那些倒在通向重点高中的道路上的年轻魂灵。如，成都一个曾是"三好学生"的16岁初中毕业女生因为"中考"成绩不理想，无法进入自己理想中的重点高中，绝望之下跳楼自杀。这个女生平时学习成绩不错，是学校的"三好学生"，并且在美术和写作方面有自己的长处。她的中考目标是考上自己就读的这所重点中学的高中部。考完试，她估分490左右，但结果只有405分，连普通高中录取线都没上，更别说重点高中录取线。这对一心一意要考重点高中的她无疑是一个无情的打击。她性格内向，家里人怕她中考失败想不开，28日晚上父亲还专门和她聊天到深夜，开导她。结果悲剧还是发生了！6月29日上午8时，在妈妈的惊呼声中，她从自家单元楼7楼楼顶一跃而下，结束了自己短短16年的人生旅程。

劝都劝不了，这说明重点高中的神圣地位是深深地印刻在她的心中了，以她为代表的这些学生是把重点高中当成了天堂，既然上不了天堂，那就下地狱，于是就发生了这些让亲人悲痛欲绝的悲剧。

在这些学生的想象中，重点高中就是天堂，就是未来的希望。但是实际上，真正进了重点高中的一些学生并没有感受到天堂的美好，而是感觉到进入重点高中后的压抑和心力交瘁。

2009年4月18日，中国青年报刊登了一篇题为"重点高中高三女生跳楼自杀获救，称实在太累"的报道。3月17日晚上的自习课上，在老师公布了最新的考试成绩之后，在河南省素质教育示范性高中之一的南阳市西峡县第一高中读高三的小蓓，从教学楼5楼跳楼自杀。经过医院全力抢救治疗，她的生命得以保住，但是医生的诊断显示，她脊椎粉碎，双腿致残。4月16日，中国青年报记者在第一时间看到了清醒后的小蓓。她身体瘦小，左臂和双小腿全部打着石膏，背部被固定，不能动弹，怀里紧紧抱着她最喜爱的小熊玩具。忍着剧痛，流着眼泪，她向记者说出了自己的心里话：

妈妈哭着问我跳楼之前就没有想到过妈妈吗？我当然想了，而且想了很久。我不断地想：如果我死了，爸妈怎么办？但是在成绩下来的那一刻，我就感觉再也想不动了。我实在太累了，根本没有一点力气再去想了……

我本来性格还算开朗，爱好也广泛，特别喜欢美术，也得过一些奖。我原来不是那种"死学"的学生，也没有把成绩看得太重，但是一上高三，一切都变了。很多了解我的同学，都不相信我会跳楼自杀。

从小我学习就比较好，中考是以全县50多名的成绩进的西峡一高。高一高二时，虽然也是早上5：00起床，每天跑1000多米，晚上9：40下晚自习，也会宣誓和定目标什么的，但我还能承受，感觉压力还不是特别大。我不喜欢老师逼着我学，逼得越紧我就越学不好。我喜欢自己灵活地学。高一高二时，学校逼得不是很紧，我成绩还不错，最好时考过全年级第18名。

刚上高三的前两个月，过得还可以。两个月后，因为在一次八校联考中，我们学校没考过其他学校，校领导很生气，就召集我们开全体大会，总结教训。随后，学校改了作息时间，把晚自习下课时间延长到了晚上11：00，中午也不让我们进寝室，吃完饭就要回到教室继续学习。

每周，班里都要开会；每天课前和大大小小的会上，我们都要宣誓。学校还给每个学生发一张表格，让我们填写自己理想的大学，给自己设定目标，还要写上自己的座右铭，然后贴在教室后面的黑板上。

平时的考试也多了起来，考试成绩都要排队，在全班公布。学校还给每个老师下指标，每次考试完，都要用高考的分数线评价每个学生，看能上什么大学。

慢慢的，我发现自己变笨了很多，做题的时候脑子没以前转得快了。还经常头晕，头痛，晚上也睡不着，每天都昏昏沉沉的。

接下来的几次考试，我考得都不好。每次考试之前，我都告诉自己，要冲上去，可是每次都上不去。

后来，我实在受不了了，身体也撑不住了，就请假回家休息了4天。在我们学校，高三学生请假特别难，要先找班主任批条，然后要去找校领导签字，只有拿着签过字的条子，门卫才让出去。还好，班主任很理解我，帮我请了5天的假。

回到家，我第一件事就是补觉。爸爸妈妈每个月只能见我一次，他们担心我的身体，带我去看了医生。医生说我是劳累过度了，给开了一大堆治失眠的、补脑的、恢复体力的药。我心里一直惦记着学习，到了第四天，再也待不住了，爸爸妈妈只好又把我送回了学校。

到学校后，我鼓足了劲，决定冲一把，下次考试一定要考好！

终于，期末考试我考了班里第十。我"有幸"被列入了"一本学生"的行列，班主任给我们10个人专门开了次会，给我们额外布置了"零班"（即该校的"尖子班"）安排的作业。

高三的寒假特别短，还不到10天，作业还没做完，就又开学了。在小勇猝死课堂后，学校把晚自习下课时间提前到了10：30，但我感觉学习更紧张了。每天我们都要喊百日冲刺的口号，倒计时牌也都贴到了教室黑板的旁边。每天、每周，我们都要考试，每次考试还没有仔细总结，下一次考试又来了。

我再一次感觉到特别特别地累，都喘不过气了。有时候学得太累，快要崩溃的时候，我们很多同学都会说："太累了！受不了了！还不如死了算了！"和我关系比较好的几个朋友，也在一起讨论过关于死的话题。可当谈到如果我们死了，父母怎么办时，我们都沉默了。

就这样，我们都坚持着。高三下学期开学后，又考试了两次，我第一次考得特别差，退到了全年级第150名。我还是奋力向前冲，但越冲就越感觉自己力不从心，感觉特别累，老是头疼，根本学不进去。第二次考试，我又失败了，成绩退到了全年级第188名。

3月17日那天晚上，老师把考试成绩公布在黑板上。我看完以后，心里特别乱。本来能考"一本"的，现在连"二本"都上不了。我感觉自己虽然努力了，但还是没有尽全力，上课老是打瞌睡。我学不好，我对不起父母，对不起老师。我的未来在哪里？

我当时想了很多，但又好像什么也想不动，整个人完全迷糊了。到最后，我感觉实在累得受不了了，再也想不动了。我只想马上解脱，我再也不用去想学习的事，想学校的事。后来，我完全迷糊了，也不知道怎么回事就干了傻事……

这几天，亲人们来看我，很多人说："咱家小蓓学习好，没事，好好养病，身体养好了，明年再考。"我一听到关于学习考试的字眼，就头疼、烦躁，实在是忍受不了。我就不顾一切地发脾气，把他们赶走。等人走了，我哭着对妈妈说："妈妈，我宁愿是个差生，我宁愿是个笨人……"

看看西峡一高学生的作息时间就不难理解学生为什么

这么累。

在小勇猝死事件发生之前，西峡一高学生的作息时间是这样安排的：

早上5：00：起床。

5：20：1500米长跑。

6：00－7：00：早自习。

7：00：早餐。

7：30：开始上午第一节课。高三学生要在课前宣誓："我们是喷薄的旭日，我们是奔腾的激流……我要用辛勤的汗水播种希望，我要让父母的微笑在家乡绽放……我坚信，奋力拼搏，金榜题名，笑傲六月，铸就辉煌。"

上午9：20：课间操。

中午12：00：上午5节课上完后，高一、高二的学生可以在午饭后进寝室休息，高三的学生回教室上自习。

14：10－18：20：下午5节课。其中17：40后的第五节课为课外活动时间，高一、高二学生可以外出活动，高三学生则在班里上自习。

晚饭之后就是晚自习，一直持续到23：00。加上早操和简短的吃饭时间，该校高三学生每天近18个小时都处在紧张的学习状态中，真正能用来休息的时间仅有6个小时左右。

而这只是西峡一高一天的作息时间。作为一所全封闭的高中，该校学生每月只有两天的假期。寒假高一、高二放假10天，高三放假7天。

复读班学生小勇猝死事件，引发了家长对学校作息制度的质疑。该校晚习下课时间因此提前了半个小时，调到了22：30。小蓓跳楼之后，这一时间又改为21：40，高三的学生因此有了一点午休和课外活动的时间。

　　西峡县第一高中的做法是非常具有代表性的，各地的重点高中的做法几乎是半斤八两，因为天下的乌鸦都是一般黑。重点高中如此，普通高中也好不到哪里去。

　　1天18学时，这种超负荷的学习方式让人联想到了作家夏衍的那篇曾经作为中学课文的文章《包身工》。

　　《包身工》是一篇报告文学，写的是30年代上海日本人开设的纺纱厂里来自农村的女工的悲惨遭遇。

　　夏衍写道："旧历四月中旬，清晨四点一刻，天还没亮，睡在拥挤的工房里的人们已经被人吆喝着起身了。一个穿着和时节不相称的拷绸衫裤的男子大声地呼喊：'拆铺啦！起来！'接着，又下命令似的高叫：'芦柴棒'，去烧火！妈的，还躺着，猪猡！'"

　　夏衍写道："包身工，每一分钟都有死的可能，可是她们还在那儿支撑，直到被榨完残留在皮骨里的最后的一滴血汗为止。"

　　在这千万被压榨的包身工中间，没有光，没有热，没有温情，没有希望……没有人道。这儿有的是20世纪的技术、机械、体制和对这种体制忠实服役的16世纪封建制度下的奴隶。

　　虽然现在的高中生的居住条件、饮食条件要远远优于包身工，但是在时间上、在精神上却不折不扣地是应试教育的包身工。

　　高中生是包身工，那么谁是剥削者？小蓓在死过一回之后，有了顿悟："现在想来，感觉自己真的很不值，这次经历让我明白了很多。我恨学校！学校根本就不是发自内心地爱老师、爱学生，它只是为了升学率和学校的利益！我根本犯不着为了学校的利益去牺牲自己的生命。"

恨学校是可以理解的，但是学校这种做法也是由于不合理的考试制度造成的。其实，如果从起初就对应试教育有个透彻的认识，自己也不会在应试教育中陷得那么深。当然，小蓓陷得深，也是她起初在应试教育中的成功把她给诱惑去的。如果她的学习成绩不好，她是绝对不会自我膨胀，给自己定那么高的学习目标。

活的欲望是人的本能。七八十岁的老人临去世之前还对活着充满了眷恋呢。当一个身体健康的年轻人想结束自己的生命的时候，固然有一时的冲动，但势必要经过一番痛苦的酝酿过程，这个酝酿过程就是人的思想和情感反复斗争的过程。想死，是只有在人感到绝望时才会有的痛苦体验。绝望是一个人感到前面一点希望也没有了，当然，客观上并不一定没有希望。如果一个人把所有的希望都寄托在一条道路上，一旦前进受阻，希望就濒临灭绝，于是绝望就是必然的感觉。应试教育最大的弊端就是使学生认识到只有应试一条路，唯有前进，才有生路，否则就是绝地。学生之所以接受这种观念，是与学校、教师和父母的长期强化和灌输有直接的关系，这些成年人的不懈努力就催生了这种结果。任何一个因为考试失利而寻死觅活的学生，无一不是接受了这种灌输的。高强度的学习生活往往是年轻的学生走上绝路的催化剂，这种高强度的生活容易使人产生消极的情绪，消极的情绪使人坚定了结束生命的决心。

考上重点高中，是很多人求之不得的事情，尽管它可能成为一些同学做噩梦的开始。1分1万元，是中考录取中学校、家长、学生心知肚明的潜规则。如果中考成绩低于重点高中的录取分数线1分，如果你还想上重点高中的话，为了这1分就得掏1万块钱。如果孩子的成绩不提气的话，父母想交这份钱还没有这样的机会呢！

重点高中和普通高中，在作息时间和教学管理方式上不会有多大的区别，一样都是题海战术的体能消耗战。当然，重点高中的教学设施和师资力量一定是优于普通高中，这正是人们追逐重点高中的原因。

但是，事情都是具有两面性的。虽然重点高中的教学设施和师资力量远远优于普通高中，但是重点高中的学生的精神压力却同样远远高于普通高中的学生，正是超强的学习压力压垮了一些学生的神经，让他们走向不归路，过早地结束了自己年轻的生命。你可以粗略比较一下，坠楼的学生人数一定是重点高中的多。

普通高中的学生也有学习压力，但是他们的压力要远远弱于重点高中的学生。他们觉得自己本来就不是成功者，自己和亲人、老师也不会对他们抱有很大的期望。压力来自于期望。期望小，压力就小。期望高，压力就大。相对于重点高中的学生，普通高中学生的精神负担是较小的，因为他们并不是非要考上重点大学不可，他们可选择的范围更广。没有巨大的精神包袱的重压，他们学习起来，固然也轻松，当然这只是相对轻松些。轻松了，就可能出现两个方面，一个是混日子，一个就是杀出的黑马。一次中考没考好，并不能认定这个人没有应试素质。普通高中的学生即使考不上清华、北大，但是考上重点大学的也是有的，这样的重点大学也并不是重点高中的学生轻易就可以考上的。

重点高中的学生享受着成功的荣耀，享受着一流的教学设施和师资力量，但是，他们是在背负着巨大精神包袱的重压下学习的。

这种压力首先来自于自己。人成功的时候，欲望总是要膨胀的，成功了自然还想获取更大的成功，于是"成就焦虑"就要困扰着他们。哪一天突然考砸了，他们首先想到的不是自己在哪些方面存在着知识缺陷，赶快去解决，而是面子的丢失。没面子，对于这些功利性非常强的人来说，是最难以忍受的。考试上的连续成功使他们变得对成功越来越贪婪，结果有些人就被搞得一贫如洗，走向绝路的那些同学就是精神上最贫困的人。

其次，这种压力来自于父母的期望。考上重点高中，父母花在孩子身上的钱多了，吃的、喝的，保障一流的供应，精神上的鼓励和呵护也多了。父母在孩子身上的投入越大，给孩子内心造成的温柔的压力更让孩子难以承受。孩子内心想的都是结果：如果考不好，我会对得起谁？学费，生活费，有的父母还要陪读，租房子，有人专门伺候饮食起居，学生虽然享受一流的服务，但是也失去了自由，他们只有选择在应试上的成功来回报这一切。成功，一定要成功，这样功利性很强的目标会压得他们喘不过气来。

重点高中学习上的压力是否在自己的承受范围之内，关键还在于个人的认识。重点高中并不一定成为人的地狱，因为多数人还都是在坚持着，而重点高中也并不一定就是天堂，因为毕竟相当一些人难以承受这里的学习压力。决定重点高中是天堂还是地狱，关键取决于个人的选择。

前面的小蓓在死过一回之后有了彻悟，她宁可做个笨学生，也不愿意一味再去追求成绩了，生命相对于分数来，还是生命更可贵。如果每个学生都有了这种心态，那么重点高中就再也不会有早逝的灵魂了，重点高中也不再是地狱了。归来归去，学生得自己心里有主心骨。有了主心骨，进入重点高中就是在利用那里的优势教育资源，而不是作茧自缚。普通高中的同学也是一样，充分利用学习压力相对较弱的优势，轻装前进，也能把自己打造成一匹横空出世的黑马。

2.

脚踩两条船：聪明人都这样做

　　看看那些社会上所需要的人才，大多数都是经过高等教育训练而来的。这就意味着，你要成为社会需要的人才，你就要登上高等教育的台阶。

　　再次强调，这里所说的人才，不是指有了大学文凭，就等于你是人才。是否是人才，得靠社会的认可。你对于社会来说没有用处，就不算是人才。2009 年 5 月 11 日，在四川汶川特大地震发生一周年到来之际，国务院总理温家宝给四川省都江堰市全市中小学生亲笔回信，感谢这些地震灾区的孩子们签名寄赠的画集《美丽的花朵》，勉励他们"要以坚忍不拔的意志努力做一个有用的人，去帮助人们过上更好的生活。"用温总理的话说，人才就是有用的人。

要登上高等教育的台阶，就要经历应试教育的煎熬。应试教育煎熬的滋味，从上幼儿园、小学就开始了。

应试教育争的就是入学的机会和层次，而应试教育本身却并不怎么科学，要不能有那么多同学厌学？厌学就是人对应试教育的本能反应。别看那些成年人，教师和家长，一直在同学面前苦口婆心，唠叨不绝，其实如果让他们来进行应试学习，他们的反应未必比这些同学的反应好到哪里去？

应试教育最大的弊病就是把人的学习兴趣给熄灭了，这就等于把最好的老师给驱逐了。如果不是对高考的结果感兴趣，很少学生会对现在这种学习内容和方式本身感兴趣。没有兴趣的学习，就是痛苦的学习。从本能反应上，多数学生是厌学的，但是还是要靠克制自己在学习。"我总是觉得缺乏意志力，自己就是学不进去，拿起书来就不由自主地犯困。"当一个人感觉到自己缺乏意志力的时候，恰恰反映出他从主观上非常想学下去，但是只是自己的精神状态和行为配合不了。

咱在这里不妨历数一下应试教育的弊病，也让同学们借此机会宣泄一下压抑在内心的灰色情绪。

从初中开始，学生就已经习惯于起早贪黑，承受着巨大的应试压力，极度地压抑自己的兴趣爱好，内心充满了厌学的情绪，努力克制着自己艰苦地学习着。在这里，富有个性色彩的理想谈不上，主见和创造性是没有市场的，整齐划一的分数把学生的精力都限制在狭隘的应试学习上。在这里，才智的发展不是针对人才的基本素质来培养的，而是针对应试的片面的发展。在这里，勤奋的精神是逼出来的，而不是源于兴趣、自然生发出来的。在这里，协作与沟通的人际交往能力是没有空间来培养的，有的只是每个学生都固定在各自的课桌上，哪里有机会组织社团活动和自由交往的机会？

中国的学生是世界上最累、最苦的学生，铺天盖地的作业从小学就开始了，小学生累出颈椎病的事情也只在中国听说过。在应试教育的体制下，多数中小学采取填鸭战术、题海战术，大打时间战、疲劳战，天资卓越的好学生被拖乏，能力稍差些的学生就被拖垮，由此导致一些学生的厌学情绪高涨。如此疲倦的学生，丧失理想乃至"最短视"，所以只因为几次考试失利就要寻短见，了结青春并不意外。

由于中国的教师待遇往往与学生的考试分数挂钩，所以中国的教师也最关心学生的学业成绩，学生的成绩会牵动他们的每一根神经，他们的心理健康状况也是非常恶劣的。教师的心理不健康，他们如何培养出心理健康的学生？

孩子累，父母也累。上高中，很多父母都要到学校附近租房子，陪读！为了孩子能安心应试学习，各种心机都被挖掘出来，可谓机关算尽。

学生这么累，这么痛苦，教师和家长也这么尽心，结果会怎样呢？付出了巨大的代价，是否就修成了正果？

2006 年 2 月 21 日，新华网专稿介绍了美籍政治经济学家龙安志对中国教育的批评：虽经过了 20 多年的教育改革，中国面对与发达国家的教育科研差距，还是只能望洋兴叹。有些人对于中国培养出来的大学生的看法更是一针见血，说中国学生的思想和见解是"世界上最短视的"，一些名牌大学生成为"学无所用的废料"。如此言辞及结论，或许过于偏颇。不过，同一天的新华网上另一则报道说："目前我国翻译人才缺口高达 90%"，国家外文局有关人士披露，翻译能力的薄弱，已成为我国经济发展和对外交往中急需解决的问题。在一个连中医医生晋职都要考外语的国度，竟会出现翻译人才的巨大缺口，的确是个不折不扣的笑话。

清华大学程曜教授在2005年4月28日发表的《救救清华大学的这些孩子吧》中的批评更为严厉：

"他们只是会考试的文盲，几乎什么都不会动手；不但对知识不感兴趣，对文化也十分陌生……我们在这里举出一些实际的例子，进一步说明为什么有些学生不要知识。大部分学生上课的时候，只留意老师放了什么资讯，可能要考什么。很少理会一堂课内所教的内容之间的关联性。这件事非常容易证明，只要上课明白说出的一句话，好像会考，他们就会回答。如果需要综合两句话的推理思考，他们就不知所措。即使心里明白，也不敢把心里明白的事情写下，或者尽量写的模棱两可，多拿一点分数。如果不给公式，学生不会算，也不敢推导公式。这样子的态度，不正是明证。他们上课，不理会老师推导公式的思路，大都死记最后公式的结果。上学期我上完光学，考试第一题如下：'如果你的近视眼很严重，不戴眼镜能看清楚显微镜的影像吗？'这样的问题，一百个修课的学生内，有一半以上的学生不会答，还有四分之一答错。这个问题，起码清楚表现了两件事：一、课本里没有的他们不会；二、他们不看显微镜，也不看望远镜，只会使用全自动对焦的照相机。也许还有其他的原因，不过有一点我确定，他们不会将上课的知识应用到日常生活上。这些知识只是用来考试，让他们踏进大学之门。剩下百分之二十五的学生之中，才有一些是愿意知道，喜欢知道的人。"

如果连清华大学的学生都成了这样的废才，别的大学的情形还会好到什么程度？这都是不难想象的。这绝对不是危言耸听，前几年不是有北大医学部毕业生武小锋在家里穿糖葫芦？不是有北大中文系毕业生陆步轩找不着工作去卖猪肉的吗？如果不是媒体关注，恐怕他们到现在工作的问题也解决不了。当然，后来又有一个北大毕业生陈生卖猪肉，不过他是主动辞去让人眼红的公务员（政府秘书科）的工作，他卖猪肉卖得非常成功。他把肉铺当星巴克经营，招硕士卖猪肉，于是就有了广州日报 2008 年 11 月 28 日报道的火爆场面，1500 名硕士竞聘卖猪肉工作，女硕海归争面试。

试想，当这些人大学毕业走上社会的时候，他们那些应对考试的知识在社会实践中的用处等于零，他们缺少对知识的兴趣和起码的动手能力，他们在残酷的市场竞争中拿什么找到自信的感觉？他们有什么基础可以把自己的本职工作做得尽善尽美？工作都做不好，拿什么养活自己？如果一个人连养活自己的能力都没有，何以获得人生幸福的感觉？

如果说两个专家的说法偏激，不具备代表性的话，那么我们从目前的大学生就业形势上就可以得到印证。中国经济和社会发展不是人才饱和，而是社会需要大量的人才，可惜高校毕业生虽然人数众多，但是却难以满足社会对人才的需要，这不能说这不是一件让人遗憾的事情。在学生和家长、教师付出巨大代价之后，得到的却是这样的结果——大学毕业后依旧成为无用之人。

应试教育有天大的弊病，这是大家都清楚的，但是应试教育却为每个人提供了一个公平竞争高等教育资源的机会。因此，抱怨归抱怨，指责归指责，一旦落实到行动上，我们还是要选择接受现实的。

接受现实也是无奈的选择，因为如果不接受高等教育，也就意味失去一个基本的与人竞争的平台。

现在要关心的问题已经很明确了，单纯地应试学习并不能保证考上大学后会有好的出路。我们都是普通人，姑且在这里先不谈什么社会责任，但是我们得吃饭，得生存，而要吃饭，如果不能完成工作任务，是没人认可给你饭吃的。所以光脚踏应试教育这一只船是不够的，还得有些真本事、真素质，而要有些真本事，那就得脚踏另一只船——成才教育。

在这里，笔者没有使用素质教育这个词，因为应试教育也是一种素质教育的一个内容。

应试教育，别看痛苦、劳累，但是却是最简单的，不管知识之间的关联如何，只要能有考试分数就可以了，分数的数值是给人带来成功感和自信的唯一源泉。成才教育就不同了，它的目标远没有分数那么简单。成才教育首先要搞清楚自己的目标，搞清楚什么是人才，搞清楚人才具备哪些主观条件。一个可行的奋斗目标，就是个人的兴趣和社会需要的结合点。寻找结合点的过程，就是个人人生坐标定位的过程，而人生坐标定位则是需要经历一个长期的、复杂的过程，因为了解自己的潜能和社会的需要都不是一蹴而就的。如果这一点搞不清楚，学生和家长、教师就如同士兵拿着枪上战场，不知道敌人在哪里一样。目标都不清楚，那么所做的一切努力必然都是盲目的，其结果是可想而知的。很明显，成才教育绝没有像应试教育那样用很明确的分数数值来衡量那么简单、容易操作。

人才型号各异，种类繁多，如何根据自己的兴趣爱好和特点选择适合自己的人才类型，这都是很难把握的事情。目标带有很大的弹性，后续的学习努力自然也要有弹性，这和应试教育单一的目标、死板的学习内容和方法形成了鲜明的对照。成才教育的基础是因人而已，充分建立在个人的个性基础上。人与人之间是有差异的，而且这些差异，也就是个性。个性是处于不断变化中的，所以需要根据社会的需要和个人的特点不断调整目标和实现目标的方式。

人才虽然型号各异，种类繁多，但是我们依然可以从中寻找一些共性的规律，然后根据人才的一般特性，在结合个人的兴趣和特点上不断地把自己打造成自己希望的人才。研究人才共性的文献很多，这种是属于理性研究。除了理性研究之外，还有感性探索。你可以找来你所崇拜和仰慕的那些偶像的传记和事迹，从他们的成材轨迹中寻求对个人发展的启示，这种探询方式比研究人才的文献更容易接受，影响也更直接，听着故事，就把思想转化的事情就给办了，所以你想成材，就多读些人物传记，就等于找到了个人发展轨迹的范本。

成材教育有很大弹性，这正是因人而异的结果。尽管没有固定的范式，但并不是不可把握，因为成材教育有一个非常清晰的主线，那就是个人的兴趣。

人有兴趣点，这说明：一、本人有做这种事情的意愿，兴趣越浓厚，做的意愿越强烈，意愿越强烈，人自然的意志力越强大；二、本人在这方面是最擅长的，兴趣越浓厚，越说明自己在这方面越有能力。一旦人的兴趣浓厚到一定程度，人做事的意愿和自然意志力（不需要克制自己，就能把握自己的意志力）就会非常强烈，人在这方面的能力也达到了一定的程度，这个时候人的兴趣就会升华为个人的理想，将兴趣定格在自己的人生框架上。

对于拥有理想的人来说，做自己愿意做的事情，遇到困难，被激发出的却是人的挑战性，使人保持一种亢奋的状态。由于做事情的起点是建立在个人的兴趣基础上，所以考虑问题必然是自己的角度，与别人保持着种种差异，于是人的创造性就自然生发出来。有了理想，有了意志力，有了能力，有了创造性，这人不就活脱脱地已经成了人才了吗！

这一点与应试教育形成了鲜明的对照。尽管应试教育的成功能够将人引进名牌大学的门槛，但是却在一定程度上扼杀了人的兴趣。应试教育从来都不会给个人的兴趣以任何的空间，所有的人每天都要吃那几道单一饭菜，吃法也是完全一样。扼杀了人的兴趣，就等于扼杀了人的理想、意志力、能力和创造性。把这些人才的基本要素都扼杀了，就等于将人才给扼杀了。由于应试教育处于人的幼年和青年，所以这就等于将人才扼杀在摇篮里。应试教育从小学开始算起，一直到高中毕业，一共是 12 年。这 12 年正是人形成雏形的 12 年，一旦雏形定格，人是难以改变的。这就如同园艺师做盆景，把幼苗压弯并保持相当长的一段时间后，树木的躯干想恢复成笔直的形态都已经不可能了。这样，有些人虽然通过应试教育的成功使自己拥有了享受和利用优质高等教育资源的机会，但遗憾的是他们不能很好地利用这些宝贵的优质资源。说到这里，你就应当对清华大学程曜教授对清华大学的学生的评价有一点共鸣了，这绝不是偏激的空穴来风。

应试教育给人以接受高等教育的机会，但却在一定范围内扼杀了人能够成为人才的基础。成才教育虽然奠定了人才的基石，但却难以拥有接受高等教育的机会。面对这种现实，单一的选择是不现实的，除非那些天才学生，只选择成才教育，完全按照个人的兴趣发展。对于多数人来说，只能是脚踩两只船，一脚踏在应试教育上，一脚踩在成才教育上，人们之间的区别仅仅在于脚踩的力度上的差异。

3.

高一：一道坎儿

在重点高中学习的三年中，学生出现心理问题的两个巅峰：一个是高一，另一个是高三。高三出现问题多是因为很多人难以支撑持续的学习压力，而高一新生则是因为适应新的学习环境而出现问题。

2005 年 6 月 7 日，北京大学儿童青少年卫生研究所公布了一项全国性的调查结果：中学生 5 个人中就有一个人曾经考虑过自杀，占样本总数的 20.4%，而为自杀做过计划的占 6.5%。中学生，特别是初二、初三和高一年级，男女生自杀意念和自杀计划报告率远高于其他年级。看到高一学生名列在高自杀意念和自杀计划报告率之列，这会让那些充满着喜悦、刚刚踏入重点高中的学生和他们的父母感到有些不舒服。考入重点高中，对于多数人来说，是来之不易的事情。刚刚品尝到胜利的喜悦，却要面对这种现实，难免让人觉得有些尴尬，当然，有些人也抱有侥幸的心理，那种事情怎么会与自己沾边儿呢？

其实，多数学生在来到重点高中之前是有些思想准备的，因为他们非常清楚，重点高中汇集了各路"武林高手"，要想保持优势必须经过一番艰苦卓绝的拼杀。即使这样，进入重点高中后，学习竞争的残酷性依旧令人胆寒。

试想，人人都抱有保持初中的那种优势的心理，但是应试教育是用一根尺子——分数来衡量所有的人。名次只有一个从高到低的序列。处于中游的尚且可以聊以自慰，强手如林，能到这份上还多少有些知足。那些"沦落风尘"的人——昔日也曾是耀眼的星们，他们难以接受这样的现实，心中的痛苦只有他们自己最清楚。继续保持优势的仍然具有成就感。但是压力很大，唯恐一不留神被别人"雷倒"。表面上的风光，掩盖了他们整日里为成就焦虑所折磨的真面孔，个别人会因此而精神崩溃。

《现代快报》报道，2009年3月8日凌晨2点左右，常州北郊中学高一男生刘小江（化名）从自己家中纵身跳下，结束了自己年轻的生命。在班里刘小江人缘非常好，开朗活泼乐观。学习成绩也很好，而且很刻苦。他还特别喜欢侦探推理，生物、人体科学推理方面的知识都很精通。刘小江与同学聊天时说，希望自己长大可以当个业余侦探，再开一家咖啡馆。跳楼当晚刘小江父母没有和小江发生任何争吵和矛盾，小江一点跳楼的迹象也没有，可是在3月7日晚上10时59分所写的QQ空间日志里却记载着他的死亡日记：

我的梦想吗，开个不为赚钱的咖啡店啊啥的，

不出风头，生活俭朴，

但是许多声音说：不！你要好好读书！读大学！硕士！博士！最后出国！

这样念下去完全没有意义，

离我的梦越来越远。

我想死是有一段历史的了，只不过之前受到诸多事的牵制一直未实施。

临死前是什么感觉呢？

终于要解脱了！我会这么说。

人怕死是与生俱来的，但我觉得活到现在只感觉眼前一片黑……

可能这样死了很不负责任，

死前的话不仅有逻辑的错误也很幼稚，

我也想让你们看看你们倾注的心血造就了怎样的一个人。

明天的化学考试不想考了，

作业也许会做但也不想做了，

累了，

我先走一步了，

生命是我的，

没有人能为我决定……

俗话说，人由穷到富容易，而由富到穷就很难了。从初中的巅峰状态跌落入重点高中的低谷，或正在面临着坠入低谷的威胁，对于那些风华正茂、有着无限憧憬的花季少年来说，接受起来是非常困难的，其中的一些人就可能无法接受。

那些走上绝路和头脑中闪过自杀念头的学生们，当初走进重点高中大门的时候，是绝对不会把自己和自杀联系在一起的，因为他们是怀揣着喜悦和对未来的希望而来上学的。虽然他们也清楚重点高中是高手云集的地方，自己要想继续保持原来在初中的那种优势，必须付出艰苦的努力，但是对于这种竞争残酷到什么程度他们并没有充分的准备。准备不充分就意味着一旦遭遇挫折他们就可能难以应对。

"我每天早上 6 点起床，中午也不休息，一直学习到晚上 12 点。作业太多，又身在尖子班，巨大的学习压力常常会让我压抑、头痛、失眠、心烦。成绩不理想的时候，我总是感到自己很差，特别是数理化，有时我甚至连自己都感到厌恶。尤其是物理，我很想学好，但一看到物理书就头痛，一上物理课就走神。夜晚失眠的时候，我常常在偷偷地哭，感到只有哭才能发泄压力。"

说他们缺乏充分准备，主要是说他们在精神上缺乏准备，而不是知识上缺乏准备。看学生走上绝路的时间，并不是在他们听不懂老师讲课的时候，而是在考试失利的时候。其实，一个人的考试成绩是很难反映出一个人的知识水平的，且不说试卷的质量如何，单说考试焦虑就可以使很多人答不出在平时就可以解决的问题，人的心情一紧张，大脑就空白了，你说还怎么能答好题？本来是因为心理紧张没把题答好，是不应该归咎于自己基础知识薄弱，但他们却硬是把考试失利归因于自己学习水平差！

学生之所以对分数如此敏感，都是因为在学校里，分数被赋予了太多太多的内涵。你只要考得好，立刻就会是老师眼中的红人，同学们嫉妒的对象，也是给父母带来骄傲的源泉。中国的教育是应试教育，而应试教育评价学生的标准就是一个，那就是分数，因此，你有了一流的分数，你就有一等的地位，各种荣誉和机会就会纷至沓来。

　　能够考入重点高中的学生，除了少数的黑马之外，多数都是各个学校的尖子生。这些尖子生在小学和初中的时候一直处于一种非常优越的地位，因为他们手中握有优异的考试成绩，虽然为这个成绩付出了童年大部分的快乐，但他们可以在学校里活得像贵族一样。这个时候，考试成绩就已经不是单纯的考试成绩了，而是具有了浓厚的功利色彩，因为优异的考试成绩派生出人的种种心理需要的满足。应该说，"功名利禄"已经迷住了这些尖子生的眼睛。

　　一次考试失利，学生首先想到的不是知识欠缺与否，而是面子丢了。面子丢了，这是他们最难以接受的，俗话说，爬得越高，摔得越狠。狠狠地摔这么一下，皮实的就扛住了，不皮实的就摔坏了，摔倒在地上就爬不起来了。

　　凡是摔得狠的学生都是非常"好面子"的人，虽然他们在当初进入重点高中的时候内心也清楚，这里是群星云集的地方，竞争激烈，他们原来的名次必然面临着新的排列组合，但是他们却仍固执地高估自己的实力，想当然地认为凭借着自己的努力还会保持过去的优势。当人人都抱着这种过高的期望来参与竞争的时候，除了少数同学能保持原有的优势外，多数人将不可避免地遭遇由过去"耀眼的明星"沦落为普通的"小星星"的现实。当这些把"面子"看得很重的学生沦落到普通的"小星星"的时候，他们的挫败感是最强烈的，当然，他们也是受伤最重的。

　　"早上一上课，她就感到头痛欲裂，一直趴在课桌上休息。上第四节课的时候，头痛仍没有减轻，她紧张了，担心这样下去，上午的课又没听好，作业完不成，考试考不好……一连串的问题使她头痛更加严重。小玮原来在初中时，经常能拿班里的第一，在全年级也排前几名，可进入高中之后，连'尖子班'都没有进入。联想到这种种不顺，她心情愈加烦躁。从上高中以后，她特别不喜欢和不熟悉的人交往，总担心别人瞧不起他。加上高中学习枯燥单调，她感到难以适应周围的人和事物。她怀念初中的同学、老师和一切。"

长期的应试教育已经把学生折腾得对分数缺乏一份平常心。对考试成绩缺乏平常心，表明他们对考试成绩缺乏客观的认识，表明他们对荣誉的兴趣远远超过对学习本身的兴趣。要改变这种心态，就必须使学生的心回归到对知识本身的兴趣上来。因此，学生要经常反思自己学习的根本目的，清楚自己到底是为了什么学习。

结果固然是重要的，但是过程更应该被看重。俗话说，谋事在人，成事在天。人只要把能够把握的给把握了，就足够了。如果一定要把握人所不能把握的事情，那就只能是以卵击石，自寻烦恼。对于这些学生来说，只要自己努力，那就对得起自己的良心和父母的养育之恩了。结果不如预期的好，自己的内心是踏实的。结果如预期的那样好，那就更好了。一句话，不要以成败论英雄。

除了缺乏平常心的因素之外，长期的顺境已经使这些优秀生失去了抗拒挫折的能力，这也是他们难以应对一次考试失利带来的冲击的原因。比较而言，那些学习一般的人的状态是好的，他们过去的学习成绩经常落后，他们的自尊经常受到打击，时间久了，他们也就习惯了别人的眼光，即使现在遭受一次考试失利，也是习以为常的事情，对自己构不成强大的冲击。

心理学家曾做过这样的实验：将刚生下来的几十只小白鼠分成两组，两组白鼠吃的、喝的、玩的都一样，只是其中一组从开始就遭受电击，挨电。过了几个月之后，实验人员同时对两组白鼠实施同样强度的电击，结果从实验开始就挨电的那组白鼠挨电就跟没事似的，身体没有任何损伤，因为它们已经习惯于挨电，而从未挨电的这组白鼠，许多都因为紧张得了胃溃疡。动物如此，人又何尝不是如此？孟子就在2000多年前就说了，"天将降大任于斯人也，必先苦其心志，劳其筋骨，饿其体肤，空乏其身，行拂乱其所为，所以动心忍性，增益其所不能。"人有了挫折的打磨之后，人的抗拒挫折的能力就会大大加强。几乎所有的学生都知道孟子的这句名言，但是到了遇到挫折的时候很多人却都把这句话丢到脑后了，沉浸于挫败感中不能自拔。

当然，人的性格也会影响到人的应挫能力。同样是考试失利，同样都是挫折，性格外向的人能够及时地宣泄内心因挫折而产生的消极情绪能量，而性格内向的人则碍于面子不能及时地宣泄出自己消极的情绪能量。当不断积蓄起来的消极情绪达到一定程度的时候，人的精神防线就可能抵挡不住消极情绪的冲击而崩溃。

高一学生要提高自己在学校的适应能力，除了必要的学习方法改进之外，最根本的是调整自己的心态。

首先，要理解学习的真正意义。学习为什么？固然有争面子的因素，但是学习主要的不是为争什么面子，而是为了当前争夺升学机会，尽管学习的根本目的是求知。考试成绩不利，你可以就此发现在应试道路上的又一些障碍。发现它们，清除它们，你的应试水平又将上升一个台阶，这就能保证你赢得应试的最后胜利。

其次，目标要合理。法国一家报纸进行智力竞赛时有这样一个题目：如果卢浮宫失火，当时的情况只可能救一幅画，那么你救哪一幅？多数人都说要救达·芬奇的传世之作——《蒙娜丽莎》。结果，在成千上万的回答中，法国电影史上占有重要地位的著名作家贝尔特以最佳答案赢得金奖。他的回答是:"我救离出口最近的那幅画。"作家贝尔特之所以获得赢得金奖,就是因为他的方案具有可行性,最容易办到。别的人虽然选择的是最有价值的,但是如果根本就做不到的话,价值再大也是枉然!说不定,《蒙娜丽莎》没救到手,自己还可能葬身火海,白白地搭上一条性命。作为高一的学生,在一种新的学习环境下,有必要给自己定一个合理的、即行的目标作为自己阶段性学习的向导。

最后,变不利为有利,充分利用失利的机会来磨砺自己的意志。考得不好,也是件好事情。凡是做成了大事情的人,都是经历了艰苦的磨砺。只有那些幼稚和贪婪的人才会期望着做事情一帆风顺。考试失利,作为一次挫折,恰恰是对自己的磨砺。塞翁失马,焉之非福?

4.

自费生：行走在艰难的路上

　　重点高中几乎是所有初中生以及他们的父母所刻意追求的理想目标。但现实的情况是，只有少数人能够如愿以偿，多数人只能在重点高中的门外望洋兴叹。

　　面对这样的现实，有些父母不甘心，他们要想方设法把孩子送进重点高中。在他们的思想中，尽管自己的孩子没有能够考进重点高中，但是如果自己的孩子能够进入这样的学习环境，优越的教学设施和师资力量就会帮助孩子实现飞跃性的进步，说不定三年后孩子就有很大可能考进一所重点大学。

　　在这种目标的驱使下，父母狠狠心，咬咬牙——花钱，托人，走后门！经过一番折腾，孩子终于进入了重点高中。当然，其中的艰辛与苦衷只有父母自己最清楚。一番工夫没白费，总算进去了。父母的这个任务完成了，他们心中的一块石头也落了地。

父母心中的石头倒是落地了，可是孩子心中却悬起了一块沉重的石头。父母认为，自己能做到这份上就已经很不容易了，脸面和钱都舍出去了，这回就得看你孩子的了。

拿出数万块钱，对于多数家庭来说，都是一笔相当大的开销。对于个别家庭来说，这几万块钱就是他们多少年积蓄的全部。这么大的投入，搁在谁家身上，做父母的心态都难以平和。在入学前，父母一定会千叮咛万嘱咐。开学后，当看到孩子成绩不理想的时候，或者当看着孩子学习不努力的时候，父母总免不了要翻翻肠子，他们会不厌其烦地把这些苦衷和利害关系掰开来给孩子讲讲。

孩子要是有耐心，他们就会耐下性子来听一听。俗话说，好话不过三遍。懂事的孩子会从父母的唠叨中感受到父母的艰难和对自己的期望，于是巨大的学习压力也就由此产生了。

人们常常以为只有女生是脆弱的，其实有的男生甚至比女生更脆弱。有个男同学称自己是怪兽。他人高马大，在平时的生活中显得对什么事情都很不在乎，大大咧咧，可是在一次与班主任老师的深入交谈中，说到伤心之处，他痛哭流涕，说自己简直就是个怪兽！原来，他是个自费生。父母为他掏了 2 万块钱，他才走进了这所重点高中。家离学校有一段距离，于是父母就让他每天打出租车上下学。后来，为了方便他上学，父母干脆就把家里的房子空起来，把家搬到了学校附近的一套租的房子。父母为了他简直是把能投入的都投进去了，希望他能有出色的表现，他自己也希望能够用出色的表现来回报父母，但是他虽然经过一番艰苦的努力，却没有取得理想的成绩。他痛苦，他觉得谁都对不起，活在这个世界上简直是个累赘！

俗话说，欲速则不达。在学习成绩的问题上，父母的心情是急切的，孩子的心情则是更急切的，因为学习成绩对他们意味着前途和面子。越着急，结果却往往与愿望南辕北辙。

关注学习的结果是正常的，但是如果过分关注学习的结果，就会在他的大脑中形成一个特别大的兴奋点，这个兴奋点会消耗掉他的许多精力，从而干扰他的正常学习。在体育竞赛中，如果一个选手特别在意比赛的胜负，他就为此背上巨大的心理包袱，他就为此束缚住自己的手脚，放不开自己。人就是这样，你越想得到，你却越是得不到。

在学习的问题上，一些父母的看法往往比较简单，他们天真地以为，既然学习机会得来的如此不容易，那就应当与学习无关的事情啥也不用想，一心只读"应试书"，学习成绩自然就会提高。其实，人的思想和感情哪有那么单纯？真是站着说话不腰疼。如果忽视孩子的思想和情感，那么父母讲的话必然会使孩子感到反感，孩子会觉得这样的父母真是不可理喻，于是两代人之间发生冲突就是必然的事情。

男生小林中考时成绩不理想，自费进入一所省重点高中。从入学的第一天开始，他就有些自卑，觉得自己是"自费生"，低人一等，每天从早到晚，不与家人、同学说一句话，非常苦闷。学习成绩每况愈下，他对学习也表现出极度的厌倦情绪。

他的父亲，是个公司总经理，上学期间曾是某省重点高中的高材生。他经常拿着自己过去的辉煌来"刺激"小林："我读高中时，成绩数一数二，下乡当生产队长，回城后我边工作边学习，拿到了大学文凭，当上了企管处长，现在是总经理，为什么我行，你不行？我边工作边学习都能拿到大学文凭，你为什么就不能拿头三名？"

小林没有从父亲的经历中感受到鼓舞，相反，他感到父亲特别不近人情，对自己缺乏理解，内心特别压抑。在极度的压抑中，小林拿出了小剪刀，抠向了自己的手腕……

母亲说："儿子中考后，为了孩子能有更好的环境，我们瞒着孩子自费给他报名上了省重点高中。在他走进重点高中后，他就经常不吃饭，也不说话。"上学不到一个月，小林就被诊断为适应障碍。母亲说，"有一次孩子他爸说了他两句，他就拿小剪刀抠自己的手腕……"

转学，父亲给儿子办理了手续。办完手续后，父母对儿子未来的发展感到十分的困惑："花点儿钱对我们来说倒不是件大事，但是每天中午他妈妈到学校陪他吃饭、聊天……可最后还是退学，这孩子到底怎么了？"

有些情况是，自费进重点高中并不是出自孩子本人的想法，而是来自于父母的决定，于是进重点高中就带有浓厚的强迫的色彩。无论出发点是什么，只要是被强迫，那么这种滋味就必定是痛苦的。譬如，一个人非常不喜欢吃某一道菜，但有人明知道他不喜欢吃这道菜，却要强迫他吃这道菜。强迫的结果会怎样呢？尽管这道菜很有营养，这些营养也正是他所需要的，但是面对强迫，人对这道菜必然会越来越反感。如果他有能力的话，他会把这道菜推掉；如果没有能力反抗的话，他只能选择逃避，或以自残的方式表示抗议。

不可否认，谁也不会怀疑父母的良苦用心，但是好心不等于好的结果，只有当好心与好的方法结合的时候，才会出现好的结果，否则父母只能用"恨铁不成钢"来为自己不科学的教育方式开脱。

儿女是人，不是简单的机械，他们有自己的兴趣和爱好，他们有着自己的选择。如果不能充分考虑到孩子的意愿和兴趣，那么父母替孩子做出并强迫孩子接受的教育决策必然招致孩子的强烈反抗。

父母把自己的价值观强加于孩子，这是一种专制和独裁的行为。如果孩子是不情愿地进入重点高中做自费生的，父母所要做的就是要更正自己的错误，倾听孩子的心声，让孩子自己做出选择，或进，或退。

当然，如果孩子主动地愿意进入到重点高中做自费生，那么他自然就有一种战胜自卑的信心，这样的状态当然是父母最愿意看到的。实际上，一次考试的成败并不能决定人一生的成败。最初的劣势并不意味着永远的劣势，因为劣势与优势是可以相互转换的。

苏秦和张仪是中国历史上的名人，都是战国时代的风云人物。

苏秦，身佩燕、赵、齐、楚、韩、魏六国的相印，兼任六国的丞相。当时的这位"联合国秘书长"是有实权的，除了秦国以外的六国所管辖的那么大的天下，那么多的百姓，每个国家的诸侯、文臣武将，全部听命于他。

苏秦出身贫贱。他在游说秦王失败后，钱用光了，衣服破了，鞋子也破了，自己挑着担子，又黑又瘦，脸色难看。回到家里，老婆看他这副样子，不理他，还继续织布，嫂子不给他做饭，父母也不跟他讲话。苏秦遭遇到这番情景，感叹到："妻不以我为夫，嫂不以我为叔，父母不以我为之，是皆秦之罪也。"

于是，苏秦开始发奋读书。《战国策》中记载："乃夜发书，陈箧数十，得太公《阴符》之谋，伏而涌之，简练以为揣摩。读书欲睡，引锥自刺其股，血流至足。"他发奋苦读一年后出山，便一下子获得了成功，采用合纵的策略，联合起弱小的燕、赵等六国，与秦国抗衡，使当时的"国际形势"安定了20多年。

张仪的发奋自强是苏秦培养起来的。

张仪是苏秦的同学，同为鬼谷子的学生。张仪的家境比苏秦优越，所以沾点儿太保气，非常豪放。苏秦后来得志后，张仪仍然一事无成，还优哉游哉呢，没有一点儿进取心。

苏秦和张仪做同学时两人的感情很好，他们约定：谁先有办法发迹，谁就帮助另一个人站起来。当张仪家境衰落的时候，他就想起了他和苏秦的约定，于是去找苏秦，心想老同学帮他谋得一个职位是不成问题的。当时苏秦正在接见各国的使节，他听到禀报后，就叫张仪在外面一个仆役的房子里等候。到了吃饭的时候，苏秦也留张仪吃饭，可是他却把张仪安排在一个角落里，自己和使节们说说笑笑，这使张仪很尴尬。最让张仪难以接受的是，苏秦竟然当着众人的面，告诉张仪目前还没有空缺的职位，让张仪在旅馆里耐心等候。苏秦不仅不周济张仪一些钱款，还让人故意刺激张仪："你是找苏秦的？同学有什么用？他已经功成名就了，他不会理你的。你的学问也很好，又何必求他呢？"

张仪在受到苏秦的羞辱后，一气之下去了秦国。到了秦国，他给秦王献了一个专门破坏苏秦合纵的连横之计。张仪的连横之谋正好满足了秦国的需要，于是张仪也获得了成功。

苏秦培养张仪的目的是把张仪培养成一个敌人，因为他清楚，当一个强大敌人存在的时候，大家需要团结起来与它抗衡，但是如果秦国被彻底封锁以后，秦国的军国主义不能扩张了，他的戏就唱不下去了。

在张仪的连横之计被秦王采纳之后，苏秦就派当时挑拨张仪去秦国的那个人去秦国，告诉了张仪事情的真相。实际上，别人赞助张仪的路费都是苏秦准备的。当张仪知道了真相后，心里想自己还是没有跳出苏秦的手心，于是他决定只要苏秦在世一天，秦国就一天不出兵。

苏秦、张仪的发奋有一个共同特点，他们俩都是受到他人的冷落和羞辱之后开始奋发图强的。他们虽然最终都取得了成功，但是他们身上当初都有一种惰性，这种惰性多数人身上都有。这种惰性的普遍存在，说明人总是以最经济的方式来打理自己的人生：环境优越一些，人的惰性就足一些；环境恶劣，人的奋斗精神就强，这叫"穷则思变"。

从人的本能反应来说，做自费生是让人自卑的事情，因为在学习成绩上自己的肩膀跟别人的不齐，毕竟学习成绩是人们通行的评价标准。人要想超脱周围人功利性的评价是非常不容易的，如果没有超常的智商和情商，人很难达到这种极高的境界。就马克思这样伟大的人物，对外界的评价也是耿耿于怀的。马克思在《资本论》的扉页引用了但丁的一句名言，"走自己的路，让别人去说吧"。世间名人名言有许多，他之所以选择了但丁的这句话，是因为他感受到了外界评价给自己带来的精神压力。

"按年龄，我现在应该上大学了，可我高中都没读完。初中我学习很好，可是因为心理问题，总也提不起精神，整天心烦意乱的，成绩就下降了。中考我差了 26 分没上重点高中，只好花钱当一个自费生，可是在学校里我发现学习非常紧张，尤其是理科，我似乎学不明白，就这样对自己越来越没有自信，而且跟周围的同学也不知如何相处，总怀疑别人看不起我，挑剔我的性格、长相和成绩，后来就发展成逃避现实了，整天上课听不进去，总想睡觉，精神恍惚。后来文理分科，我去了文科班，还是不开心，无心学习，而且特别紧张，胸口总是很闷，有时上着课都会哭出来，把同学吓了一跳。后来，我去医院检查，医生说我得了抑郁症，就一直吃药。再后来就连坐在教室里都会觉得紧张，就成天跑图书馆，班主任总像官兵捉强盗一样找我。最后，我实在不能呆在学校里了，就休学了。可这两年多来，也没什么进展，2004年的时候我还转学，又去念了半年。那半年在学校，情绪的波动倒不大，也没有什么异常举动，别人看我就是很内向。有时我很郁闷，疯不起来，也没看出有什么不正常，我还是对人感到紧张，不想学习，后来因为一些事情，我竟然去买了一把刀要自杀，就又休学了。在家里，开始的时候还很自在，想做什么就做什么，可是这半年多来，我又多了一些想法，整天郁闷得要死，而且我现在很自闭，不想也不敢见人，下定决心要学习，也总是进度缓慢。总觉得这样下去，我将来什么都不能做，怎么生活啊，现在我的药早停了，只吃谷维素，但我总觉得我的抑郁症还没好。因为我几乎没有开心的时候，整天就是郁闷，绝望，还特别爱生气，跟自己家人，都会很生气很生气。我总是无法集中注意力学习。"

　　如果每个人都能像马克思那样用理智战胜人的本能反应的话，那么他们势必能有飞跃性的进步。其实，中考成绩相差几十分并不能说明两个人的智力和知识水平相差有多大，因为考试成绩与临场发挥有很大的关系，况且考试也很难全面、充分地反映出作为人才的基本素质。在每年的高考中，总能杀出几匹黑马来，他们入学时的成绩很低，甚至是以自费生的身份进来的，然而他们的高考成绩却令一些成绩始终很优秀的学生逊色。

三年的时间，对于所有的学生来说，都充满着变数。人的心态和学习方法都会对人的学习成绩产生重要的影响。人的潜能是巨大的，巨大得甚至连自己都不清楚，如果能够调整好个人的精神状态，把握好学习方法，提高成绩就是非常容易的事情，即使是在普通高中。

对于自费生来说，他们最大的障碍不是基础知识的薄弱，而是心理上的自卑感。如果自费生能够把别人的评价放在一边，把目光放远，相信个人的潜能，那么他就能充分利用好重点高中优越的教学设施和师资力量，变被动为主动，取得一份自己满意的成绩，为进入一所理想大学获得一张"入场券"。在这个过程中，父母应当有足够的耐心，充分理解并相信自己的孩子能够改变学习上的劣势，简单的要求和责备，会使自己望子成龙的愿望与现实背道而驰。当然，要战胜自卑，最重要的还是学生自己。那些视挫折为磨砺的学生，会充分利用处于劣势的机会，努力地打磨自己，使自己逐步具有可堪当重任的素质。

5.

分数 VS 成才

　　分数对中国学生是格外重要的，因为中国的应试教育基本上就是一根筋儿，那就是衡量一个学生优劣的标准，几乎也是唯一的，那就是分数。分数决定着学生日后求学的命运，所以为了分数，中国学生做出了最大限度的忍耐和牺牲，虽然内心强烈地反感着应试教育，但是他们还是克制着自己的性子，整日浸泡在无边无际的题海中——填鸭战术、题海战术，大打时间战、疲劳战。

　　"食堂、寝室和教室，三点一线，很乏味。我们现在，想说的话，想做的事情，都被封住了，好像有监视器一样，我们被监视起来，处处受挫。"

　　在全国各地的中学里，学生们普遍被繁重的学习压得喘不过气来。从清晨开始，学生们便开始按学校规定的作息表奔忙。

一天从清晨5点40分开始。20分钟的洗漱时间后，6点学生们做早操。7点30分，上午第一节课开始。中午11点15分下课后，学生们拥入食堂吃饭。一些同学为了省时间，买个馒头就匆匆赶回教室。喜欢运动的男生一吃完饭就抓紧时间打半个小时的篮球，因为12点10分开始就是午睡课时间。

午睡课约有一个小时，有些学生还抓紧这点时间学习。中午的校园甚至比上课时还要安静——因为没有老师讲课的声音。很多学校不允许学生中午打球的原因是防止球场的声音干扰中午要学习的学生，尽管球场离教室还有一段距离。

13点40分到17点30分是下午四节课，然后是一小时晚饭时间，18点30分到21点30分是晚自修时间。22点，高一、高二学生熄灯休息，高三学生睡前还要多学一个小时，再看一会儿书，23点休息。

"我们把大部分时间都用在学习上了，很少有自己支配的时间。"

分数牵动着学生的神经，也牵动着学生身后的那些人——学生父母和教师的神经。学生会因为成绩的下滑而变得郁郁寡欢，承受能力弱的学生的精神世界会因此而失衡，他们或者出现心理障碍，或者走上人生的绝路。下面就是一个自杀的学生留下的遗书：

"我觉得自己是为了父母才来学校读书，总觉得学习就是为了一张文凭，没有什么收获。我向往宽松的教学环境，总觉得学校里缺少自由。虽然平时在班上我看起来挺乐观，其实真正要好的朋友并不是很多。就我个人认为，我的死多多少少有学校一点原因，枯燥、乏味、无趣，而且没有一点点娱乐可言。我被读书的压力压得喘不过气来，而且还要面对以后择业生存的各方面，我一直想逃避的问题。我心力交瘁。为了缓解读书的压力，我求助于漫画和游戏，最后有些难以摆脱。亲情、友谊、前途等都曾反复在我的内心中痛苦撞击，然而我找不到出口。如果人们想要在社会中生存下去，那么就一定得舍弃一些东西。那就是自由。而我，最看重的就是自由。我做人，就觉得必须做得快乐。然而，看着每天每人脸上相同的面具，面对无穷的骇人的压力，我又有何快乐可言。我总觉得活着没有意思，活着真地还不如死了算了。"

痛苦的人不止他这一个……种瓜得瓜，种豆得豆，在应试素质方面如此的投入，那么应试素质也势必得到极大的提高。中国学生在应试方面绝对是出类拔萃的，在各种国际数学、物理、化学奥林匹克竞赛中，中国学生每年都能摘金夺银。的确，在付出了高成本之后，中国的应试教育理所当然地造就了最会考试的学生。

中国的应试教育是很成功的，但是也仅仅限于在应试素质方面的成功，因为其他素质，社会实践活动中所需要的素质，诸如：创新能力、探究能力、动手解决问题的能力，没有得到相应的培养，自然就不可能收获果实。

应试教育最大的弊端就是高分低能，技术落后和人才的缺失就是最有力的证据。新华社的报道，2005年12月28日国家知识产权局局长田力普在北京说，中国在经济发展和科技进步方面与发达国家还存在较大差距。从知识产权的数量和质量上看，中国的弱势仍十分明显。2004年，中国的发明专利申请为13万件，其中一半来自跨国公司。美国公司在中国申请专利的年增长量超过20%，2005年的申请量将超过2万件。高技术领域的专利申请也主要来自国外公司，无线电传输占93%，移动通讯占91%，电视系统占90%，半导体占85%，西药占69%，计算机应用占60%。从专利构成来看，中国人申请100件专利中，只有18件是发明专利，其余都是实用新型和外观设计专利。实用新型就是关于产品结构上的一些改进和创新，外观设计就是产品的造型。而国外企业的申请，100件中有86件是技术含量较高的发明专利。从国内三种专利占总授权量比重的历年变化看，发明专利授权在数量上一直处于最低水平，所占比重从1998年的2.7%上升到2005年的12%，增长速度比较缓慢。可见，在我国授权的专利中，实用新型专利和外观设计专利仍是我国专利授权的主体，发明专利比重低的状况没有根本性改观。统计显示，国内拥有自主知识产权核心技术的企业，仅为万分之三。99%的企业没有申请专利，60%的企业没有自己的商标。大型民航客机完全依靠进口，高端医疗设备、半导体以及集成电路制造设备和光纤制造设备也基本来自国外。中国外贸总额已居世界第三，但自主创新的高技术产品在对外贸易中所占份额仅为2%。

多年来，发达国家为保持和提高国际竞争优势，一方面纷纷制定和实施国家知识产权战略，积极推动企业技术创新和知识产权创造应用；另一方面，积极运用知识产权国际规则，加大本国知识产权的国际保护力度，抢占并控制相关领域的科技制高点，巩固其在全球市场中的垄断地位。目前，发达国家的研发投入已占世界各国的86%，掌握了90%以上的发明专利和98%的技术转让许可收入。特别是2008年8月以来，由美国次贷危机引发的金融危机来势汹汹，波及全球，统计数据显示中国2009年上半年有6.7万家规模以上中小企业倒闭。国家知识产权局局长田力普指出："受此次金融风暴波及倒下的中国企业，多数是缺乏自主创新的企业。"

缺乏自主创新能力只能说明中国缺乏具有自主创新能力的人才。创新人才的缺乏只能归咎于中国教育在人才培养上的失败。中国的应试教育搞了近三十年，学生的考试能力在全世界著名，但是唯独没有在自主创新能力方面的投入，所以在创造性人才培养方面的劣势也是必然的。

很多心理学的调查研究结果验证了这样一个结论：创造力与学业的相关很低。相关很低，就是彼此之间没什么关系。虽然学业成绩好可以使人优先享有高等教育资源，但并不能说这个学业好的人就一定有创造力，也不能说那些学业成绩不好的人就没有创造力了。

对于分数与成才的关系，在多数人的心目中，分数高可以优先获得接受高等教育的机会，而只要接受了高等教育，人就离成才不远了。高等教育在人的成才中的作用是绝对不可忽视的，但是这并不意味着成绩优异就能够反映出人的基本素质。人才有六大特质——理想、主见、创造性、勤奋、智慧和人际沟通能力，看看其中的哪种特质是可以通过分数能够反映出的？况且，有些品质与学业成绩并无相关。比如，创造性是人才素质中的核心品质，富有创造性的人往往意味着人可以成大才，但是英国学者 Graham Wallas（1858－1932）的研究表明，富有创造力的人并不一定是高智商或学业成绩出众的人，而是往往具有独立的态度和自己的兴趣。说得具体些，高智商和优秀的学业成绩与人的创造力没有必然关系，而人的主见和兴趣却与人的创造力密切相关。爱迪生是世界顶级的发明家，他一生所取得的 2000 多项发明改变了全人类的生活方式，然而他却由于成绩不良而从小学辍学。使飞机上天的莱特兄弟是修理和组装自行车的，学历也不高，他们哥俩儿所试图做的事情被大学的专家教授所嗤之以鼻，然而他们却圆了千年来人类飞天的梦想。这样的例子从那些伟大的发明家的传记中可以轻易找寻到。

在这里举些个案，先看一些现代版的。

钱钟书是世人皆知的学贯中西的大家，1929 年他报考清华大学时，在规定入学考试的 3 门功课中，英文考了满分，国文也考得十分好，可数学仅考了 15 分。按当时清华大学的规定，钱钟书是没有任何希望进入清华的。当时清华大学校长罗家伦知道这事后，破格录取了钱钟书。

明史大师吴晗因家境贫寒，中学辍学后便在北京帮助别人整理史料，偶尔也写些文章，他的文章深得胡适的喜爱，两人便结下了深厚的友谊。1931 年，吴晗首先报考了当时的北京大学，在规定的 3 门入学考试中，文史、英文均考取满分，而只有数学考了 0 分。考前他就写信给胡适反映自己的一些情况："现在我对于英文、西洋史、逻辑等有法可想——英文我现在能够看书，就是文法不了了——就是数学要抱佛脚，也来不及。这真是一个致命的打击。"胡适就此也给吴晗写了回信："北大考试以成绩而定，不许徇私，你考取后，无钱入学，我一定想办法。"北大按规定也就没有录取吴。随后吴又去报考清华大学，考试的结果与北大大体相同，文史、英文均满分，数学只考了 6 分，当时清华大学的校长翁文灏便破格录取了他。吴晗被清华破格录取在北大引起较大轰动。当时北大的校长蒋梦麟、文学院院长胡适、法学院院长周炳琳，都认为北大的这个入学规定不妥，应加以修订。后来，胡适还亲自写信给清华的校长翁文灏、教务长张子高请求在生活上给吴晗以方便。

再来看些当代版的个案。

马云是阿里巴巴公司的创始人，该公司主营是电子商务，他以 50 亿的巨额财富名列 2008 胡润 IT 富豪榜第 7 位。他每年会在全球 10 所大学演讲，在美国麻省理工学院讲台上，他口若悬河的样子，令他所讲的内容仿佛难以置信；在哈佛讲台上他与诺基亚总裁激烈辩论，最终赢得了台下 1000 多名听众长时间的起立鼓掌。马云认为自己是个擅长创业但不擅长守业的人，"最多干到 40 岁，我会离开'阿里巴巴'，去学校教 MBA。如果成功了，我就去哈佛；如果失败了，我就去北大。"

看看马云这气势，有谁会想到他曾高考两次落榜，第三次高考也只是勉强考上了杭州师范学院。

别看马云自己没上过重点大学，但是他现在却可以对高校培养出来的 MBA 指指戳戳，"几年来，我的企业用了很多的 MBA，包括从哈佛、斯坦福等学校，还有国内的很多大学毕业的，95% 都不是很好。"提及那些新到公司的 MBA，有满肚子的不满："基本的礼节、专业精神、敬业精神都很糟糕，一来好像就是我来管你们了，我要当经理人了，好像把以前的企业家、小企业家都要给推翻了。"

1964 年，马云出生在杭州西子湖畔一个普通人家。他外表瘦小，看来弱不禁风，却脾气火暴，喜欢舞刀弄枪，常常为了义气两肋插刀。从小学到中学，马云身上缝过 13 针，受过处分，多次被迫转学。

这个在家长、老师、邻居眼里没什么前途的顽皮孩子，中考考了两次，高考考了三次。第一次高考，数学只考了 1 分。落榜后，马云拉过三轮车，跑过小生意，还曾去酒店应聘服务生，却因身高问题被拒。第三次高考前，他的老师说："你要是考上的话，我的名字倒过来写。"

1984 年，马云勉强考入杭州师范学院外语系。他本是专科分数，恰好本科没招满人，就这样幸运地被录取。在大学里，凭着满腔热情和一身侠气，他当选学生会主席。

大学毕业后，马云在杭州电子工业学院教英语。1991年，他初涉商海，和朋友成立海博翻译社。结果第一个月收入 700 元，房租 2000 元。众人纷纷动摇，马云却信心十足。他一个人背着个大麻袋到义乌、广州进货，卖礼品、鲜花，以最原始的小商品买卖来维持运转。终于守得云开见月明，海博翻译社逐步成为杭州乃至浙江省最大的翻译社。

1995 年初，马云到美国出差，首次接触互联网。对电脑一窍不通的他在朋友的帮助和介绍下开始认识互联网。当时网上没有任何关于中国的资料，出于好奇，他请人做了一个自己翻译社的网页，没想到 3 个小时就收到了 4 封邮件。敏感的马云立刻萌生了一个想法：做一个网站，把国内的企业资料收集起来放到网上向全世界发布。此时的互联网江湖水波微澜，杨致远创建雅虎不到一年，中科院教授钱华林正用一根光纤接通美国互联网，收发第一封电子邮件。

两个星期后，马云回到杭州的行李中多了一台电脑。一下飞机就邀请了 24 个好朋友到家中聚会，他讲得口若悬河，朋友听得稀里糊涂，"其中 23 个人说算了吧，只有一个人说可以试试看，不行赶紧逃回来。"

1995 年 4 月，马云和妻子再加上一个朋友，凑了两万块钱，专门给企业做主页的"海博网络"公司就这样开张了，网站取名"中国黄页"，成为中国最早的互联网公司之一。

几经沉浮之后，1999 年 9 月，马云的阿里巴巴网站横空出世，立志成为中小企业的引路人。阿里巴巴开创了一种崭新的 B2B 模式，被国际媒体称为继雅虎、亚马逊、eBay 之后的第四种互联网模式。

当然，像马云这样的是属于个别的、特殊的，但是这些个别的、特殊的人往往就蕴藏于在应试教育处于劣势的芸芸众生中。

传统的说法是学业成绩出众和进过顶尖大学的学生，不然就是出身于有显赫社会关系的富家子弟。不过，美国作家斯坦利为写新书《富豪的头脑》而调查过 1300 名资产平均拥有近一亿美元的美国富豪，调查之后他提出了一个不同的看法，他认为，这两者都不属于典型。

根据斯坦利的调查，富豪们在学生时代的平均考试分数没有好到足以考入顶尖大学，一旦进入大学，他们的学业也不见得出类拔萃。实际上，多数"大财主"都说，有人告诉他们，他们并非才智过人，也没有聪明到足以出人头地。

斯坦利说："我发现学业分数和经济成就之间没有多大联系。但必须承认的是，资料显示有一些是聪明绝顶的人，但为数不多。"

他说，富豪不是依赖天分，而是选中了与他们能力相称的事业。他们也没有了不起的分析智力，但他们却很有创意和务实精神。他们全神贯注在一个目标上，胆大心细，比多数人更埋头苦干。

在斯坦利的调查中，一般的千万富豪是 54 岁的男人，与发妻维持了 28 年的婚姻关系，有三个子女，将近一半是公司老板，不然就是公司主管。

几乎没有一个把自己的成功归功于聪明过人，他们说，成功的关键是为人诚实、洁身自爱，平易近人，有贤内助和工作勤劳。

应该说，美国的应试教育要大大弱于中国，素质教育却要高许多，但是即便如此，在商界领先的那些人物也并不是那些学业成绩顶尖的人。当然，这些人多数也都是接受过高等教育的人，只不过学业不是顶尖的而已。

为什么学业顶尖的人没有取得这样的经济成就呢？一个原因就是学业顶尖容易使人获得满足，满足之后会使人更容易把注意力集中于给他们带来成就感的学业，学业的成功使他们产生了拘泥于学业本身的惰性，使他们在与学业成绩有关的狭小空间里奋斗。那些学业成就不高的人，因为缺乏在学业上的成功体验而把自己的注意力投向更广泛的空间，以寻求成功的体验。

2001 年，美国耶鲁大学 300 周年校庆典礼，全球第二大软件公司"甲骨文"的行政总裁、世界第四富豪艾里森应邀参加了。

艾里森当着耶鲁大学校长、教师、校友、毕业生的面，说出一番惊世骇俗的言论。他说："所有哈佛大学、耶鲁大学等名校的师生都自以为是成功者，其实你们全都是loser（失败者），因为你们以有过比尔·盖茨等优秀学生在大学念书为荣，但比尔·盖茨却并不以在哈佛读过书为荣。"

这番话令全场听众目瞪口呆。至今为止，像哈佛、耶鲁这样的名校从来都是令几乎所有人敬畏和神往的，艾里森也太狂了点儿吧，居然敢把那些骄傲的名校师生称为loser。但是还没完，艾里森接着说："众多最优秀的人才非但不以哈佛、耶鲁为荣，而且常常坚决地舍弃那种荣耀。世界首富比尔·盖茨中途从哈佛退学；世界第二富保尔·艾伦，根本就没上过大学；世界第四富，也就是我艾里森，被耶鲁大学开除；世界第八富戴尔，只读过一年大学。微软总裁斯蒂夫·鲍尔默在财富榜上大概排在十名开外，他与比尔·盖茨是同学，为什么成就就差一些呢？因为他是读了一年研究生后才恋恋不舍的退学的。"

艾里森接着"安慰"那些自尊心受到一点伤害的耶鲁毕业生，他说："不过，在座的各位也不要太难过，你们还是很有希望的，你们的希望就是，经过这么多年的努力学习，终于赢得了为我们这些人（退学者、未读大学者、被开除者）打工的机会。"

当然，艾里森的话有点偏激。

实际上，分数在学生、教师和家长心中已经不仅仅是分数。学业优秀往往有很多的副产品，这些副产品就是荣誉、赞赏、推崇、面子、机会等。成绩优秀的人偶然一次考试失利，他会感觉面子丢了，心中充满了无限的痛苦，连续几次失利甚至会使他产生对未来生活的绝望。实际上，那些时常想到自杀的学生多数都是重点高中里的重点学生，他们之所以身陷应试教育的泥潭不能自拔，就是因为在应试教育上——考试、竞赛上的连续成功。

在应试教育中陷得不深的人往往是那些考试成绩不好的人，他们尝不到应试教育带来的甜头，自然积极性就不高。没有积极性，他们当然就不能置身于应试教育，他们需要另辟他途寻找成功的乐趣。趋利避害的本能使他们的活动范围变得开阔起来，接触社会的面广了，与人交往的能力也因交往机会的增多而被加强，如此一来，一些人就会脱颖而出，成为领袖式人物。另外，因为经常遭遇考试失败的打磨，他们的脸皮也"厚"了，抵御挫折的能力加强了。最最关键的是，宽松的环境使他们形成了一颗颗不安分的心。

咱来分析分析马云的成功。马云创业是艰辛的，遇到挫折也痛苦。在事业的低谷，马云和18个弟兄曾经在北京小酒馆不停地喝酒，吃肉，一直到醉，然后，唱《真心英雄》，说长相聚，多开心……天亮了，马云提议爬长城。长城上，终于有人忍不住号啕大哭，"为什么我们付出那么多，却什么也都不到？"事业再艰难，马云也挺住了。为什么他和他的弟兄们能挺得住？

原因很简单，他过去没少遭遇失败，考试一次又一次地失败，打架被处分，最初办翻译社常常入不敷出……常常与挫折打交道，自然抗挫折的能力逐渐强大起来，这正如孟子所云："天将降大任于斯人也，必先苦其心志，劳其筋骨，饿其体肤，空乏其身，行拂乱其所为，所以动心忍性，增益其所不能。"

心理学家曾做过这样的实验：将刚生下来的几十只小白鼠分成两组，两组白鼠吃的、喝的、玩的都一样，只是其中一组从开始就遭受电击，挨电。过了几个月之后，实验人员同时对两组白鼠实施同样强度的电击，结果从实验开始就挨电的那组白鼠挨电就跟没事似的，身体没有任何损伤，因为它们已经习惯于挨电，而从未挨电的这组白鼠，许多都因为紧张得了胃溃疡。

书念得不好，就有时间行侠仗义了。马云经常因为行侠仗义而打架，虽然受伤，虽然被处分，但是他却可以因此赢得铁哥们儿和坚定的支持者，这些对于他们掌管和领导庞大的团队绝对是有益的。也因为经常有对立者，所以他有信心和经验接受强者的挑战，有能力与各种各样的人打交道，他知道如何化敌为友和与客户建立起良好的关系。

古人曰，福兮祸所倚，祸兮福所伏。任何事情都是一分为二的，有一利必有一弊。尽管高分数也会给人带来种种不利于人成长的消极影响，尽管多数接受过高等教育的人都学过辩证法，但是对分数仍然是顶礼膜拜。2005 年 8 月 21 日《广州日报》报道，3 名身穿"状元服"的 2005 年广东省高考状元在鼓乐齐鸣、龙狮起舞和众人的簇拥下，徐徐步入国家重点保护文物单位——德庆学宫的棂星门、过泮桥、进入大成殿。"状元"们轮番击响状元鼓，并和众学子向儒学先师孔子像朝拜、上香、献锦帛，表示到了大学校园一定会勤奋学习，毕业后报效祖国，回报社会。广东首次举办的仿古式"状元礼"刚刚落幕，吉林声势浩大的"状元"庆典又粉墨登场。每年高考结束后，各个高校就开始进行状元争夺大战，谁招的状元多，似乎谁的牌子就靓。那些成为高考状元的同学立刻被众多的家长和出版部门围住，他们得拿出高考秘籍来，奉献于社会，让更多的人分享经验。2009 年 7 月 6 日《成都商报》刊发了一篇题为"高考理科状元产生百余万经济效应"的报道。报道中说，四川省理科状元董伟日前刚刚换了新的号码。"忙不过来了，每天接很多个电话。"对于繁忙的生活，董伟很不适应。换了新号码后，电话少了一点，不过要完全堵住上门来的商家、家长或者各种活动，还是不可能。7 月 5 日下午，应博瑞地产之约，董伟和省文科状元等人一起参加了博瑞地产第七届百万奖学金颁奖仪式，按照状元级别，董伟领取了 3 万元的奖学金。此前，巴中市政府已经明确表示，将奖励董伟的母校巴中中学 100 万元，学校也向董伟承诺，将拿出部分奖励董伟个人。另外，清华也将免除董伟的全部学费，并颁发高达几万元的新生奖学金。据一位知情人介绍，加上清华大学减免的学费以及新生奖学金，估计，董伟这一状元之位将产生 110

多万元的经济效应。

高考状元在中国高校备受推崇，但是国外的情形与国内的截然相反。与中国高校不同，美国高校录取学生就不完全看考试成绩。比如，2003 年哈佛大学在录取时就将本国的 165 个高考状元拒之门外，因为美国大学的选拔标准除 SAT 成绩外，个人的特长、参与社区的活动、课外活动也很重要。录取委员会会很细致地阅读推荐信和作文。例如，美国"常春藤盟校"都有一套独立的招生考评体系和方法。学业包括高中的成绩、SAT 考分和 APC（美国高中提供的大学水平的课程，将来可以转成大学学分）。大学招办还会考查学生的选修课程，从中分析学生的性格和心理。哈佛招生院院长在给申请者去信时写道："在录取过程中，我们寻找的是各方面都优秀的学生，从而确保每年进入学校的都是充满活力的新生。"

2004 年 7 月，南京外国语学校的校园里来了 12 位特殊的客人，他们是美国中学生最高等级奖学金"总统奖学金"的获得者，而且即将升入耶鲁、哈佛、斯坦福、麻省理工学院等一流高校就读，在美国也都算是"高考状元"了，他们和我们的"高考状元"有何不同？《扬子晚报》的记者郭筱琦和张琳带着这一疑问，来到南外一探究竟。

除了"高考"（在美国叫 SAT）成绩绝对优秀之外，记者发现这些"美国状元"个个都有一手"绝活"。来自佛罗里达州的女生 Katie 看上去文静秀气，竟是一名探险家，已经探索过北极、游历过欧洲，还喜欢跳伞。来自亚特兰大的 Jessi 则擅长绘画，曾举办过一个画展，集中展现她所在高中的食堂工作人员。马塞诸塞州的 Ben 是波士顿青年交响乐团的长号手，喜欢野营和攀岩，还曾徒步走遍了美国东北部。

美国的这些"状元"在学校还都是"官",有的还身兼数职,Katie 是学校报纸编辑,还担任人际关系咨询理事会的联合主席;Joanne 是年级主席和学生会主席,还担任 Beta 俱乐部的领导;Jake 则是校学生政府的财务部长,国家荣誉协会会长。已被斯坦福大学录取的 Jessi 告诉记者,美国中学生之所以兴趣如此广泛,其实也和他们的"高考制度"有关,在美国申请一所大学主要看三方面,一是中学阶段的平时成绩,二是参加 SAT 考试,三是校外社区服务,所以要想进名校,除了 SAT 成绩优秀外,参与校外的活动、显示出自己的特长格外重要。

不少人想象中都认为,中国学生学习刻苦,而美国孩子则很贪玩。事实却并非如此,这些"美国状元"们学习都非常刻苦,晚上也常常熬到一两点才睡。已被普林斯顿大学录取的 Joanne 说,她一天到晚总是忙忙碌碌,晚上在学校要待到 10 点才能回家,作业很多,节假日都难得休息,不过和中国学生不同的是,他们并非完全在题海中挣扎,很多时间是花在"课外",像她要打篮球、垒球,组织学生家庭补课服务,还担任学术队队长。来自亚利桑那州的 Dean 告诉记者,他的时间永远不够用,每天都是 1 点后才睡,老师要求很严格,高分也很难考到,而且在中国应付高考主要由学校老师安排复习计划,而他们则全要自己完成。此外,他兴趣广泛,是全州乐团的小提琴手,奥林匹克科学竞赛选手,喜欢辩论,在他所在的社区还建立了两个青年监测项目,一是环境保护,一是教授小提琴,这些都要花大量时间,但他并不感觉累,因为这都是他的兴趣所在,全是自己的选择。当他听说中国学生高二就要"选科"时,一脸惊讶,因为在美国读了一两年大学后,可能还确定不了专业呢,他认为过早决定自己将来的方向并不好。

　　这次来访的 12 位美国中学生全都住在南外学生家里，接待家庭之一的薛可和刘奔月说，她们感受最深的是，美国学生很有专业精神，虽然他们此次到中国来是旅游参观，但并非"一玩而过"，处处都显示出专业探究精神，他们要了解一件事情就一定要"打破沙锅"，确切知道每一个细节才罢手。在参观侵华日军南京大屠杀遇难同胞纪念馆时，很多学生都记录下具体的数据，有的照片没有标明年代，他们就一定会向工作人员问清楚，只有这样他们才认为自己看到的的确是事实。Katiebooth 即将进入耶鲁大学学习生化工程，她曾参与了少年法庭的服务工作，为此她在逛南京书城时特意买了中英文对照的《中华人民共和国婚姻法》和《宪法》，准备带回去好好研究。一天的参观结束后，美国学生通常还会认真地用录音笔记录下一天的行程、收获，以便回去后好好"消化"整理。

　　Katie 说，中国学生很聪明，并不是想象中的书呆子，但是中国学生都很紧张自己的前途，高考压力太重了，而美国的"高考"一年有十几次，还可以选取自己成绩最好的一次，所以相对较轻松。Dean 则意味深长地说了一句：中国学生要知道怎么玩才行。此次到中国来，他们已经访问了上海、苏州、无锡、扬州等地，他感觉中国学生脑子很灵活，英语也说得非常好，但好像不太会玩，没有美国中学生那么活跃。也许是因为教育方式的不同，中国学生要学的东西很多，门门都要学好，而美国学生则只会选择自己真正感兴趣的，而家长也不会给孩子施加多少压力，很尊重孩子的选择，这也许是美国中学生比中国学生幸运的地方。

　　中美的高考状元一对照，区别就出来了。

中国的高考状元的学习和生活空间相对狭隘，整个儿都被局限在学校和家庭所圈定的那些有限的高考科目上。人们绝对不能想象，一个中国的高考女状元会像佛罗里达州的女生 Katie 那样探险北极，游历过欧洲，甚至还要跳伞，即使她的家庭经济状况非常优越。

美国高考状元的情况就截然不同了，他们不像中国学生那样抱着强烈的功利心学习，他们坦然地根据自己的兴趣、爱好来学，他们的视野开阔，各种社会活动多。俗话说，兴趣是最好的老师。他们正是有了兴趣的引领，他们可以深入探索自己所感兴趣的领域。

"绝活儿"、"官儿"对于人的发展是绝对不可以忽视的。正是有这些历练"绝活儿"和做"官儿"的阅历，才使美国学生得到全方位的历练，无论是人格和才智，而这些在人格和才智上的成熟使他们的学习活动有了广阔的背景。

人的才能就像是花草树木，如果你给予它们充足的阳光、水分和营养，它们就会茁壮成长；如果它们的成长缺乏阳光、水分和营养，它们就会干枯，以至死去。教育过程就是给予人的才能以阳光、水分和营养的过程。教育的侧重点不同，人的才能的成长也必然会显现出差异。如果教育的侧重点在于应试，那么人的应试素质就会得到提高。对于应试素质以外的品质没有培养，自然也就谈不上收获应试素质以外的其他素质。虽然中国的教师、家长和学生在应试教育做出巨大投入的时候内心也是最后能成才，遗憾的是希望成才，却并没有在成才的方面做出相应的投入。他们心里想的是种瓜，然而实际做的却是种豆。种豆得豆，也是自然的结果。

6

人才，该是什么样

　　成才是每个人的愿望。屈从于应试教育的人的基本想法是，分数高了，能上重点大学，就等于自己踏上了成才之路。按照这种思路，不能说就一定不能成才，但却是非常盲目的。盲目虽然也能成才，但是可能要走很多不必要的弯路。要成才，最经济最有效的方法是你得首先清楚人才是什么样子的，然后按照这个样子不断地努力。

　　哎呀，社会上的人才有那么多种类，型号各异，而且学生本人尚不清楚自己将来想成为什么样的人才，一切都在探索中，自己怎么可能知道适合自己的人才是什么样子的。其实，人才类型各异，即使本人也不清楚自己想成为什么型号的人才，这并不妨碍自己搞清楚人才的特质，这些特质是各类人才所共有的特质。清楚了人才的这些共性，再加上自己的兴趣爱好和个人主客观条件，就可以调配出适合自己的人才目标。

人才，用温家宝总理的话，就是"一个有用的人"。什么叫有用？你能满足社会的需要，你能为社会做贡献，你就是有用的。你满足的社会需要越充分，你就为社会做的贡献越大。

你能领导一个公司的人改善了一些人群的生活质量，比如你是做太阳能的，由于你的产品便宜而且质量非常棒，普通人都能买得起，很多人因为你的产品受益，省了钱，方便了生活，又为社会节约了能源，那你的公司也随之兴盛起来，跟你一起干的员工也挣了很多钱，生活质量大大提高，那么你就是一个有本事的人，你就是个本事挺大的人才。

农业科学家袁隆平研究出的"杂交水稻"，西方媒体称，是"东方魔稻"。他的成果不仅在很大程度上解决了中国人的吃饭问题，而且也被认为是解决下个世纪世界性饥饿问题的法宝。国际上把杂交稻当作中国继四大发明之后的第五大发明，誉为"第二次绿色革命"。他为社会、为世界增产了粮食，满足了人类社会的需要，而他本人也在物质和精神上有了巨大的收获。在物质上，以他的名字命名的企业"隆平高科"一上市，就使他拥有巨额的财富。在精神上，国家的、世界的，凡是能够得到的荣誉，他都得到了，2009 年 3 月 18 日，反映袁隆平传奇人生的电影《袁隆平》在湖南大剧院举行首映式。他的一句名言就是："我一生最大的愿望就是让人类摆脱饥荒，让天下人都吃饱饭。"

当一个人为社会做出贡献的时候，人的价值也就随之体现出来了。个人的价值是通过社会价值体现的，人为社会所作的贡献越大，其个人的价值也越大。

当然，人多是普通人，我们做不了改善许多人生活的事情，满足不了社会中很大的社会需要，但是你能依靠自己的头脑和劳动养活自己，你能养活一个家庭，那么你同样是个人才，在当今竞争激烈的社会里能做到这种程度就已经很不易了。

下面来看看人才都有哪些特质。笔者通过对大量的人才传记的研讨，总结出了人才的六大特质，即有理想、有主见、有创造性、有智慧、勤奋和人际沟通能力强。要想成才，就必须从这些方面着手培养自己。

（1）有理想——志高行远

无论一个人有多聪明，脑瓜子多好使，如果啥事情也不想做，那么他就释放不出任何的能量，个人价值和社会价值都无从谈起。有的父母常常抱怨现在的孩子学习不勤奋。其实，学生根本没有把兴趣和理想放在学校和家庭所圈定的应试教育的学习范围，他们根本就没把心思放在这种学习上，他们压根儿就没想通过努力把这种学习做得更好，此时别人要求他勤奋学习就是隔靴搔痒，难以调动他们的积极性。

理想的作用在于为人的生命指明前进的方向和提供动力。理想越明确，志向越远大，动力越强劲。强劲的动力会驱使人发掘出个人巨大的潜能，从而最大限度地实现个人和社会价值。假如把人比做一枚导弹的话，那么理想就是这个导弹的"导航和动力系统"。如果导弹缺乏这个"导航和动力系统"，那么它就是一堆没有价值的危险品，导弹性能越先进，其危险性越大。如果有，但方向出现了偏差，它的动力越强劲，后果越严重。如果方向正确，但是动力不足，那么它是难以达到消灭敌人的目的的。

任何事情，做，就有成功的可能性；不做，连这种可能性都没有。有理想的人就是那些朝着理想的目标努力的人，他们是希望的实践者，所以成功者就是从这些人中脱颖而出的。

福建晋江是一个百万人口的县级市，但是就是在这么一个小地方，却有大小企业近万家，其中资产上亿元的企业达百家之多，"七匹狼"、"安踏"、"劲霸"、"柒牌"、"恒安"、"九牧王"等国内知名企业就诞生在这里。晋江老板的一大特点是，文化程度普遍不高。虽然文化程度不高，但是这些年在当地政府的倡导下，大老板们成群结队到北大总裁班"充电"。然而，与这些老板积极求学的状态相比，虽然从外地求学回乡的晋江籍大学生越来越多，但其中成为老板的却很少。

为何学历高的人在这里反而难成老板？这些大学毕业生的一个说法是，晋江的这些老板是特定时期的产物。改革开放之初，百废待兴，产品供不应求。居于沿海地区的晋江人更是得风气之先，他们白手起家，办厂开店，四处推销，很快完成了原始积累。如今时代不同了，创业的门槛高了。门槛高了，当然进去就难了。

有这种说法的，无论是否是托词和借口，都还是好的，因为这种分析还是有一定的道理的。多数人连分析的心思都没有，因为他们根本就没有创业的打算。这些返乡的大学毕业生的首选是进机关单位当公务员，图个稳定的工作。退而求其次者，才选择到企业打工。据说还有相当部分大学毕业生长期待在家里，靠家人养着，长期待在家中的一个充分理由是，"当年晋江人穷，走南闯北是迫不得已而为之，如今日子好过了，就求个安稳吧！"

俗话说，穷则思变。晋江的第一代老板都是因为穷给逼出来的。当然，穷的地方多了，多数人也只是安于贫穷，但是穷至少是思变的一个基本因素。晋江后来的这些年轻人是生活在第一代人创造的财富堆上长大的，没吃过苦，很享受现在的生活，虽然当老板自己肯定愿意，但是却并不想为之付出太多的辛苦。

不想创业，不想承担创业带来的风险，也不想体验创业所派生出来的艰辛，这样的人当然是不可能有机会成为老板的。没理想，不去做，多聪明也没用，创业是无从谈起的。苏东坡说，"古之立大事者，不唯有超世之才，亦有坚韧不拔之志"。有了聪明才智，有了坚韧不拔的志向，才可能有日后的大事业。

（2）有主见——坚持正确

做任何事情，道路都不会是平坦的。在不平坦的时候，就需要做事情的人把握好前进的方向。在不平坦的时候，往往也是意见不一致的时候，这个时候就需要个人的主见。

人云亦云的人，无论他们有什么理想，他们都难以实现自己的理想。从确立理想之时到理想的最终实现，有很漫长的路要走。在这漫长的路中，很多是没有现成道路可走，人得自己开辟前进的道路，而具体要向哪个方向走得需要人的判断力和决策力的，人云亦云、优柔寡断的人是难以把握好方向的。

有主见的人得敢于取舍各个方面的利益，不能太贪婪，而且他们还要有勇气去坚持自己的判断和决策。胆大的人是有所放弃的，正是有了放弃，他们才有了无畏的精神。有了无畏的精神，他们就可以坚持自己的选择。

在汉语中对有主见的人有褒贬两种说法。如果有主见的人成功了，那么他们就是有胆有识的人。如果失败了，那就是固执己见。其实，人们坚持的判断和决策绝对不可能都是正确的，一些人必然会为自己失败的主见付出了极大的代价，而一些人因为坚持了自己正确的主见而获得了成功。人们很难统计成败的比例，但是成功只能在有主见的人当中孕育而出。

俗话说，撑死胆儿大的，饿死胆儿小的。做任何选择，都是有风险的，因为将来的事情总是有不确定的。有些胆大的人饿死了，他们倒下去了，但是能够被撑死的肯定只能从胆大的人群中涌现。胆儿大不能等同于有主见，但是至少可以说明他们敢于坚持自己的选择，这本身也就是主见。

父母教育子女的目的是望子成龙，但是在实际的教育实践中却常常鼓励他们要做个听话的孩子，这与父母望子成龙的美好愿望是背道而驰的，因为有主见是人才的基本素质，而父母所要剥夺的恰恰是子女的主见，这无疑会影响到子女未来的发展。

人们习惯上说，撑死胆儿大的，饿死胆儿小的，但是却从没有人说"撑死聪明的，饿死不聪明的"、"撑死考试考得好的，饿死考得不好的"。有主见是人积极的自我认识的一种表现，体现了人对自己的信心。把孩子培养成有主见的人，就是把孩子培养成有自主性、有独立精神的人。独立性的培养可以使一个人获得均衡的发展，失去独立性的培养，任何人，无论他多富有才智和潜能，都难以走向成功的人生。

（3）有创造性——创新是持久生命力的保证

打仗，人们都知道，应当出奇兵，兵贵出其不意。这个道理大家都懂，可是落实到教育和个人发展的问题上却少有人出辙儿，都得随大流。尽管很不情愿，从牢骚满腹一直到批评指责，但是也都是紧跟应试教育的步伐，一步不敢松懈。教育是个人成长的环境，如果教育不具有创造性，那么人的创造性就无从谈起。

人的创造性是媒体这些年宣扬的一个热点。从那些成功人物的成长轨迹来看，的确，创造性对于他们走向事业的成功来说起了至关重要的作用。从世界的发展来看，人的创造性在各国的政治、经济、军事、文化等方面都起着关键性的作用，因此创造性就不断受到全世界人的推崇。这是人所共知的。

所谓创造性，指的是人以超常规或反常规的眼界、方法去观察、思考问题，提出与众不同的解决问题的思路、方法和程序，或者重新组合已有的知识、技术、经验，获得有社会或个人价值的成果。这个定义是心理学家和教育学家给出的。如果用最通俗的、最简单的话，创造性就是人以新的思路解决问题的能力。对于一个军事指挥官来说，出奇制胜是创造性。对于一个发明家来说，发明出前所未有的东西是创造性。对于一个企业家来说，发现和创造新的商机就是创造性。对于一个教师来说，一把钥匙开一把锁就是创造性。

当今的社会是知识经济的社会。知识经济时代思维方式的主要特征是思维的创造性。可以说，创造性就是知识经济的核心。个人的发展，国家和民族的兴旺要靠创造性，创造性在今后的社会发展中势必占有越来越重要的地位，而衡量人才的一个重要的标准就是人的创造性。鼓励人的创造性，就等于把人推向成才的轨道。

创造性在个人和社会发展中居于如此重要的地位，但是遗憾的是人们在实际生活中却没有把创造性放在相应的高度。放的位置不高，只能表明人们没有把创造性看得很重，这对于那些期盼成才的学生和学生父母、教师来说都是值得反思的一个问题。

（4）勤奋——天道酬勤

有美好的理想，有多好的创意，如果缺乏把理想和创意变成现实的实践力，如果缺乏勤奋的精神，这些理想和创意都只是人的空想。天道酬勤，那些为了理想勤奋工作的人是最容易获得成功的。鲁迅就曾这样说过，伟大的成就和辛勤的劳动是成比例的。

长期以来，人们对于勤奋都有一种误解：勤奋是个痛苦的过程。当人们看到发明家爱迪生没日没夜在实验室里工作，都觉得他在忍受着常人难以忍受的痛苦。痛苦只是别人的看法，其实，爱迪生本人在做这些工作的时候快乐着呢！理想是自己兴趣的升华，做自己最感兴趣的事情，怎么可能会是痛苦呢？

很多的父母和教师常常抱怨学生学习不勤奋，为了能让学生勤奋起来，他们采用各种策略，最后依旧是无计可施。不勤奋，说明人家根本就没有兴趣做，在没有兴趣的情况下，任何人都难以不知疲倦地、勤奋地做下去。没有兴趣，又怎么能够勤奋学习？要想解决勤奋的问题，就必须先解决兴趣和理想的问题。找到了自己的兴趣点，确立了自己的理想，勤奋将是水到渠成的事情。

（5）有智慧

在六大素质中，智慧之所以没有被放在首位，并不是说智慧不重要，而是因为智慧只有在拥有了理想、主见、创造性和勤奋务实的精神之后才能真正发挥其作用。在IT界，有理想、有主见、有创造性和有勤奋务实精神的精英人物有许多，当人都具备了上述条件后，只有那些具有计算机天赋和敏锐的商业头脑的人，比如说比尔·盖茨，才会傲里夺尊，在群雄中确立自己的地位。

周亚夫是汉景帝的重臣，在平定七国之乱时，立下了赫赫战功，官至丞相，为汉景帝献言献策，忠心耿耿。一天，汉景帝宴请周亚夫，给他准备了一块大肉，但是没有切开，也没有准备筷子。周亚夫很不高兴，就向内侍官员要了双筷子。汉景帝笑着说："丞相，我赏你这么大块肉吃，你还不满足吗？还向内侍要筷子，很讲究啊！"周亚夫闻言，急忙跪下谢罪。汉景帝说："既然丞相不习惯不用筷子吃肉，也就算了，宴席到此结束。"于是，周亚夫只能告退，但心里很郁闷。这一切汉景帝都看在眼里，叹息到："周亚夫连我对他的不礼貌都不能忍受，如何能忍受少主年轻气盛呢？"汉景帝通过吃肉这件小事，试探出周亚夫不适合做太子的辅政大臣。汉景帝认为，周亚夫应把赏他的肉，用手拿着吃下去，才是一个臣子安守本分的品德，周亚夫要筷子是非分的做法。汉景帝依此推断，周亚夫如果辅佐太子，肯定会生出些非分的要求，趁早放弃了他做太子辅政大臣的打算。

当老板的是要精明的，眼睛里是不能揉沙子的。汉景帝从一双筷子放弃了周亚夫，这不能不说是一种智慧。正是因为他能从小的事情对未来的行为作出了正确地推断，才使他下定决心放弃对周亚夫的重用。汉景帝不仅没有继续重用，而且寻找借口将其除掉，为今后的年轻皇帝清除障碍，这是非常有远见的。

当老板需要智慧，做发明家同样需要人的智慧，做各种各样的事情，只要想做好，都是离不开智慧的。从小我们就知道，爱迪生有句名言说，天才就是1%的灵感加上99%的汗水。有人对此发出了质疑，这1%的天才起的作用占多大？他们认为那1%的灵感是最重要的，甚至比那

99％的汗水都要重要。基于此，有人就提出，天才等于99％的灵感加上1％的汗水。灵感是什么？灵感是直觉，是智慧。也许，正是处于这样类似的理解，在《孙子兵法》中智慧被列为将军的首要素质，"将者，智、信、仁、勇、严也"。

（6）人际沟通能力

人是社会性动物。每个人都有社会归属的需要，也有被周围人所尊重的需要，然而这些需要的满足都离不开和谐的人际关系。和谐的人际关系不仅有利于人的身心的健康，而且也是工作顺利、事业成功的基本条件，因为工作和事业的成功是需要人气的。俗话说，一个好汉三个帮。单凭个人的单打独斗，是很难凝聚起巨大的力量的。即使不想做大事情，那么一个人要想保持生活和工作的稳定，也得需要搞好与上级、下级、同事、客户、亲戚朋友和家庭成员的良好的关系。人际关系的本质就是人生存和发展的社会环境。社会环境好，人就舒心，人就容易取得成功。社会环境差，人的精神都是紧张和压抑的，而要取得工作和生活上的成功肯定是非常困难的。

良好的人际关系的获得需要良好的沟通能力。不良的人际关系往往是由于双方的误解或缺乏了解造成的。很多问题，如果说开了，彼此间就容易产生共鸣，于是问题就不再是问题了。当然，这说起来容易，真要做起来还是需要诚意和智慧的。

不同的工作性质对人的人际沟通能力的要求是不同的。像政府官员、企业老板和管理者、市场营销人员等的工作性质主要就是与人打交道，他们的人际沟通能力的优劣直接决定着他们的工作成效。相对而言，那些从事技术的人，主要是与物打交道，他们的工作性质对人际关系的需求程度相对较低。需求低，并不意味着他们不需要良好的人际关系。技术上遇到难题和提升技术水准都是离不开交流的，况且他们还有亲戚、朋友和家庭，人际关系的好坏都会对他们的工作和生活产生重要的影响。

如果从上述人才的六大特质对人进行全面地培养，那这种教育就是成才教育，反之，就不是成才教育。

这回笔者把人才所共有的这些特质都摊开来了，你就可以比对一下现行的基础教育到底在人才特质的培养方面有多少投入，也可以掂量一下考试成绩在人才培养中的地位。

痛定思痛，面对我们必须面对的应试教育，我们必须要正确认识到它的局限性，但是，又不能放弃它。如果放弃应试教育，就几乎等于放弃高等教育资源，所以只能脚踩两只船，在应试教育的同时，也要尽可能地使自己朝着真正的人才培养方向做些投入，这样做会使自己将来的机会更多一些。虽然这种折中的方式不是最理想的方式，但是在现实条件下，也算使自己驶入了成才的快速路。

7.

没有梦想，焉有动力

人要成才，什么因素最重要？

对于这个问题，人们都有自己的理解。有的人会说"聪明"最重要，聪明的人才能想出好办法解决问题。也有的人说"品德"最重要，因为做事要先学做人，会做人了就可以凝聚起人气。

可以肯定，聪明和品德对人的成才是有非常重要的影响，但是要说最重要，那还谈不上。你想啊，人多聪明，就是不往成才的方面使，多聪明也没用，如果聪明用在了祸害社会的事儿上，其结果与社会、与个人都是不利的。再想想，多有人气，人缘儿多好，但是没有做事情的愿望，这些人气也只是维持一个良好的人际关系，活得舒服些而已。

要成才，聪明和品德都是基本条件，而最重要的因素是得有想成才，要成才的强烈愿望。有了这种强烈的愿望，人生就有了强劲的动力，而强劲的动力驱使着人去尝试、去探索，去朝着心里的那个目标前进。做，就有成功的可能性；不做，连成功的可能性都没有，天下很少有馅饼掉下来砸到谁的头上。

理想不等于欲望。人的欲望很多，但是并不是人的欲望都成为理想，因为理想是一个人要为之奋斗的目标。光说不练，那叫空想。理想就是得去做，得去争取成功的目标。做的愿望越强烈，动力就越强劲。在巨大的动力驱使下，人就会不自觉地动用一切潜能、努力地克服一切妨碍理想实现的障碍。成功就会向这些人摇手，但是却并不一定成功，因为谋事在人、成事在天。虽然追逐理想的人不一定成功，但是成功者必然是从这些人中脱颖而出的。

秦朝末年，天下大乱，各地英豪纷纷起兵抗秦。一位没有读过书的平民48岁率众揭竿而起，56岁称帝，八年的时间他就成了西汉王朝的开国皇帝，他就是中国历史上少有的平民皇帝——刘邦。

刘邦是个连名字都没有的平民。《史记·高祖本纪》记载，高祖，沛丰邑中阳里人，姓刘氏，字季。父曰太公，母曰刘媪。古人兄弟排行叫伯，仲，叔，季，照此推理，刘季就是刘四。就连他的父母也是没有名字的，因为太公和媪也是人们对年长者的称呼，用现代语言说就是"大叔"、"大妈"。当然，刘邦这个名字是当他做了皇帝之后才改称的。

就是这么一个出身贫贱，连名字都没有的人仅仅用了8年时间就当上了皇帝，乌鸦变成凤凰。

刘邦和项羽青年时见到秦始皇的时候，都曾发出过感慨。《史记·高祖本纪》记载，高祖常繇咸阳，纵观，观秦皇帝，喟然太息曰："嗟乎，大丈夫当如此也！"《史记·项羽本纪》也记载，秦始皇帝游会稽，渡浙江，梁与籍俱观。籍曰："彼可取而代也。"梁掩其口，曰："毋妄言，族矣！"在这个时候，他们俩的感慨不过是一时之感受。

刘邦的对手是项羽。最后，刘邦胜了，项羽输了。李清照有一句著名的词给项羽的人生划了一个完美的句号，"生当作人杰，死亦为鬼雄。至今思项羽，不肯过江东。"

李清照是才华横溢的女词人，她给予项羽这么高的评价已经充分反映出来她对项羽的喜爱之情。李清照喜欢项羽这样的人是有道理的，不仅李清照喜欢，而且多数女人都会喜欢项羽。

项羽这么招女人喜欢的原因有两个：一个是项羽的雄性特征非常吸引女人。"籍长八尺余，力能扛鼎，才气过人，虽吴中子弟皆已惮籍矣。"用他自己的话来评价自己，"吾起兵至今八岁矣，身七十余战，所当者破，所击者服，未尝败北，遂霸有天下。"典型的男子汉形象，恐怕很少有女子能够抗拒项羽的吸引力。另外一个原因更能让女人倾心，他为了心爱的女人可以舍弃江山。楚汉战争的最后关头，当项羽的军队被刘邦军队团团围住的时候，项羽居然无心作战，他坐在自己的军帐中，再也不考虑战争应该如何进行。他惦记着两件事情，一个是他的宝马，一个是他的美人，他的乌骓马，他的虞姬，该怎么办？于是在他的帐篷里，点起了火把，设下了酒宴，项羽把虞姬请出来，自己拔剑舞，反复吟唱"力拔山兮气盖世，时不利兮骓不逝，骓不逝兮奈若何，虞兮虞兮奈若何"。什么意思呢？小虞呀小虞啊，我可拿你怎么办啊？唱着唱着流下眼泪，随从们都不敢抬头看，不敢仰视，一个将军，一个统帅，一个霸王，在战争的最后关头他想到的不是天下，不是战争，不是弟兄们的身家性命，而是宝马和美人。

把喜爱的女人放在众多弟兄的性命之上，放在自己为之拼杀多年的江山社稷上，足以说明在项羽心目中虽然江山他也喜欢，弟兄情谊他也看重，但是对项羽来说，男女之情才是最重要的。

这下刘邦和项羽在建国立业的理想上的差距就显露出来了。刘邦是100%把心思都投入在建立基业上，为了求得生存，为了将来还有翻牌的机会，刘邦在和项羽的战争中大败，在逃命时三次把儿子孝惠、鲁元推下车，是车夫滕公救了他们，并说服了刘邦。"楚骑追汉王，汉王急，推孝惠、鲁元车下，滕公常下收载如是者三。曰'虽急，不可以驱，奈何弃之？'"

刘邦志向远大，项羽鼠目寸光、胸无大志。这一点，可以通过他们在胜利面前表现出来的心态来证明。秦二世三年的十月，刘邦攻进了关中，接着后来项羽也进入了咸阳，他们获得了推翻秦王朝的胜利，在这个胜利面前，刘邦和项羽表现完全不同。刘邦的表现是"不杀子婴，约法三章，不受犒赏，秋毫无犯"，而且退出秦王宫，还军霸上，这是一个了不得的举动。这个举动的意义范增看出来了，范增对项羽说："沛公居山东时，贪于财货，好美姬。今入关，财物无所取，妇女无所幸，此其志不在小。"（《史记·项羽本纪》）范增这番话的意思是，"项王，刘邦这个人可不能小看，据臣所知，刘邦原来在沛县的时候，是喜欢钱财，喜欢酒肉，喜欢女人的人，这样一个人来到秦皇宫，看见数不尽的金银财宝，美女珍馐，居然不动声色，秋毫无犯，这么大的克制力，此其志不在小。他的志向一定是很大的，他能够把这些东西都不放在眼里了，这个人是绝不可以小看的。"可惜的是，范增的话并没有引起项羽的重视。

在胜利面前，项羽自己怎么做的呢？"杀子婴，烧宫室，屠咸阳"。项羽很不好的一件事情，就是他每攻下一座城池，屠城。史书上的记载是四个字，"城无遗类"，就是他把一个城攻下以后，这个城里面没有活口了，那肯定就是连妇女儿童都在屠杀之列。《史记·项羽本纪》记载，项羽引兵西屠咸阳，杀秦降王子婴，烧秦宫室，火三月不灭，收居数日，其货宝妇女而东。

这时候，有人就出来劝说项羽，"关中阻山河四塞，地肥饶，可都以霸。"说咸阳这个地方是帝王之都，如果你想称皇称帝的话，应该"都咸阳"。但这个时候秦的皇宫已经被他烧光了，没地方住了，项羽一门心思想回家去，回他的老家去，于是就说了这样的话，"富贵不归故乡，如衣绣夜行，谁知之者！"意思是说，穿着漂亮的衣服，在黑咕隆咚的晚上走，谁看得见呢？应该穿上漂亮的衣服，回家乡去，这个叫做衣锦还乡，衣锦还乡这个成语就是从这儿来的。于是，项羽就把他从秦皇宫里面搜刮来的那些金银财宝和那些大批的美女们装上车子，浩浩荡荡地开回了彭城，就是现在的徐州。劝说他的人摇头叹息，私下嘲笑项羽说，"很多人说楚国人就像沐猴戴了人的帽子，装人，果真如此。"项羽听说以后，就把这个人烹杀了。

尽管决定刘邦和项羽成败的因素有很多，但是志向上的差异无疑是其中的一个最重要的因素。

项羽是爱江山的。如果不爱江山，他就不会出来东挡西杀，在短短八年的时间征战七十多次。项羽爱江山，但是他更喜欢使性子，喜欢图一时的痛快，更贪图荣耀、女色和爱情。正是有了后面的那些爱，才削弱了他对江山的爱，也削弱了他的志向。项羽的短志决定了他考虑问题的视野必然是狭隘的，决定了他做事情多停留在人的本能的低级水平。

刘邦尽管在家庭背景、文化素质和军事才能等方面都逊于项羽，但是他的志向决定了他考虑问题的背景远比项羽考虑问题的背景开阔许多。大事业的梦想使得刘邦看问题有了大视野，使得本来贪恋女色的他能够暂时地克制自己的本性，以舍小取大，节制本性使他获得了更高层次需要的满足。

趋利避害是人的本性，当然，人们对于"利"的理解是不同的。"利"有物质的，也有精神的，且层次、品位不一，"害"也是一样。正是因为"利"、"害"的内容和层次不同，所以人追求的理想内容和层次也不同。人与人之间本来就存在差异，即使同一个人，今天和过去的需求就可能是不同的。正是人与人之间存在的广泛的差异，加之现代社会日益开放和呈现出多元化倾向，人所追求理想的内容和层次必然是千差万别。

无论人追求理想的内容和层次如何不同，但是追求理想的过程会让所有追逐理想的人的生活充实，并能时时体验到快乐。实现理想的过程是人的趋利避害的过程，接近自己所渴望的"利"的时候人总是兴奋的。做自己想做的事情，人的心情当然是好的。尽管追求理想时所遭遇的困难和阻碍会影响人的情绪和心境，但是追求理想的快乐总是会大于痛苦的。也有个别情况，追求理想的人一时被困难所击倒，让痛苦主宰了自己的精神世界。总的来说，只要理想信念的旗帜不倒，那么快乐总是大于痛苦。追求理想的过程就是人不断攫取快乐的过程，为了追求更多更大的快乐，人都会不遗余力的，即使同时会伴随一些痛苦。

人为了快乐而追求理想，他们做起事情来是乐此不疲的。项羽所做的一切，有的是为了江山，也有的是为了追求潇洒和痛快，也有的是为了追求虚荣的即时满足，也有的是为了感情……他所追求的东西实在是太多太多，这就导致他的精力分散。刘邦则不然，他追求帝业的理想比项羽的要坚定得多，为了自己心中的帝业他可以在逃跑时三次从车上推下自己的妻儿，为了成就帝业而争取民心他可以暂时抑制自己对酒色和财富的本能的渴望。目标集中，精力集中，这就决定了刘邦必然能够把追求帝业的事情做得更为彻底，更为完美。

再把镜头切换到现在，咱再来看袁隆平。他的理想很淳朴，"我一生最大的愿望就是让人类摆脱饥荒，让天下人都吃饱饭。"正是这个理想驱使着他克服种种困难，培养一代又一代的杂交水稻新品种。袁隆平的人生，对于芸芸众生来说，是可望而不可即的。作为普通人，做个让人尊重的医生、教师，做个优秀的工程技术人员，做个较为出色的销售人员，当个车间班组长，当个殷实的小老板……都是理想。有了这些理想，人的生活就有了为之奋斗的目标。只要他去奋斗，就有理想实现的可能性。

现在再把聚焦点拉到高中生、乃至大学生的理想上。笔者在一定程度上认为，中国学生缺乏理想。

先来列举一些现象。理想贫乏空洞，不少学生"胸无大志"。对于"你的理想是什么"这样的问题，不少学生的回答是"不知道"、"不清楚"，大多数学生对于自己的人生理想并没有一个明确的目标。还有的学生干脆回答："赚大钱，想干嘛就干嘛。""我的理想就是考上理科班。

反正我现在学习也是为了我爸妈，他们让我上理科我就上呗。"

有些学生理想过于功利化，很多理想与物质追求有关。有的学生的理想是："住在一所宽大的房子里，在午后的阳光中坐在阳台上喝着下午茶"；还有的学生的理想是："能够住上大房子并且养一条大狗"；更有学生直接说："想嫁一个有钱又帅气的好老公。"连一个说"环游世界"的理想的学生都没有！

部分学生缺乏人生规划，不知道如何实现理想。当问到"你如何实现自己的理想"这一问题时，学生们给出的答案更加令人匪夷所思了。有的学生显得有些消极，表示上大学不是实现理想的手段，"我不想上大学，高中毕业就直接去找工作，凭本事一样挣大钱"。但对于自己有什么"本事"，这名学生却答不上来。而某位理想是"想干嘛就干嘛"的学生则说："我知道，除非我爸是比尔·盖茨，否则我的理想是实现不了的。"当老师问及比尔·盖茨是什么人的时候，他坦然地回答："世界上最有钱的人啊，有他当爸爸，当然我就能想干什么就干什么了。"

清华大学工程物理系程曜教授，是2002年清华大学引进的百人海外专家之一，德国鲁尔大学物理系毕业的博士，来清华之前是台湾新竹清华大学工程与系统科学系的教授，他是到过不少国外著名大学的，他到清华之后产生了强烈的震撼，他把清华大学的这些应试教育的精英比喻为"无神、无政府、无信仰的无头苍蝇"，出处见2005年在互联网上的热帖"救救清华的这些孩子们"。下面是"救救清华的这些孩子们"一文中的部分内容：

"学生们不敢问问题。我花了很长一段时间去理解这个现象。当然，我们在台湾对这个现象并不陌生。可是我们又可以看到，他们听一些演讲，如果授课老师不在场，他们喜欢在同学面前大放厥词，表现自己的能力，而往往不知道，问的问题和演讲有任何关系。只有这样，我们才能理解，他们为什么不问问题。一、根本不知道有什么问题；二、怕在老师面前暴露自己的无知，影响分数；三、再次验证学生对知识不感兴趣。知识只是一个工具、一个装饰、和一个自己都不相信的模糊记忆。竟然有学生辅导员对新生说，你们尽量背，考完就忘记掉，不然无法应付接踵而至的课程。清华大学怎么能让这些不懂事的孩子扮演大人的角色，在学生内部流传一些不入流也不正确的观念，培养了一群自以为是的井底之蛙。"

"清华的学生还有一个特色。正是因为当年高分考进清华，受到了很大的奖励，从此就对分数特别感兴趣。学生之间，以分数作为一切评价标准，有了高分就高人一等。拿不到高分就去修更多的学分，来解释自己为什么拿不到高分。甚至有大学三年半修了一百八十多学分的例子，平均一个学期二十六个学分。这样的学生，往往对所修习过的课程一无所知。"

读这段文字的时候，笔者对程曜教授强烈的责任感感动，也为他的苦口婆心和无奈感到无奈。知识是人实现理想的工具，探索未知是人的理想一部分，如果对知识不感兴趣，如果不对问题感兴趣，就意味这样的学生根本没有探索的志向，当然也没有做科学家、高级技术人员的理想。

理想的温床是兴趣，兴趣的升华就是人的理想。达尔文从小就热爱大自然，尤其喜欢打猎、采集矿物和动植物标本。祖父和父亲都是当地的名医，家里希望他将来继承祖业，16岁时便被父亲送到爱丁堡大学学医。进到医学院后，他仍然经常到野外采集动植物标本。父亲认为他"游手好闲"、"不务正业"，一怒之下，于1828年又送他到剑桥大学，改学神学，希望他将来成为一个"尊贵的牧师"。达尔文在神学院学习时仍然把大部分时间用在听自然科学讲座、自学大量的自然科学书籍上，热心于收集甲虫等动植物标本，对神秘的大自然充满了浓厚的兴趣。

1828年的一天，在伦敦郊外的一片树林里，一位大学生围着一棵老树转悠。突然，他发现在将要脱落的树皮下，有虫子在里边蠕动，便急忙剥开树皮，发现两只奇特的甲虫，正急速地向前爬去。这位大学生马上左右开弓抓在手里，兴奋地观看起来。正在这时，树皮里又跳出一只甲虫，大学生措手不及，迅即把手里的甲虫藏到嘴里，伸手又把第三只甲虫抓到。看着这些奇怪的甲虫，大学生真有点爱不释手，只顾得意地欣赏手中的甲虫，早把嘴里的那只给忘记了。嘴里的那只甲虫憋得受不了啦，便放出一股辛辣的毒汁，把这大学生的舌头蜇得又麻又痛。他这才想起口中的甲虫，张口把它吐到手里。然后，不顾口中的疼痛，得意洋洋地向市内的剑桥大学走去。这个大学生就是查理·达尔文。后来，人们为了纪念他首先发现的这种甲虫，就把它命名为"达尔文"。

1831年，达尔文从剑桥大学毕业。他放弃了待遇丰厚的牧师职业，依然热衷于自己的自然科学研究。这年12月，英国政府组织了"贝格尔号"军舰的环球考察，达尔文经人推荐，以"博物学家"的身份，自费搭船，开始了漫长而又艰苦的环球考察活动。

达尔文每到一地总要进行认真的考察研究，采访当地的居民，有时请他们当向导，跋山涉水，采集矿物和动植物标本，挖掘生物化石，发现了许多没有记载的新物种。

他白天收集谷类岩石标本、动物化石，晚上又忙着记录收集经过。1832 年 1 月，"贝格尔"号停泊在大西洋中佛得角群岛的圣地亚哥岛。水兵们都去考察海水的流向。达尔文和他的助手背起背包，拿着地质锤，爬到山上去收集岩石标本。

在历时五年的环球考察中，达尔文积累了大量的资料。回国之后，他一面整理这些资料，一面又深入实践，同时，查阅大量书籍，为他的生物进化理论寻找根据。1842 年，他第一次写出《物种起源》的简要提纲。1859 年 11 月达尔文经过 20 多年研究而写成的科学巨著《物种起源》终于出版了。

天才就是强烈的兴趣。日本心理学家木村久一特别强调："千万不要忘记，毅力、勤奋、入迷和忘我的出发点实际上在于兴趣。有了强烈的兴趣，自然会入迷，入了迷自然会勤奋，有毅力，最终达到忘我。因此，我特别想说的是'天才就是强烈的兴趣和顽强的入迷'。"瑞士著名心理学家皮亚杰也指出："一切有成效的工作必须以某种兴趣为先决条件。"

如果将人的兴趣扼杀于摇篮中，那么在人成年之后很难有有效的工作。对工作没有兴趣，怎么可能把工作做好？

有很多的同学，打小就对自然科学等理科的东西非常感兴趣，但是繁重的习题，让他们把这种兴趣淡化了。如果让大多数中学生来回答一个问题：你们是喜欢做实验还是喜欢做题，他们肯定回答做实验；你们是喜欢学习还是喜欢考试，他们肯定会说喜欢学习。他们对学习的兴趣被太多的习题淡化了，好像他们的学习就是为了做题，而不是钻研科学。

世界上没有两个完全一样的人，这就决定每个人都会有各自不同的兴趣点。每个人都有自己的兴趣点，这就意味着人们的理想也是色彩斑斓，姿态万千。然而，在长达12年的基础教育阶段，人们是很难看到学生有学习兴趣的发展。在高考指挥棒下，学生的学习只能是服从于应试的需要，只能是学习小考、中考和高考涉及的那几门单调的学科。学生普遍缺乏对学习内容和学习方式的自主性。没有自主性的学习，自然是无兴趣可言。

看看高考结束后同学对书的反应就可以知道学生对习题的厌恶。高考一结束，尤其是当获悉自己已经考上了，不需要再复读了，很多同学的反应就是将这些纠缠自己多年的复习资料通通卖掉，甚至有人在卖掉之前先撕碎，以宣泄长期压抑在内心的考试痛苦。美国也有高考，高考结束后多数学生都是将自己多年积累下来的书籍和资料认真整理，这些宝贝上大学还大有用场呢，这些都是基础资料。

不同于中国的高考，美国的高考一年七次，考生每年可以考七次"高考"，如果觉得不够，还可以继续考，直到你认为所得的分数代表了你的水平为止。在美国的中学实行必修课和选修课制度，这种制度在中国上了大学才有。美国高中的学习生活是活力四射、奋发向上的。必修课通常包括英语、社会学、数学、自然科学和体育等，选修科目有应用科学、音乐、美术和外语等。学生在完成必修和自选的课程外，可以按照自己的能力和兴趣选修大学预备课程，这些课程可以折抵大学学分，从而为进入美国一流高校打下坚实的基础。各学校每年都会举办一些全校性活动，如返校节、学年舞会、节日庆典等，锻炼孩子的社交能力。

现在你应该明白了为什么美国中学生高考结束后要把多年积攒下来的书籍和资料保存下来。宽松的中学生活使得多数学生都能找到自己的兴趣点，并且使这个兴趣点生根发芽。他们所收集的资料多是围绕着自己的兴趣来的，都是基础性资料，他们当然得好好保护和整理。

美国学生用12年的时间培养自己学习的兴趣点，而中国学生却在这个时期投身于应试教育，兴趣点几乎都被扼杀。到了大学，美国大学生继续延续和深化在中小学阶段培养起的兴趣爱好，而中国大学生则要在短暂的几年中仓促地定位自己的兴趣点，这样中美大学教育效果上的差异就是必然的了。

2005年12月27日，民办上海东方世纪学校的高三女生郭爽脸上洋溢出幸福的微笑，因为凭借两项小发明，她刚刚收到一份弥足珍贵的新年礼物：清华大学的保送通知。她也成为上海首个被保送清华大学的民办高中学生。

"她能被保送清华了，我的第一反应就是惊讶。"郭爽的班主任陈琴听到这个消息后坦言，而她惊讶的原因就是这名成绩在班级平平的学生居然受到了清华大学的青睐，事实上陈琴曾断言如果参加高考，郭爽连重点大学都没有希望。

究竟什么是民办生郭爽被保送的敲门砖？答案竟然只是两项十分偏门的小发明。一项是鱼藤酮灭白蚁法，另一项则是盲道信息引导系统。郭爽的发明都可谓是天马行空。2005年5月，在看到媒体关于上海白蚁出没的报道后，郭爽就想到研究一种环保的应对，这最终催生了鱼藤酮植物灭白蚁法。而在扶盲人过马路时的遭遇，又促使她致力发明了盲道信息引导系统，并获得了全国"明天小小科学家"二等奖。

而正是由于痴迷于这两项发明，郭爽甚至还严重拖累了高三年级的学习成绩，引起了班主任的不满。

眼前的郭爽看上去非常爽朗，很爱笑。"我不会因为成绩不好而受到责骂。"郭爽透露，自己的父母都在国外，平时的监护人是外公、外婆，和别的同学不一样，两位老人从不苛求她的成绩，以至于在小发明已经明显影响学科成绩的现实下，她还是能够被容忍继续下去。

2005 年 11 月，热衷于发明而又成绩平平的郭爽引起了清华大学的注意，她被邀请参加清华大学首次在北京之外举行的自主招生冬令营。就在这次冬令营上，清华大学招生办主任宗俊峰明确表示，清华校方此次在江浙沪保送生的选拔会非常看重学生的整体素质。一个月后，郭爽接到了清华大学的保送通知，在 2006 年秋季，她就将直接进入清华大学人文科学试验班学习。

古人曰，福兮祸所倚，祸兮福所伏。也许恰恰是考试成绩平平，打破了郭爽应试教育的梦想。使得她干脆就把主要的心思投在自己所感兴趣的科研活动上，当然，她的监护人——外婆、外公的开明的思想为她营造了自由的空间，这种影响对于她的成功有着非常重要的影响。有了宽松的家庭环境，她就可以按照自己的兴趣来做事情。自己乐意做什么就做什么，这个过程当然是非常爽的，人做起事情来是非常起劲儿的。学习有了兴趣做基础，如果有成功的消息来不断强化人的学习兴趣，就非常有可能滋生出远大的理想来。如果有了远大的理想，人的学习活动就有了明确的学习方向和强大的学习动力。

8.

升级主见，彰示个性

　　法国哲学家布里丹·让（约1300－约1350）养了一头小毛驴，每天向附近的农民买一堆草料来喂。这天，送草的农民出于对哲学家的景仰，额外多送了一堆草料，放在旁边。这下子，毛驴站在两堆数量、质量和与它的距离完全相等的干草之间，为难坏了。它虽然享有充分的选择自由，但由于两堆干草价值相等，客观上无法分辨优劣。于是它左看看，右瞅瞅，始终也无法分清究竟选择哪一堆好。于是，这头可怜的的毛驴就这样站在原地，一会儿考虑数量，一会儿考虑质量，一会儿分析颜色，一会儿分析新鲜度，犹犹豫豫，来来回回，在无所适从中活活地饿死了。

　　有人把决策过程中这种犹豫不定、迟疑不决的现象称之为"布里丹毛驴效应"。驴是愚蠢的，可有的时候人比驴还蠢。古人讲："用兵之害，犹豫最大；三军之灾，生于狐疑。"三国时期的袁绍，在群雄消灭董卓之后，无论在经济、军事实力还是在人才品位和数量上，他的实力都是无人可与之匹敌的，但是他好谋无断少主见，所以他的失败只是时间的问题。每次做出重大的决定前，总有谋士提出正确的意见，也有错误的意见，正确的和不正确的混杂在一起，面对着众多的意见，由于他缺乏判断力和个人明确的主见，他的机会都是在优柔寡断中被断送掉了。

赢得战争的胜利是袁绍做梦都想得到的结果，但是他优柔寡断，丧失了赢得胜利的机会，最后成为失败者。在追求理想的道路上，每个人都要随时面临着种种抉择。人们都希望得到最佳的抉择，常常在抉择之前反复权衡利弊，再三仔细斟酌，甚至犹豫不决，举棋不定。但是，在很多情况下，机会稍纵即逝，并没有留下足够的时间让我们去反复思考，反而要求我们当机立断，迅速决策。如果犹豫不决，就会两手空空，一无所获。

综观历史和当今上的各种成功人物，无一不是有主见的。即使是普通人，要想获得安稳的生活、品味到生活中的快乐，没有主见也是做不到的。比如说，恋爱和婚姻也是需要主见的。南宋诗人陆游（1125－1210）深爱自己的妻子唐婉，但是他抗拒不了母亲的压力，所以他只能在余生中遭受着失去爱的折磨。李清照（1084－约1151）南宋女词人的第二次婚姻是不幸的，婚后不足百日，她就发现自己被欺骗了，这个所谓的丈夫不过是为了她所保护的文物而来的，她立刻提出离婚，最后通过对簿公堂才得以离婚。在那个时代，女人所承受的压力远远超过男人的压力，但是李清照却顶住了来自各方的非议，坚持离婚到底。李清照的主见远非陆游所能及的。

何为主见？"主"的意思是"主人"，而"见"就是"意见"的意思。既然是主人，那么意见就不能让别人拿。"主"、"见"合起来就是人得有自己明确的意见和看法。

婚姻是个人自己终身大事，这样重要的事情让父母做了主，那他在这件事情上就是父母的奴才，陆游就是这样一个著名的奴才。而同样是在封建思想的压力下，妇女的压力更大，李清照却能够做得自己的主人，没有成为舆论的牺牲品。对于多数人而言，能像李清照那样敢于顶住压力做自己主人的人确实很少，个人的力量与社会的力量抗争的时候往往以个人力量的失败告终者多。

在家庭教育中，父母按照自己的意愿去要求孩子做这做那，美其名曰，都是为孩子好。这也是那些严格要求且急功近利的父母，把自己的孩子当做延续自己梦想的工具了，当成了自己的附属品，而不是和自己一样的独立的人，这样父母的所谓"无私"，其实全是自私。

一个经典的现代版封建教育案例就是浙江金华弑母案。2000 年 1 月 17 日中午，放学回家的浙江省金华四中高二学生徐力吃过中饭后，因不满其母对他的严格管束，趁正在卧室织毛衣的母亲不备之机，用铁榔头向她头部猛击，导致母亲死亡。这一事件震惊全国，引起了全社会对这一问题的关注和重视。母亲对他非常苛刻，要求他每次考试成绩必须在前 10 名，否则，不许踢足球，不许看电视，甚至吃饭也在不停地训斥。一方面要求苛刻，一方面在物质上极大地满足他，生活上一直是疼爱有加、百依百顺。母亲严格管束他的出发点就是要求他必须考上重点大学。坚持让儿子一定要考上重点大学，更多的是来自于母亲的学历情结。母亲虽是大专毕业，但在单位里往往比不过别人，她便常常把工作上、经济上各种不如意的原因归结于学历和出身，希望儿子读名牌大学的本科、研究生，将来出人头地，别像自己和丈夫一样没大出息。抱着这样的想法，她便从小拼命给儿子加压。她在儿子小学时，就给儿子定了一条分数线：每门课的考试成绩不能低于97分。低了怎么办？据徐力回忆：不是骂，就是打。小小年纪的徐力，就被她用皮带、棍棒打屁股，甚至打嘴巴。据邻居和同事们反映，她不是不疼徐力，而是相信"打是疼，骂是爱"、"棍棒下面出孝子"的老话。打完以后，她也常买好东西给徐力吃，毕竟是她亲生的儿子。

奴才在中国传统文化中有两种表现形式：奴才和小祖宗。有很多的时候，一个孩子往往是奴才和小祖宗双重身份于一身。比如，《红楼梦》中的贾宝玉，他在享受物质生活上是小祖宗，而在决定人生走向的问题上却只能当小奴才。在现实生活中，一个孩子通常具有"奴才"和"祖宗"两种身份。在饮食和衣着等物质生活上孩子可以为所欲为，他们是父母的祖宗，而在学习、同伴交往、恋爱、择校、就业等人生的重大问题是父母的奴才。比如，高考是父母认为孩子必走的路，只要孩子按照父母的心愿考上了重点高中，当然上重点高中有自愿的成分，父母就会为孩子生活起居的方便，在学校旁边租房子，给孩子做他喜欢吃的饭菜，为他们洗衣服，在生活极力满足孩子的需要。

尽管大家都知道成才的那些主儿个个都是有主见的，尽管成人也期望孩子成龙成凤，但是在学校教育中听话的学生往往是受到老师宠爱的好学生，在家庭教育中听话的孩子往往是父母心目中的好孩子。

从表面上看，听话作为评判孩子优劣的标准是在强调充分发挥长辈或上级的才智和经验。的确，长辈或上级的经验可以使青少年少走些弯路，但是这也把长辈和上级推到了绝对正确的境地。实际上，长辈和上级虽然阅历要丰富一些，但是他们并不能保证自己的理解是绝对正确的，毕竟社会在发展，后浪推前浪是必然的趋势，尤其是在科学技术迅猛发展的现代社会里。

"听话"就是教育者举着的指挥棒。在这个指挥棒的指挥下，多数人的意志彻底被击溃，他们养成顺从的性格。他们在家里听从父母长辈的话，在学校里要听老师的话，在工作单位要听领导的话，在社会上要听大家的话。他们时时、处处、事事都听别人的，按照别人的意志行事，而不能有自己的独立见解，遇事不进行独立思考，遇到问题不能独立分析、处理和解决，不能自主，唯命是从，唯唯诺诺，像这样的人一旦离开家庭、父母，怎么能够立足于社会呢？更不用说在事业上有什么作为。对于这种评价子女的标准，鲁迅先生早在几十年前就曾经进行过批评。他在《从孩子的照相说起》一文中指出："驯良之类并不是恶德，但发展开去，对一切事无不驯良，却决不是美德，也许简直倒是没出息。"

把"是否听话"作为评价子女优劣的教育思想，一直延续到现在。比如，高三学生报考高考志愿，很多家庭都是由父母包办。在北京、上海等这些大城市，在每年各个高校组织的咨询会上见到的本应该是报志愿的主体——学生，然而来的却多是学生父母。记者采访这些父母的时候，他们挂在嘴边儿的一句话就是，孩子们都忙着复习，再说了，他们的经验阅历还不丰富，这种大事情非父母把关不可。父母们肆意的越俎代庖，说明什么？说明他们享有家长的特权，他们可以肆意地剥夺孩子的自尊和意志而不觉得自己做事情有什么缺少人性的地方，他们甚至还觉得他们这是在尽为人父母的义务呢。

科学家曾做过这样的实验。兔子关在笼子里的时候，它温顺地渴望着人对它的抚摸。可是，一旦从笼子里出来，它一看主人接近，一定要努力地逃之夭夭，或者躲到一个人很难触及它的地方。兔子都这样，人更是如此。孩子长期生活在这种处处受到呵护乃至没有主见的环境中，时间久了，孩子的心理就会发生变态。

如果孩子是弱者，他们在屡次试图反抗遭遇失败后，他们就变得懦弱胆怯。父母有一天需要孩子长起来的时候，他们突然发现孩子的性格懦弱，他们会为孩子的懦弱而感到气愤，可是已经晚了，孩子的性格已经定型了。与懦弱相关的是依赖性，总也没有做主的机会，久而久之，他们自主的能力就会更加退化，对做主的父母产生了极强的依赖性。总有一天，父母会意识到，性格懦弱、依赖性强的人将来是成不了事情的，即便他有了高学历。

如果孩子是个强者，那么他们就会在不断地反抗中变得越来越固执，即使父母的意见正确，他们往往也会弃之不顾，这就是逆反现象。

问题出来了，为什么中国封建教育会采取独裁式愚民教育？回答这个问题，必须从中国文明起源分析起。

中国文明是农业文明。农业文明是陆地文明，从原始社会开始，在中国陆地上耕作的人是家族或以家庭为基本单位。家庭经济是自给自足的小农经济。家庭是一个生活单位，也是一个生产单位，子女长大以后仍旧在家庭范围内生活和劳动。缺乏独立意识和能力，尚可以适应当时的社会生活。在家庭这个基本社会单元里，家庭的利益是高于个人利益的最高利益。家庭中的长者，简称家长，代表的是家庭利益。既然家长代表的是家庭的最高利益，所以家庭成员的意志都要服从家长的意志。因此，在长期的封建社会里，个人是不需要自己的意志的，当然，主见也就无从谈起了。

在这种文化背景下，个性势必成为封杀的对象，这集中体现在统治者所推崇的儒家思想上。儒家倡导中庸之道，讲究"温、良、恭、俭、让"，这种文化氛围培养出来的只能是"庸人"。庸人是没有争第一的意识的。他们只有庸人意识，庸人胸怀，自己既不想争第一，也不愿别人出色，只愿天下人都如自己一般是庸人，那就天下太平了！谁要是胆敢冒头，展露个性，那就会"出头的椽子先烂"，"木秀于林，风必摧之"，"堆出于岸，流必湍之，行高于人，众必非之"。

与中国的农耕文化不同，欧洲则是沿海地区以渔业为主、内陆以游牧为主。农耕社会的最大特点就是其构成社会的基本单元是家族，人们是以家族为单位与自然作斗争，而且家族生产活动的范围往往是固定的。家族是个集体，要发挥集体的力量，个性必然是要受到压制的。欧洲人起初的生活是靠海吃饭的。在渔业发展之初，人所能造出的船只能是独木舟，尽是些承载一两个人的小船。在小船上工作，人只能各自为政，没有人可依靠，也没有人发号施令，这样个人是社会的基本单元，他们只能靠自己，靠主见来决定自己的工作的方向。从西方社会发展之初，西方人就习惯于自己解决问题，他们崇尚个性，崇尚人的自主性，崇尚人的主见。即便是当造船业发达了，船承载的船员多，但是他们也是各自为战，何况，船大了，走得也远了，航海贸易也使海洋文明更加开放、更加多元化，更加使人富有创新和进取精神，人的个性随着海洋文明的发展得到了更大的张扬。

欧洲的海洋文化有三大基本特点，即开放性、文化的多元性和创新与进取精神。

首先，海洋文化是开放的，不是闭关自守的，它是一种不断从异质文化汲取营养的文化。海洋文化的开放是多方位的。在经济上，海洋文化依赖于对外贸易，它立足于发展海外市场，开拓海外殖民地。从人口流动上讲，它在不断吸收外来人口的同时，又不断向外殖民。人口的流动改良了人种的素质，又促进了文化和思想的开放。

其次，海洋文化是多元的。海洋文化包容了异质文化，并与多种文化共存和竞争。多种文化的共存使每一种文化都随时意识到竞争的存在，为了在竞争中取得优势，都要设法不断发展，以发展求生存。以希腊的政治制度为例。希腊作为一个政治实体，它容忍其内部的个体发展自己的个性和创造性，这直接体现为希腊的民主制度。希腊的活力就在于文化的多元性。在希腊最强盛的时期，希腊各城邦也没有形成真正的政治联盟，顶多是一种松散的联邦。相反，强求一致却会导致发展的停滞。希腊人自己的争霸战争——波罗奔尼撒战争，是希腊人强求一致的一次努力，也是希腊文明衰落的开始。

再次，海洋文化注重人的创新与进取精神。人从陆地进入海洋本身就意味着一种挑战，征服海洋大大激发了人的创新和进取精神。古希腊人较少有思想道德的束缚，这一点在希腊神话中得到了充分的体现。在希腊人的眼中，没有谁具有至高无上的权威，甚至神也是如此。大多数的神的行为更像一群顽皮的孩子，主神宙斯的行为也不检点，没有很高的权威。神和人能够得到颂扬，不是因为他们的地位，而是因为他们做出的成绩。海洋文化的这些特点正是滋润个性发展的沃土。

尽管个性在中国文化中长期处于被封杀的地位，但是中国经济正向市场经济转型，而市场经济的发达是需要人的个性的，需要人成为"自由电子"。在市场经济中，个人是社会的基本单元。人都要离开各自的家庭这块根据地，各自为战。自己找工作，找对象，自己养家糊口……一切都得靠自己，父母的力量终将逐渐减弱，变得鞭长莫及。在这样的社会里，如果一个人缺乏独立意识和能力，就难以适应今天的社会生活，难以自立于社会。人要想生存，就必须学会独立思考，具备开拓进取的精神。新的生产方式和社会生活对人们提出了新的要求，要是再一味地强调子女"听话"、"顺从"，遇事自己没有主见，这样的人独立生存的能力很差，将来很难在社会生活中会有什么作为的。因此，必须根据社会发展的需要，更新旧的评价子女的标准，要求并努力培养子女具有独立意识和独立能力。孩子自己也要审时度势，努力形成独立意识，及早培养自己的主见。

到了上高中的阶段，必须要学着做个有主见的人。

人的主见可以分为两类：理性的和非理性的。理性的主见是指来自于对形势的清醒判断。非理性的就是意气用事，无论情况怎样，这事儿非这么办不可。

理性的主见有两种情况，一种是源于自己的对形势的准确把握，另一种是个人悟性高，从纷杂的意见中选择出对形势判断最为准确的。

咱先来看第一种情况，源于自己对形势的准确把握。比如，毛泽东在整个新民主主义革命阶段，他对中国革命的发展走势有自己明确的判断，提出了中国革命的一系列方针路线问题。在 1931 年王明从莫斯科回国成为中共中央的实际领导人，到 1935 年遵义会议的召开，毛泽东始终受到排挤，但是他仍然坚持自己的主张。《说不尽的毛泽东——百位名人学者访谈录》（张素华、边彦军、吴晓梅编，中央文献出版社，1995 年 5 月）有这样一段记录：

1931 年 8 月 31 日，临时中央给苏区中央局和红军总前委写了一封长信，主要在军事和土地问题上批评中央局，说他们犯有很严重的错误。信里谈道，中央苏区容许地主残余租借土地耕种，对待富农只是抽肥补瘦、抽多补少，是阶级阵线不明；在军事上，红军还没有完全抛弃游击主义的传统与小团体观念，这与红军已在进行的大规模战争和担负着争取一省几省首先胜利的任务是不相称的。中央要求苏区：必须迅速扩大根据地，必须向外发展，必须占领一个两个顶大的城市；必须进行彻底的土地革命，贯彻地主不分田，富农分坏田的国际精神。中央的这封信是十月到苏区的，这时红军的第三次反"围剿"已经取得了胜利。

如何贯彻中央的指示呢？大家的意见发生了分歧。中央代表团认为，苏区应根据中央指示，迅速扩大根据地，乘胜夺取中心城市，如赣州、抚州、吉安，然后扩大战果，实现革命在一省数省的首先胜利。

毛泽东认为，这是行不通的。他提出：红军在粉碎第三次"围剿"后，从敌人方面说，蒋介石已忙于应付全国高涨着的抗日救亡的反帝运动，不会很快进行下一次"围剿"；从红军方面说，红军在第三次反"围剿"中连续作战，打得筋疲力尽，急需休整和补充。另外闽赣两个苏区之间还有七八个县的一些土围子被地主武装霸占着，当前的中心任务应该是扫除土围子，打通两个苏区，然后再打通赣南与赣东北两苏区。而所谓中心城市则被蒋介石军队固守着，我们这个步枪鞭炮多、很少机枪重炮的红军，此时绝无战胜攻取之可能。毛泽东坚持"从容不迫地去打土围子"，把打中心城市"放在脑后"，或者说"比脑后还要后，叫做放在屁股后"。

这样两种意见就对立起来了。从毛泽东的话语来看态度极其坚决，毫无妥协之意。

毛泽东谈到过这段历史，他说：恨不得第二天早上就把国民党打光，哪有那么容易的事情。设身处地地想想，那些同志的思想似也可以理解，既然一、二、三次反"围剿"都胜利了，说明红军有了一定的实力，那么我们就抓住这个机遇，乘胜占领一两个城市嘛！

他们这种想法完全是脱离实际的，是只看到了局部的暂时的胜利，没有看到革命的长期性和艰巨性。在条件还不具备的时候，就去进攻，猛烈扩大根据地，那是军事冒险，那是"左"。因为双方意见的不一致，1931 年 11 月苏区中央局召开了赣南会议。

因为中央代表团要贯彻中央的指示，毛泽东嘴上虽然不是明顶，实际上是另外提出了自己的一套，明显有悖中央精神。还有一点：这之前，中央代表团对毛泽东撰写的《反对本本主义》一书，就觉得不妥。毛泽东的《反对本本主义》中，提到的本本，是指中共"六大"决议，作为党的一级组织，怎能不执行党的决议。这一次大家在讨论执行中央指示时，毛泽东又是另有一套，所以他们认为毛泽东不太重视党的指示和决议，总是从自己的经验出发，未免太经验主义了。所以这次会议，他们对毛泽东提出了三条批评：一是从思想上批评狭隘经验论；二是军事上的批评游击习气；三是土地革命上批评富农路线，因为他的按人口平均分配，遵守抽多补少抽肥补瘦的原则与中央的

"地主不分田，富农分坏田"的主张相违背。会议由中央代表团主持，强调贯彻四中全会路线，集中火力反右倾，并开始排挤毛泽东在中央苏区对红军的领导。当然，这次会议并没有撤掉他的中共苏区中央局代理书记。

毛泽东明明是正确的，却被误解为是错误的。同志们不接受也罢，且还给戴了三顶帽子，确实让人难过。毛泽东苏区中央局代理书记的职务虽然没有被撤，但会议确定成立中央革命军事委员会，朱德任主席，王稼祥、彭德怀任副主席，毛泽东仅仅是个委员。中央军委成立之后，就取消了红一方面军总司令、总政委的名义。也就是说，毛泽东的总政委被取消了。这个问题怎么看？有人说，与此同时毛泽东还当选了中华苏维埃共和国主席。主席一职比政委高多了，不是谁都可以当的。按理讲，毛泽东当主席也是非常合适的人选，但是共和国主席必定有些名义的成分在里面，况且当时是极端恶劣的战争环境，我们党的任务主要是打仗，像这样一位战争经验相当丰富的人，不让他指挥部队打仗，却让他在后方做政府工作，总是有欠公正，因为把他闲起来了嘛！赣南会议，毛泽东丢了兵权，受到了排挤。

读到这段历史的时候，毛泽东清晰的思路和准确的判断给笔者留下了深刻的印象，尽管正确的思想没有为中央所接受，尽管毛泽东本人受到排挤，他仍然鲜明地坚持自己的主张，这就是统帅所具备的特质。

当红军连续受到挫折后，人们自然就会想起毛泽东高瞻远瞩的战略思想，所以在1935年1月召开的遵义会议中毛泽东顺理成章地回到中央的决策圈，担当起统帅的职责。有了实权，这就使得毛泽东对中国革命形势的准确把握有空间得到充分的发挥，中国革命开始走上了正确的轨道，而在党中央统治了四年之久的王明"左"倾教条主义路线则被扔进了历史的垃圾场。

理性的另一种情况，就是刘邦那种——个人没有高屋建瓴的主张，但是悟性很强，能够敏锐地借他山之石。以两件事情为例，一件是鸿门宴，一件是与项羽做决战。

在整个楚汉战争中，刘邦本人没有出过一个奇谋，没有带领军队攻占一座城池，但他却取得了最后的胜利。每到他的军队面临绝境的时候，他习惯性的一句话就是"为之奈何？"意思是"我该怎么办？"

在刘邦打下秦国都城咸阳之后，项羽也带着自己的军队浩浩荡荡地也往关中地区开过来了。当项羽的大军开到函谷关的时候，刘邦的军队把函谷关守起来了，项羽很恼火，马上命令攻城。刘邦的军队是打不过项羽的，项羽轻轻一打，就把函谷关打开了，项羽的军队开到了鸿门。

这个时候，刘邦队伍内部出了一个名字叫做曹无伤的叛徒，他跑去报告项羽，说这个刘邦很坏的，野心很大的，他到秦王宫里去，把金银财宝都运走了，要在关中称王。本来项羽对于刘邦占领函谷关就已经心里老大的不痛快了，现在一听这些话，勃然大怒，马上下命令说，明天早上让我们所有的将士饱餐一顿，给我把刘邦灭了。

当时的形势对于刘邦来说是非常严峻的。项羽兵力四十万，号称一百万，刘邦的兵力十万，号称二十万，刘邦如果和项羽打它一仗的话，那叫"以卵击石"，根本就不是对手，可以说此刻的刘邦是危在旦夕。

幸亏这个时候项羽的队伍里面也出来一个通风报信的，此人是项羽的叔叔，项伯。项伯和张良是好朋友，他知道张良现在在刘邦的军队里，明天大军出发，覆巢之下，焉有完卵。大军开将过去，张良很可能也就死于混战。所以他连夜从鸿门到霸上，去给张良通风报信。

项伯把这个情况告诉张良以后，张良说，让我想一想。项伯说，你不要想，你走，你何必和刘邦一起同归于尽呢？赶快跟我走。张良说，不行，我本来是韩王的人，是韩王让我到沛公这里来的，来帮助沛公的，我现在不辞而别，这是不仗义的，我得跟沛公说一声。

张良马上去见刘邦，向他报告有这样的情况。刘邦不知道如何应对，于是向张良求计，"为之奈何？"张良问刘邦，谁给你出的主意，要你把函谷关把守起来。刘邦说，哎呀，不是有一个谋士，他说我只要把这个门一关，这个地方就是我的了。张良说，这个馊主意啊，请你想一想，你打得过项羽吗？司马迁写道："沛公默然"。刘邦沉默了好半天说"固不如也。"实在是打不过，"且为之奈何？"那怎么办呢？张良说，现在只有一个办法，请项伯说情。

于是，张良就把项伯请进来了。刘邦就说，项伯老哥，你看这个事是这样的，这个项将军恐怕是误会我了，我怎么敢背叛项将军呢？我是派兵在函谷关把守，那是防强盗的，我怎么会是防项将军的呢？帮我说说，帮我说说。项伯说好吧，我就帮你说说吧，于是项伯晚上又连夜回到项羽军中，如是这番地说了一遍，然后说了，侄子，贤侄啊，刘邦，你最好不要杀他，人家是功臣，秦刚刚被我们灭掉，你就杀功臣，这讲不过去嘛。项羽就答应了。

到了第二天早晨，刘邦就带着张良、樊哙这些人，就从霸上到了鸿门去拜见项羽。于是，就上演了一场著名的鸿门宴。

再来看第二个例子，刘邦和项羽之间的决战。

汉四年九月，刘邦和项羽的战事处于胶着状态。刘邦没有能力吃掉项羽，而项羽军粮已经不够，这个时候两家就开始谈判。谈下来最后双方决定以鸿沟为界，鸿沟以西归汉，鸿沟以东为楚。鸿沟在现在河南省的中牟，这就是有名的楚河汉界。我们现在下象棋，棋盘上还有一条楚河汉界，就是这个鸿沟。这个和平协议达成以后，项羽便归还了刘邦的父亲和妻子，然后带着自己的人马就回东边去了，回他的楚国去了。刘邦集合自己的人马也准备回西边去。

这个时候，张良和陈平就对刘邦提出一个建议，说我们不能回去。张良和陈平是这样说的，他说，"汉有天下太半，而诸侯皆附之，楚兵疲，食尽，此天亡楚之时也。不如因其机而遂取之。今释弗击，此所谓'养虎自遗患'也。"什么意思呢？就是说天下，汉我们已经得了大半，诸侯们也都拥护我们，项羽那边兵已经疲弊了，粮已经没有了，这是天灭楚的时候，如果你不趁机把他灭了，那你就是等于养虎为患啊。刘邦接受了这样一个建议，在汉四年十月引兵东进，也是一路打了过去。

这个时候刘邦还是没有能力消灭项羽的，因为其他的诸侯还在观望，于是刘邦又问张良，"为之奈何？"张良说，你现在只有这样了，这叫做舍不得孩子，套不住狼，你现在得舍得孩子，你得答应韩信、彭越这些人的要求，如果他们一起来合兵灭楚，灭楚以后咱们平分天下。刘邦说，可以，就答应他们，于是就开始封官许愿，说韩信，如果灭了楚，哪一个地方归你，彭越，灭了楚以后，哪一块归你，你们来吧。他们两个接到这个以后，那我们就去吧。于是韩信从齐这个地方南下，当时韩信在这儿，在临淄走高密下来，刘邦的军队这样过来，还有彭越的部队也过来，还有项羽自己军队里面有一只支叛军也过来，然后把项羽的军队团团围在垓下，然后又让士兵们唱起楚国的歌曲，使项羽陷入十面埋伏，四面楚歌，最终将项羽消灭于乌江。刘邦就夺取了全国政权。

对于不同的声音，聪明的决策者一是要有胸怀，无论是谁的主意，只要是有利于事业的发展，都是好的；二是需要有悟性，能够及时地、敏感地发现有利于事业发展的建议。

古人曰，海纳百川，有容乃大。大海之所以大，就是因为它胸怀博大。清水也好，泥沙也好，我都接受，当大海所包容的东西聚集在一起的时候，所有的东西都开始发挥各自的力量，于是大海的力量就变得无与伦比了。

悟性也很重要。意见常常是相左的，有朝东的，有朝西的，彼此之间相互冲突，这个时候就需要人的悟性了。悟性好的人，就会敏锐地判别哪些建议是有利于目标实现的，而没有悟性的人，虽然也在采纳别人的意见，但是非常有可能采纳错误的意见。

个人的智慧往往是有限的，所以善于倾听、善于纳谏对于个人的事业来说是非常重要的。纳谏不等于个人没有主见，因为采纳什么建议最后得自己敲定，而敲定采纳什么建议恰恰体现了个人的主见。

毛泽东的主见来自自己的认识，刘邦的主见来自于个人的悟性，这两种情况都属于理智型的，下面案例中的李金元的主见在特殊情况下则来自于脾气秉性。

李金元（1958－），天津天狮集团有限公司总裁，他以160亿元财富，在《2008 胡润医药富豪榜》中蝉联中国民营医药首富。李金元领导的天狮集团遍及世界各地，他把自己生产的五大系列近 200 个高科技生物产品推向180 多个国家和地区。目前，世界上有几百万不同肤色的人在为天狮工作。

李金元原是河北沧州的一个农民。1995年，他用自己多年在经营粮食生产和经营干洗设备等生意上赚来的钱创办了天狮集团，并在国内保健品行业内一炮打响。可风头正劲的时候，他在美国和俄罗斯的两次相似的遭遇彻底改变了他和这个企业的命运。

1998年，李金元到美国考察，在一家中餐馆吃饭时看到几个老外用极不友善的眼神看着中国的服务员在议论什么。他感觉不太对，就问翻译，翻译告诉他：老外说中国人什么都干不了，只配开餐馆。这下可把李金元给刺激坏了，耻辱、一种从未有过的耻辱，"当时有一种心情特别复杂，也是特别难过，所以在这方面，也非常的气愤。"

而后俄罗斯的经历更是让这个身高一米八三的汉子从脸红到了脖子，"尤其是在俄罗斯对我触动最大，看到一些商店，挂着牌，写着此处没有中国货，本商店没有中国货，都是挂着这种牌，我感觉即是对中国的侮辱。"

20世纪90年代初，少数不讲信誉的中国商人搞的假烟、假鞋、假羽绒服在俄罗斯坏了中国货的名声。这名声坏了，不管你是好的坏的、香的臭的凡是后来的都得跟着遭殃。

李金元回忆说："有一种气愤，还有一种自卑。为什么自卑？作为一个堂堂中国人，在这些国家，四处没有中国货，这本身就是对中国的一个歧视。之所以被歧视，关键就是因为一些中国人没有诚信度，才造成不良的影响，所以我们必须要自立自强，用诚信把这个市场打开。"

李金元的性格是，你越是不让他干，他还偏要干，越是难度大，他越是敢挑战。站在莫斯科的红场上，李金元发誓，他要率领天狮勇闯俄罗斯，让老外摘掉有色眼镜，彻底改变对中国产品的看法。

从俄罗斯一回来，李金元立刻宣布进军俄罗斯，这下公司里是炸了锅，公司上下的人都认为，语言的差异，环境的差异，思维方式的差异，甚至宗教的一些差异，以及俄罗斯人在 20 世纪 90 年代初期对中国产品形成的消极的固有认识都将成为不利因素，可李金元是明知山有虎偏向虎山行，谁让他是董事长啊，不懂俄语，没人追随，一张地图，一个计算器，他就这么单枪匹马出发了。

飞机一落地，李金元立刻马不停蹄跑销售。每天商场、店铺挨个进，各行各业的人挨个见，一天只睡四五个小时，可没想到一个月下来产品一盒也没卖出去。

那时候，天狮在国内是无人不知无人不晓，电视广告从早播到晚，街头巷尾到处是广告招牌，李金元可以说是要风得风要雨得雨，可是在俄罗斯却碰了个头破血流，更尴尬的是还有一些人把他当成了骗子，扬言再不走就要报警。莫斯科的街头秋风一起，李金元的心早已是提前进入了寒冬，"心里确实非常难过，心里确实是不好受，那种像拿刀子搅似的。"

硬闯不行，走投无路的李金元只好去投靠老乡。这时候一个在俄罗斯开饭店的中国朋友给他出了个主意。他把他的餐馆作为推广天狮产品的一个基地，利用晚上空闲的时间宣传培训。李金元一听，觉得这个主意非常好，他兴奋得一宿没睡，忙前忙后第二天张罗着办了个培训。可没想到，这第一场培训就给他来了一个下马威。

李金元怀着满心的期待，可是原计划邀请的俄罗斯有知名度和影响力的企业家、经销商一个没到，全变成了连走路都颤颤巍巍的老太太。原计划要来六七十人，如今只有这眼前的六七个。人虽然少，那也得讲，这简直就是在挑战李金元的毅力。尽管李金元讲的时候使出了自己浑身的解数，但是效果并不理想，下面听讲的那几个人面目冷漠。还好，这几个人倒是一个没有提前离席。

　　培训结束后，李金元给每个人赠送了天狮的产品，其中的一位老太太特意多要了两盒。东西有人要，李金元心里稍微踏实了点儿，可是没想到一个月过去了，连个人影也没见着，李金元这下心里毛了，无论如何也坐不住了。正在这个时候还真有人来了，来的人李金元还认识，正是那次讲座上多要了两盒产品的老太太。

　　李金元回忆起当时的情景，"我们赶紧询问老太太你是不是吃了非常好，老太太说不是，我喂了我的猫和狗效果不错，所以我自己又吃了。回去喂狗、喂猫，狗、猫吃好了，没有问题了，他们才吃的，我听到后感觉这是对我的一种侮辱，一种最大的触动。"

　　面对这种尴尬的境况，李金元想到的不是打道回府，回国内舒舒服服继续发展天狮的事业，而是要在俄罗斯争回这口气，"我们必须要自立自强，用诚信把这个市场打开，更充满我的信心，越是这样我更要负有一种挑战的心理。"临回国前，他又一次来到红场上，他发了一个誓：一定要让俄罗斯人自觉自愿掏腰包买天狮的产品，而且还要让他们从此以后再也离不开。

　　回到国内，李金元就在公司里宣布了自己的决定，然后就带着国内的一批骨干又回到了俄罗斯。李金元有一句口头禅叫：核裂变，意思就是产生核爆炸式的轰动效应。既然你们都不认识我李金元，这次就搞一个国际一流的盛大颁奖典礼，让你们彻彻底底开开眼，让你们老外看看天狮的实力。这回李金元要亲自导演一部大戏，而且要做最牛的导演。他把地点选在莫斯科国家大剧院，那可是俄罗斯举行盛大典礼的地方，再请来俄罗斯芭蕾舞团的演员来一段经典的芭蕾舞剧小天鹅，一流的音响、一流的灯光、一流的舞美，再邀请来世界各地的经销商。

整个活动的预算是1700万。公司里的很多人都对如此巨额的投入感到担心，市场前期前景又不好估计，这样投入会入不敷出，但是李金元决定了的事情谁也无法改变。

投入了1700万，效果也如李金元所期望的。当在庄严的国歌声中五星红旗冉冉升起的时候，全场长时间报以热烈的掌声。听听这热烈的掌声，李金元心里那是无比痛快。作为一名中国的企业家，这一刻他感到一种从未有过的骄傲和自豪。李金元的核裂变不但震撼了俄罗斯甚至征服了全世界。

在国内天狮的生产车间里出现了几个月来从未有过的忙碌景象。机器开始飞转，仓库里积压的产品开始源源不断地被送上火车，飞机。不仅俄罗斯的销售额像吃了兴奋剂一夜之间翻了几番，远在美国、德国、菲律宾、阿联酋的经销商也主动找上门。

谁都能看得出，李金元是个性情中人，有血性。李金元开拓国际市场的决定有睿智的因素，但更多的是源于他不服输的性格。在美国和俄罗斯的遭遇促使他萌生了他用诚信的商业行为改变中国人形象和地位的想法。他开拓国际市场，有赚钱的目的，更有主动接受挑战的目的，他要为中国人争口气。他是以一种近似于偏执狂的精神进入俄罗斯市场。耗资1700万的企业宣传活动，对于一个尚未开发的市场来说，绝对是有风险的。尽管他知道这其中有风险，但是他还是要坚持。李金元的主见，更多地来自于他富有挑战性的性格。

人的主见，所彰示的就是人的个性。有个性的人，奉行的都是自己的真实选择，显露的是与别人的差异，他们从来都是个人的主意个人拿，他们都是有主见的人。没有主见的人，是不可能有自己的个性的。

个性，从外在形式上看，是一个人区别与他人的总的特征。在现实生活中，人们通常把个性强的人视为有个性的人。判断人是否有个性，关键看人是否有自主性。有自主性，则人有独立性。有独立性，则人有个性。有差异，并能捍卫自己的差异，这样的人是自主的，是独立的，是有个性的。

从人的本心上，人都是喜欢个性张扬的。有个性的人虽然要承受来自外界的重压和打击，但是他们会因为自己的个性而展现无穷的魅力，享受充分的心理健康，并与成功比肩。

首先，有个性的人魅力无穷。

人们常说，得不到的东西是最美的东西，不容易得到的才是最珍贵的。有个性的人是不容易驯服的人，是别人难以把握的人。人对世界上的万事万物本能地充满了好奇心，对于越难以得到的东西越能激发人的好奇心和想象力。有个性的人比缺乏个性的人有更多的空间让人想象，去琢磨，因此有个性的人是有魅力的人。

其次，有个性的人享受充分的心理健康。

心理不健康的人，往往活得非常累，当累到了自己无法承受的时候，人的精神就会崩溃。人的精神崩溃了，他就会走向精神失常，心理变态。

心理不健康的人为什么会活得特别累？这些人有一个共同的特点，那就是他们非常在意别人怎么看自己，即使非常不起眼的人对自己的评价言论他们也很在意，他们活着就是希望能够得到周围的人的认可和接受，他们是在为自己在众人眼中的形象而活着。为了自身的形象，为了得到别人的认可和尊重，他们需要处处留意自己的形象，留意自己的一言一行给别人的印象，你说这样的人能不累吗？

本来，人都有不痛快的时候，不痛快时人的内心是压抑的，那些为自己形象而活着的人，为了保住面子，维护自身的形象，他们就会努力地压抑自己，尽量把自己光辉的一面展示给周围的人，这样就会使他们内心的痛苦无处发泄，逐渐积攒起来，当这些痛苦所形成的不良能量累积到人无法承受的时候，心中的不痛快就如同水库里超出警戒线的水一样，冲垮堤坝喷涌而出，一泻千里。一泻千里的水是不讲究方式的，是以非常态的方式爆发出来的。当人内心的郁闷像奔涌的水那样爆发的时候，人的行为举止就是非常态的，是超乎常规的，这就是变态心理的产生过程，也就是人的心理出现了问题。

有个性的人的情况完全不同。有个性的人的最典型的口号是，走自己的路，让别人去说吧。这句话是但丁说的，马克思在《资本论》一书的扉页上写的就是这句话，用来激励自己。马克思是了不起的伟人，他之所以能够把这句话放在书的扉页，这说明他本人也是在意别人对自己的评价的，这是人的本能反应，但是他能够用理智战胜自己的本能，将能够影响自己心态的别人的言论弃之不顾，置若罔闻。

影响人心态的有两个评价体系，一个是社会评价，即周围人对个体的评价，另一个是自我评价，即个体对自己的评价。个性弱的人，往往受社会评价的影响，而个性强的人往往由自我评价支配。

社会评价具有多元性。什么是社会？个体自身以外的人都是社会成员。社会上有多少个人，就会有多少个评价标准。

自我评价是一元的。自己评价自己，当然就只有一个评价标准。

这样看来，个性强的人是最轻松的，他所做的努力就是符合一个标准，即自我评价标准，因此他的精力也是最充沛的。

能够做到只关注个人的自我评价，这是很不简单的事情，因为他做到了不贪，不贪别人对他的高看，做到了不在乎别人的评价。人的本性是贪婪的，非常贪恋别人对自己的推崇。其实，个性强的人也并不是真的一点也不在乎别人的评价。他也是喜欢听别人对他的好评的，好评如潮的时候也有些忘乎所以。当听到不利于自己的言论时，第一反应也是不舒服的，是要为自己辩解的，但是很快他就能用理智战胜自己，不去留恋别人对自己的热评，也不去计较别人对自己的冷嘲。不去留恋、不去计较，这就为自己节省了大量的宝贵精力，使自己能以最佳的状态来做事。

个性弱的人则不然，他们要应付许许多多个评价标准，即使人再优秀，但要使所有的人都满意也是不可能的，众口难调吗！个性弱穷于应付，他能不累吗？这样打消耗战，谁的精力经得起这样的消耗？

有个性的人集中优势兵力歼灭敌人，成功；缺乏个人的人，个人能力再出色，他要是打消耗战，他也最终难抵群狼，失败的厄运是难以逃避的了。

最后，有个性的人与成功比肩。

有个性的人因为不去迎合众人的口味而免去了疲于奔命，他们精力充沛，做起事情来就轻松，成功率也随之增加，钉子精神永远都是有穿透力的。另外，虽然因为有个性招致一些人的抵触，但是也增强了个人的魅力。个人魅力的增加为自己营造了友好的人际氛围，这对于自己做事情是非常有利的。

人的成功可以分为两种类型，一种是结果上的成功，一种是过程上的成功。结果上的成功，就是结果验证了你的英明果断，比如，中国革命的成功是按照毛泽东的指引下成功了，再比如，公司的发展应验了你的高瞻远瞩。过程上的成功，就是那些倒下去或者栽跟头的英雄，他们也许没有看到成功的那一天，也许他们对前途的判断是错误的，但是他们始终坚持着个人的信念，他们在这个意义上也是成功者，只不过谋事在人成事在天，天不遂人愿罢了。有一句大家都熟知的话，叫不以成败论英雄，这句话其实就是对过程上的成功的一种充分表达。

以过程上的成功为标杆的话，所有的有主见、有个性的人都是成功者。成功的时候，人的精神是舒爽的，当然心理健康，那是对生命过程的享受。如果幸运的撞上结果上的成功，那就更两全其美了，这是双重的成功。既然主见、个性与成功、幸福联系在一起，那你还等什么？赶紧升级你的主见，彰示你靓丽的个性吧。

9.

个性与创造性

创造性是成功之源。

2006 年 9 月 9 日，科技部副部长尚勇在第十届中国国际投资贸易洽谈会举办的"第三届国家级经济技术开发区持续健康发展论坛"上说，由于缺乏核心技术，我国企业不得不将每部国产手机售价的 20%、计算机售价的 30%、数控机床售价的 20% 至 40% 支付给国外专利持有者。个人计算机每台平均利润不到 5%；DVD 机每台售价不到 30 美元，交给别人的专利费接近 10 美元，生产企业的最终利润只有 1 美元；电视机平均每台纯利润已不到 10 元人民币。创新能力薄弱已成为我国产业国际竞争的"瓶颈"，全国规模以上企业开展科技活动的仅占 25%，研究开发支出占企业销售收入的比重仅为 0.56%，只有万分之三的企业拥有自主知识产权。作为世界第四制造业大国，我国制造业的劳动生产率仅为美、日、德的 5% 左右。装备制造业的发展水平严重落后于发达国家，90% 以上的光纤制造装备，85% 的集成电路芯片制造装备，80% 的石油化工装备，70% 的轿车工业装备、数控机床、纺织机械由进口产品占领。

中国人在科技创新能力上与西方发达国家的差距，就是中国综合国力与西方发达国家的差距。

企业间的竞争，归根结底就是人才之间的竞争。中国企业普遍缺乏科技创新能力，说明中国人普遍缺乏科技创新能力。中国人普遍缺乏科技创新能力，也就说明中国教育在创造性的培养上的落后。

好了，创造性这个词儿经常出现在电视、网络、报纸上，那么到底什么是创造性呢？

创造性（creativity）的心理学解释是，人们应用新颖的方式解决问题，并能产生新的、有社会价值的产品的心理过程。这个解释有两个基本点，一个是解决问题的方式是新颖的，是前人从未使用过或未很好使用的方式，二是产生的东西必须能够有效地满足社会的需要，具有一定的社会价值。

美国著名女作家 Ayn Rand（1869 - 1982）说："Men have been taught that it is a virtue to agree with others. But the creator is the man who disagrees. Men have been taught that it is a virtue to swim with the current. But the creator is the man who goes against the current. Men have been taught that it is a virtue to stand together. But the creator is the man who stands alone."
Ayn Rand 这段话的基本意思是这样的，人们总是把认同别人当成一种美德来传承，但是创造者却是那种不认同他人的人。人们总是把随波逐流当成美德来延续，但是创造者却是那些逆潮流而动的人。人们总是把从众当成一种美德来继承，但是创造者却是那些形只影单的人。

看来真正能使人有创造性的，并非是人的智力，而是人的个性人格。只有具备了超强个性的人，才有机会成为有创造性的人。在这里，超强的个性等同于个人超强的主见。在中国的传统文化中，主见、个性都是被封杀的对象。"出头的椽子先烂"、"枪打出头鸟"、"人怕出名，猪怕壮"、"木秀于林，风必摧之"等，这些都是这种态度的经典反映。在中国传统文化中所推崇的人格是"听话"、"顺从"、"安分受己"、"文质彬彬"、"规矩"等，这些往往被认为视为"成熟"、"懂事"，而"有棱角"、"出格"、"异想天开"等却被看做是"不成熟"。人的主见、个性被封杀的时候，也就是人的创造性被封杀的时候。当青少年都变成听话的"乖孩子"的时候，怎么可能会有创造性人才？即使有创造性的潜质，也会被封杀于萌芽中。

人的创造性实际上就是差异的碰撞。人都有创造性的潜能，如果能够张扬他们的个性，他们就都能发挥出各自的创造性来。对于同样一件事情，世界上没有两个人的想法会是完全一样的。如果他们敢于坚持各自看法，敢于把自己的想法与别人的想法相撞击，那么就一定能撞击出火花。思想撞击出的火花就是人的创造性。个性是人的创造性产生的人格基础，如果没有个性，即使人的智商再高，因为他不去撞击，当然是不可能有创造性的。

尽管创造性这个词被主流媒体挂在嘴边，但是人们所做的却是对创造性的封杀，因为个性在应试教育和社会文化中依然是被摧残的对象。应试教育讲究的是整齐划一，不论学生的兴趣点如何，大家都得拼命学习那几科要考的课程，千军万马争过独木桥的景象仍然很壮观。不仅学生不能表达个人的真实学习意愿，在日常生活中听话的乖乖仔、乖乖女仍然是教师和家长鼓励的目标。

矛盾出来了，一方面家长们希望孩子有出息，将来能够成功，一方面又对他们的个性——创造性的人格基础进行打压和破坏，阻碍他们走向成功。

要真正成为创造性人才，无论是教育者还是我们高中生自己都必须清楚，尊重人的个性，即是在保护人的创造性。看看那些创造性极强的天才人物成长轨迹，反复地在印证美国著名女作家 Ayn Rand 的判断，他们往往是个性极强的人，他们常常表现出一些异常行为，他们的才能又恰恰是反映在那些所谓"异常行为"之中。这些才华横溢的人物，在一般情况下很难被社会所发现，而他们以独特个性形式所阐述的思想见解，又常常不能为一般人所接受和理解。在历史上，在现实生活中，这样的事例也比比皆是。比如明代的大思想家李贽（1527－1602），当时是被称为"狂人"的，但他在中国思想史上的杰出贡献，却是无人否认的；在当代中国社会中，顾准（1915－1974）则是一个曾经几次被定为"反革命"的、颇具悲剧性格的人，但是他作为一个具有杰出创造才能的思想家在政治学、经济学上的历史地位，却是无法否定的。

李嘉诚是大家都熟知的最富有的华人，以个人资产总值265亿美元，名列2008福布斯全球富豪榜第11名。他原来是办塑料厂的，虽然他的厂子效益很好，以年产出口额达1000万美元的业绩在当时居香港塑胶玩具出口业之冠，但是绝对算不是最有钱的那拨儿的。他的真正发迹则是1965年－1967年，那3年香港房地产价格暴跌，地产公司纷纷倒闭。李嘉诚反行其道，在人们贱价抛售房产的时候，运用人退我进、人弃我取的战略，大量购入地皮和旧楼。等到香港社会秩序稳定，经济复苏，大批当年离港的商家纷纷回流，房产价格随即暴涨。李嘉诚趁机将廉价收购来的房产，高价抛售获利，并转购具有发展潜力的楼宇及地皮。事后人人都知道李嘉诚的做法高瞻远瞩，但是在当时人心惶惶的时候，恐怕没有多少人能站出来支持他的做法，如果他不顽强地坚持自己的选择，恐怕他的想法只能停留在意念的层面。可以想象，一定会有人说他固执己见。人的自信和远见在没有结果可以验证的时候常常被视为固执己见。他的选择能够从反对意见中胜出绝对是要经过一个艰苦的过程。

你读到这里，也许会说，咱不希望自己成为那么大的天才人物，我们就想做个比较成功的小人物。没有风险的事情，是绝对没有利益而言的。你想追逐小的成功，那就得冒小的风险。

2004 年 12 月 26 日，印度洋发生里氏 9.0 级强烈地震，并在印尼等国引发海啸。印尼死亡和失踪的人数高达 22 万多人。飓风海啸，天灾无情。面对灾难，人们的本能反应就是赶快逃离这个地方，巴厘岛的酒店一下子全空了，然而有的人却选择了留在这个地方，寻找商机。

在印尼海啸期间，北京俏江南餐饮集团的总裁张蓝正在印尼收购酒店装修所需要的古董。印尼是地震的多发地带，伴随着地震海啸随时都可能再次突然降临。一命当先，逃啊。可张蓝却没有急着逃生，她在犹豫，走还是不走？就当她的家人和朋友的电话一个接一个打来催她回家时，张蓝决定要留在印尼，继续收购古董。

张蓝也是个普通的人，晚上睡觉的时候也害怕，为了战胜恐惧，她和她随行的朋友一人一瓶红酒。望着手中的酒杯，张蓝的心在挣扎，虽然她已经决定要留在巴厘岛，赌注就是生命。

地震和海啸对巴厘岛的经济影响是立竿见影的。当时老板说，那么多东西只要1100美金。张蓝当时的感觉是，"这么多东西，1100美金，那我就是捡了！"她感觉这对她是太好的一次机会，因为这些都跟白来的似的。随后十天的时间里，张蓝在库房里马不停蹄地淘，十天十六车。大到整个的凉亭和两米高的槟榔根，小到一盏台灯和一个摆件，甚至连门板和鸟笼都是张蓝从印尼运回来的，她把它们都搬进了她的酒店。张蓝终于营造出了她理想中的巴厘岛风情。

逆势而动总是会有风险的。张蓝的风险是失去生命，李嘉诚的风险是香港形势有可能比预想的要严重，他可能面临着资金链条断裂的压力。创造性之所以在现实生活中被冷落，主要是因为走创造性的道路是有风险的，毕竟走新路、出奇兵是面临很多不确定因素的。正是由于创造性带给人的不确定性太多了，所以走的人就稀少了。

逆势而动，如果动到了点了上，那人就成功了；如果没有动到点子上，那他就面临失败的结局。中国古代的交通工具都是陆路工具，可是偏偏明朝就有个叫万虎的人想发明载人火箭，他在研究火箭具有推动物体上升能力的基础上，制作了一把能上天的椅子，他在座椅背后安装了当时最大的47支火箭，同时把自己捆在座椅的前面，两手各拿一个大风筝，然后叫人把47支火箭同时点燃，想要借助火箭向前推进和风筝上升的力量飞向前方。结果他的生命就被自己发明的火箭给葬送了。开拓者免不了是要做出牺牲的，这种牺牲就是创造者所面临的风险。这样的实例在人类文明的进程中不胜枚举，比如诺贝尔为了研究炸药而使自己多个助手，包括自己的弟弟埃米尔丧失生命，运送和储存诺贝尔发明的炸药的火车、轮船和工厂都曾发生爆炸事件；毛泽东在闹革命、建立新中国的过程中就有多位亲人牺牲等。

相比之下，那些"稳妥"、"循规蹈矩"的人得到的却是安全感，不过他们注定是一些想象力贫乏的平庸之辈。即使这样的人智商很高，但是创造性的火花很少。他们也有新的思想，但是没有勇气把这些想法拿到桌面上来，这种新的思想就等于没有，因为没有碰撞，焉有火花？

有个性的人敢于承担创造性所带来的巨大的风险，于是他们的创造性就得到最大限度的发挥。享受平安的人注定是碌碌无为的；放弃平安的人也许真的会陷入深渊，但是却有机会收获"大福大贵"。这也许是上天安排的一种平衡吧。

10.

勤奋，绝对是愉快的过程

世界从来不缺想法，缺少能脚踏实地把东西做出来的执行力。多美好的理想蓝图，如果没有付诸实践，那也将变成空想。人的理想越远大，越需要锲而不舍的精神，越需要人的勤奋务实的精神。在伊索寓言《龟兔赛跑》的故事中，兔子当然是喜欢得第一的感觉的，但是他轻敌，没有踏踏实实地跑路，结果让锲而不舍的乌龟拿了第一，搞得自己很难堪。在现实生活中这样的实例很多，尽管有些人智商很高，也有想法，但就是因为缺乏勤奋务实的精神而一事无成。

天道酬勤，这是所有人都知道的道理。勤奋带来成功的例子不胜枚举，所以人们往往把勤奋作为成功的第一秘诀，把勤奋放在了一个极其重要的高位。

在教育他人和自我勉励的时候，人们常常喜欢使用"业精于勤，荒于嬉"、"苦读有恒，好学无时"、"书山有路勤为径，学海无涯苦作舟"的警句和"头悬梁，锥刺骨"、"凿壁偷光"的故事。这似乎给人这样一种印象：勤奋是个非常艰苦的过程，人必须忍受这种痛苦才能取得成功。其实，这是一个误区。

1965 年，一位韩国学生到剑桥大学主修心理学。在喝下午茶的时候，他常到学校的咖啡厅或茶座听一些成功人士聊天。这些成功人士包括诺贝尔奖获得者，某一些领域的学术权威和一些创造了经济神话的人，这些人幽默风趣，举重若轻，把自己的成功都看得非常自然和顺理成章。时间长了，他发现，在国内时，他被一些成功人士欺骗了。那些人为了让正在创业的人知难而退，普遍把自己的创业艰辛夸大了，也就是说，他们在用自己的成功经历吓唬那些还没有取得成功的人。

作为心理系的学生，他认为很有必要对韩国成功人士的心态加以研究。1970 年，他把《成功并不像你想象的那么难》作为毕业论文，提交给现代经济心理学的创始人威尔布雷登教授。布雷登教授读后，大为惊喜，他认为这是个新发现，这种现象虽然在东方甚至在世界各地普遍存在，但此前还没有一个人大胆地提出来并加以研究。惊喜之余，他写信给他的剑桥校友——时任韩国总统的朴正熙。他在信中说，"我不敢说这篇论文对你有多大的帮助，但我敢肯定它比你的任何一个政令都能产生震动。"于是，韩国总统把这个留学生的论文散发给全国年轻人，很多年轻人因此尝到了成功的甜头，而最终带给韩国的最大利益是经济腾飞了。

对于勤奋者来说，尽管在做的过程中有失败和艰辛，在遭遇失败时他们也会很痛苦，但是这个痛苦只是一时的，因为对于他们来说，总的快乐是大于总的痛苦的，否则的话他们必然选择放弃，这是由人趋利避害的本能所决定的。

来看看社会所支持的勤奋。马克思为了写出《资本论》花费了四十年的时间，在这期间他到大英图书馆读了几千本书，由于看书的时候脚老在地上磨蹭，以致水泥地面出现了两个深深的脚印。读几千本书，对于那些求知欲不强的人来说，一定是件非常痛苦的事情，然而对于马克思来说，那却是快乐的享受。每读一本书，他都会有新奇的发现和对社会的深刻理解。马克思从阅读中得到了常人难以体会到的快乐和智慧，所以他才会孜孜不倦地在大英图书馆读书。试想，如果剥夺了马克思到图书馆读书的机会，那才真正叫痛苦呢！

再来看大发明家爱迪生（1847－1931），他一生所获得的发明专利有将近2000项，他的发明领域除了留声机、电灯、电话、电报、电影等方面外，在矿业、建筑业、化工等领域也有不少著名的创造和真知灼见。单是1882年一年，他申请的专利就有141项，平均不到3天就有一项发明。就说爱迪生聪明绝顶，但是哪个不得好好琢磨琢磨。就说发明电灯的时候，爱迪生把1600多种耐热发光材料逐一地试验，结果在失败了1000次的时候他才获得了成功。这么大的工作量，爱迪生如果不每天工作十几个小时，他是肯定难以完成的。1871年12月25日是爱迪生结婚的日子，然而就是在这大喜的日子里，上午的时候他还是忙碌在实验室里。

如果所做的每件事情都是为了自己心中的理想，做这种事情人的感受是快乐的。如果这种理想对自己很重要，对自己很有吸引力，那么人就会不厌其烦地做下去，因为看似不厌其烦的工作实则给自己带来的都是快乐。为了自己所热爱的事业，为了能给自己带来快乐，人就会自然而然勤奋起来。

人要想使自己勤奋起来，最重要的是发现自己的兴趣，确立自己的理想。有了理想，有了志向，勤奋就是水到渠成的事情。南宋岳飞的祖背刺字，东晋祖逖的闻鸡起舞，就因为他们有一个崇高的爱国主义思想：誓师北伐，匡复中原。西汉史学家司马迁，遭李陵之祸，幽于缧绁，惨遭腐刑，所以仍发奋著述，笔耕不辍，就因为他矢志不渝，"要究天人之际，通古今之变，成一家之言"。英国著名博物学家、进化论的奠基人达尔文，所以不计较个人安危，颠簸劳顿，备尝艰辛，作历时五年的环球旅行，观察和采集生物标本，为的是探索有机界的发展规律。有了一个崇高或宏伟的目标，才能高标准地严于律己，并赋予自己永不衰竭的前进动力，几十年如一日，持之以恒，孜孜以求。

人的勤奋程度反映的是理想在一个人精神生活中的地位。人越勤奋，越说明理想对一个人的重要性，越说明追逐理想的过程是充满了快乐的。

人即使不是特别聪明，但是如果勤奋的话，也可以熟能生巧，这叫勤能补拙。勤快人做起工作来有一股钉子精神，他不会分散自己的精力，而是把主要的精力都放在一个点上，这一个点早晚都是会被凿穿的。勤快人练的是"一指禅"，把全身所有的力气都集中在一个指头上，即使他本人力气不大，其体重本身就足以使这个手指的力量变得很大。如果人非常聪明的话，那么他的勤奋会铸造更大的成功。正是"天才是百分之九十九的汗水加上百分之一的灵感"，才使爱因斯坦成为影响整个物理学发展的人。

　　做事情，追求理想，就如同吃饭一样，吃是肯定要吃的，但是得一口一口地吃。不仅一口一口地吃，而且还要细嚼慢咽，这样才好消化，才能把营养充分吸收。这种一口一口地吃，而且还要细嚼慢咽的做法就是勤奋的精神，以这种精神做事情，人就有很大的可能获得成功，圆了自己的梦想。

11.

智慧，什么样？解剖来看看

　　做任何事情都是讲究方法的。方法上的差异就是做事效果上的差异。人类社会发展的每一次飞跃都是离不开生产方式的重大革新。如，现在的几张光盘可以替代一个传统的图书馆，在一片指甲大的芯片上可以存放两年的《人民日报》的信息量。再如，从1945年发明的第一台电脑到现在，计算机的性能已经提高了100万倍，性能的提高就意味着信息量的神速扩展和处理。

　　方法决定成效，方法所反映的就是人的智慧水平。说白了，要把事情做得漂亮，得脑子灵活，能够迅速把握问题的关键。智慧是重要的，那么智慧到底是什么东西？要知道智慧究竟是什么东西，那就得把它解剖开来。笔者是学心理学的，那就用心理学为手术刀，来解剖智慧。

在心理学中，通常把智慧称为智力。按照心理学的说法，无论人做什么事情，人的智力都离不开下面几种基本要素：观察力、记忆力、思维力、想象力和创造力，各种智力活动都是由这几种要素组合而成，区别仅仅在于各种智力成分的配比不同。

（1）观察力

观察力指的是人们通过观察、感觉和知觉，使自己同外部世界联系起来，从而认识客观世界的能力。

爱因斯坦有句名言，"提出（发现）一个问题往往比解决一个问题更为重要，因为解决一个问题也许只是一个数学上或实验上的技巧问题。而提出新的问题、新的可能性，从新的角度看旧问题，却需要创造性的想象力，而且标志着科学的真正进步。"他本人正是因为提出了解决牛顿力学体系中存在的问题或矛盾而建立了相对论。

斯坦门茨是一位著名的德国技术专家，一次美国福物公司的一台电机坏了，几经努力都没修好。于是他们请来了斯坦门茨，他检查之后，在电机外壳画了一条线，说："打开电机，记号处里面的线圈减少16圈，毛病就好了。"人们将信将疑地照办了，果然成功。电机修好后，他向老板索要了一万美元的报酬。老板问为何要收一万元，他说："用粉笔划一道线一美元，知道在哪里画线9999美元。"公司照付了钱，并重金聘用了这位专家。

任何创造都起始于观察，进化论创始人达尔文说："我没有突出的理解能力，也没有过人的机智，只是在觉察那些稍纵即逝的事物并对其精细观察的能力上，我可能在众人之上。"达尔文的这句话是有些过谦了，实际上观察能力是智力的综合体现。

再举个简单的例子，一个历史学家和一个建筑学家一起游览故宫，同样的故宫，相信在他们眼中的故宫形象绝对是不一样的，历史学家看到的是历史的沧桑、皇家的气势和森严的等级等，而建筑学家则看到的是建筑的绝妙设计。如果你是个普通人，可能出了奢华外你也看不出什么门道。因此，敏锐、深邃的观察力是建立在一个人深刻的思想的基础上的。

（2）记忆力

记忆是过去的经验在人脑中的反映。人们过去见过的、听过的、嗅过的、尝过的、触摸过的、思考过的、体验过的对象及动作等，都可以在头脑里留下痕迹，以后还会再现或回忆出来，这都是记忆现象。记忆是人们进行心理活动的基本条件，也是人们心理发展的基本条件。记忆在智力结构中占有重要地位，是智力活动的基础。人的智力结构中的诸因素都离不开记忆，没有记忆，无论是观察、想象、思维都无法进行。爱因斯坦在生活上经常忘东忘西，所以他的日常生活是一塌糊涂，但是在理论物理上的任何细节他都是清楚的，一点也不糊涂。当然，记忆力对于他来说，只是个基本条件，真正使他超越其他物理学家的是他天才的想象力和思维力。

（3）想象力

爱因斯坦说过：想象力比知识更重要。因为知识是有限的，而想象力概括着世界的一切，推动着进步，并且是知识的源泉。想象力是在你头脑中创造一个念头或思想画面的能力。想象力是一种宝贵的品质，它是发明、创造的源泉。一个没有想象力的人，是不可能具有不断探索的创新精神的。想象力能增强一个人学习的主动性、预见性和创造性，能使人在学习中找到意想不到的灵感和捷径。爱因斯坦在 16 岁时曾经有过这样"怪诞的想象"：假如我骑在一条光束上，去追赶另一条光束，将会产生什么现象呢？这是他后来发明相对论的初因。

（4）思维力

所谓思维力，就是指将现有的知识，经过分析和综合、判断和推理等逻辑思维活动作出新结论的能力。这种思维活动过程，就是揭示事物本质及其规律，预见和推知事物发展方向、趋势和结果的过程。思维力在创造性活动中占有十分重要的地位。诚如有的人形象地比喻：观察是采来的花，而思维才能将花粉酿成蜜汁。如果没有思维，便没有创造性活动。

（5）创造力

创造力是人们根据一定的目的，运用已知的信息，产生出某种新颖、独特、有社会或个人价值的产物的能力。这里的"产物"是指以某种形式存在的思维成果。它可以是一种新技术、新工艺、新作品或新的物质产品，也可以是一种新观念、新设想、新理论。新颖性和价值性是创造力的两个重要特征。创造力的产物必须是新颖的，对社会或个体有一定的价值。新颖性必须以价值性为前提，没有价值的新颖性是毫无意义的。同样，价值性也必须以新颖性为依托，没有新颖性只有价值性的产物不能称之为创造性产物。

智力的基本成分我们有了一个简要的了解，现在就可以看看自己、连同基础教育在智力上有些什么投入。知道了投入的是什么，才会知道产出的是什么。

在观察力方面。有投入，但是基本上都投在做题上。高中生的基本学习活动就是做题，所以他们只能在做题中训练观察力了。由于应试教育讲究的是标准化，所以就做题而言也只是狭隘的观察力，不能超圈，不能有创造性。

现在高中生的学习生活是非常封闭的，几乎完全脱离了自然界和社会生活，所以他们的视野是狭隘的，其观察力之狭隘也是可以想象的。没有对自然界和社会生活的观察，他们也就难以在自然科学和社会科学上发现问题，当然也就难以有创造性的建树。

在记忆力方面。机械的死记硬背在中学和大学里非常普遍，为什么要死记硬背？原因很简单，那就是为了应付考试。在文史方面，死记硬背是学生的强项，他们整天背诵的都是些条条框框。在理科方面，死记公式的也是大有人在。死记的东西，一是记忆不深刻，很容易遗忘，二是除了应付考试之外，没有任何用途。这样说来，十几年费了牛劲儿记忆的东西，除了应试之外，几乎就是在浪费青春时光。

真正的记忆是不需要死记硬背的。只要是自己亲身经历的，对自己影响重大的，或者是自己特别需要的，都会是印象极其深刻。应试教育最大的问题就是使学生与自然界和社会隔绝，学生缺乏探索自然和深入社会的机会，当然缺乏活用知识的机会，所以只能死记硬背。

在想象力方面。2004 年 11 月 11 日，诺贝尔医学奖得主、美国华盛顿大学教授埃德蒙·费希尔在同济大学演讲台上，充满激情地表达了自己的科学理念和对中国学生的期望，其中之一是——留点时间去想象。费希尔给中国学生提出的最大忠告是"少学习，多思考"。他认为科学的本质和艺术是一样的，需要直觉和想象力。而把太多信息塞入大脑，会让学生没有时间放松，没有时间发展想象力。"牛顿本来是一个没有什么特别之处的学生。但在剑桥大学休学的两年里，他静下心来充分发展想象力，于是产生了伟大的发现。"

一位教师在黑板上画了一个圆圈儿问大学生:"这是什么?"大学生思考良久,才底气不足地说了一句:"可能是零。"问中学生,得到的答案是数字"0"或字母"O"。教师把同样的圆圈问幼儿园的孩子,孩子们立即七嘴八舌地回答:"是太阳""是烧饼""是铁环""是足球""是鸡蛋""是布娃娃脸上的小酒窝儿!""是西瓜""是老师的大眼睛"……孩子们的想象力是那么的丰富,而到了中学生眼里,就只剩下了数字"零"和字母"O"了……

这个故事发生在美国。一天,一位名叫伊迪丝的3岁小女孩告诉妈妈:她认识礼品盒上的字母"O"。妈妈听后非常吃惊,问她怎么认识的。伊迪丝说:"薇拉小姐教的。"这位母亲表扬了女儿之后,一纸诉状把薇拉小姐所在的劳拉三世幼儿园告上了法庭。理由是该幼儿园剥夺了孩子的想象力。因为她的女儿在认识"O"之前能把"O"说成苹果、太阳、足球、鸟蛋之类的圆形东西,然而自她识读了26个字母,伊迪丝便失去了这种能力。她要求该幼儿园赔偿伊迪丝精神伤残费1000万美元。后来,法庭经过审理,判决劳拉三世幼儿园赔偿伊迪丝精神伤残费100万美元。

这位美国母亲为女儿失去的想象力而痛心。她为了维护女儿的想象力,不惜将教给女儿知识的幼儿园告上了法庭。其勇气与远见都令人称道。官司还居然打赢了,这折射出美国人的教育观念。

反差一下子就出来了,一个是扼杀想象力,一个是保护想象力。

再次验证一下。在每届世界性的学科奥赛中,我国学生一枝独秀,所向披靡、披金戴银、风光无限、载誉而归,全国人民都为之欢呼。然而,在多次世界性的创新大赛中，比起有些国家的选手，我国选手在独创性、新颖性等方面都要逊色一些，何以雄风不再？中国自己培养的科学家的科学发现何时才能得到诺贝尔奖的垂青？为什么国内拥有自主知识产权核心技术的企业仅为万分之三？为什么中国外贸总额已居世界第三，但自主创新的高技术产品在对外贸易中所占份额仅为2%？

当观察力和想象力缺失的时候，人的思维力和创造力将成为无源之水。以思维力为例，中国学生的思维方式多是求同思维，这一点与西方学生的求异思维形成明显的反差。中西学生在一起的时候，中国学生总是力图寻找证据证明教师的是正确的，他们以能与教师想的一致为荣，而西方学生则是处处寻找与教师不同之处，他们以能发现教师的不足和漏洞为荣耀。两种思维方式，一个产生创造性，一个产生"标准答案"。当然，中国学生的求同思维本身就是长期的标准答案给训练出来的思维习惯。

种瓜得瓜，种豆得豆。尽管心里想的是种瓜，但播下的种子却是豆子，浇灌的水分和施加的肥料也都是为豆子量身定做的，当然是无从收获个大儿的瓜的——这个就是应试教育的投入和产出！

在开篇笔者就有篇文章"脚踩两条船——应试教育和成材教育"，在这篇文章中笔者一再表达这样一种观点，个人的力量在教育制度和社会环境面前是微不足道的。人做事情是不可能离开现实这个基础的，但是毕竟成才不成才关系到个人的生活质量，个人还是可以有所为的，自己依然可以为自己挤出一些个人的发展空间。

12.

人际沟通——没有人和，谈何成功

　　俗话说，一个篱笆三个桩，一个好汉三个帮。要想做一件大事，没有人的帮衬是绝对不可能的！阿里巴巴的马云，要不是一直有几个弟兄始终捆绑在一起，同舟共济，他要想做成现在这种事业，几乎是没有可能的。即使到了现在，事业成功了，中坚力量还是最初和他一起创业的那些弟兄。

　　蒙牛集团的老板牛根生，情况也和马云类似。牛根生原是伊利的经营副总裁。1998年，从伊利集团出来时，牛根生和他妻子卖伊利股票的钱总共也就100来万，但是他要自己创业。100万注册了蒙牛企业，一间53平米小平房作为办公室，月租金200多元。没有奶源，没有厂房，没有市场，可以说是一无所有，但是牛根生有人。牛根生的蒙牛大旗一扯天下英雄归心，得知此消息还在伊利工作的老部下放下高官厚禄开始一批批地投奔而来，总计有几百人，无怨无悔跟他从零开始打江山。

为什么牛根生扯起一杆大旗，能够一呼百应？得知消息的老部下为什么纷纷放弃高官厚禄，投奔到他的旗帜下？他为什么有这么强的凝聚力？

在伊利集团的时候，因为业绩突出，伊利公司奖励给他一笔钱，让他买一部好车，他却买了五辆面包车，直接部下一人一辆；他曾将自己的108万元年薪分给了大伙，其他的小额分配则难计其数。牛根生的座右铭是"小胜靠智，大胜靠德"，而且他平时的行为证明了他确实具有这样的品行。于是亲戚、朋友、所有业务关系都愿意把钱投给这个品行端正、才干卓越的人。更没想到的是，伊利手下的大将，包括液体奶的老总、冰淇淋的老总，纷纷弃大就小，投牛根生而去。这样先后"哗变"的大概有三四百人。牛根生曾告诫他们："不要弃明投暗。"但大家坚定地认为他不是"暗"而是"明"。这些忠诚的老部下演出了一幕"哀兵必胜"的悲壮剧：他们或者变卖自己的伊利股份，或者借贷，有的甚至把自己留作养老的钱也倾囊而出……"连买棺材的钱都拿出来了"，一位中层干部这样评论。公司注册5个月后，蒙牛聚集了1000多万元资金。用牛根生自己的话说，就是财散人聚。

蒙牛的起步是很艰难的。蒙牛成立的时候，仅仅在内蒙，以伊利为首的乳品企业就有数百家。那时，伊利集团已经上市多年，有完整的冰品、液态奶和奶粉生产销售体系。蒙牛刚出道，就面临着已渐趋成熟的乳品市场分割定型的局面，要想求得生机，必须坦然接受"在夹缝中求生存"的现实。

在这种恶劣的生存环境下，蒙牛内部坚定地团结在一起，大家拧成一股绳，对外牛根生选择了以退为进的策略，以应对竞争，为蒙牛营造尽可能和谐的环境。

牛根生对于曾经工作过的伊利，在任何场合都表现出了满怀尊敬。蒙牛在刚开始的时候很谦虚，打出的广告口号是：向伊利学习，为民族企业争气。当时蒙牛对外宣传是内蒙古第二大乳业品牌，第一是伊利。牛根生在不同的场合提及伊利，言辞中总是充满对伊利的眷恋和对老领导郑俊怀的敬意。牛根生的做法逐步赢得业界内外的同情与支持。

对于自己当时为什么要这样做，牛根生的解释是"打不还手，骂不还口，只有这种方式才能活下来，同时还能长大。"面对竞争对手想要置之死地的策略，牛根生坦言："如果不还手，是掐不死的。只要一还手，掐死的可能性是特别大的。当时挨打和挨骂是为了将来不挨打不挨骂，为了自己能够生存、发展好，最后能够不挨打不挨骂。当你打了好几年，打的和骂的过程都经历了以后，就要学会怎么样不打能赢，怎么样不战能胜。"

一个企业营造和谐的生存环境，与一个人建立和谐的人际环境的道理是一样的。弱小的时候要学会忍辱负重，牛根生就是这样做的，他的套路和韩信的胯下之辱是异曲同工。

面对强大的竞争对手，他的"妥协"使他的公司能够生存下来。当自己变得强大起来的时候，他的"胸怀"又是发展之道。他没有把企业的发展局限于企业本身的发展，而是定位在把草原的乳业做大、做强。

有的同学读到这里又说了，哎呀，我没有那么大野心，我没那个才能当老板，您也谈一些普通人的人际沟通吧。

美国著名的教育家戴尔·卡耐基（Dale Carnegie, 1888 - 1955）的一句名言暗合，他说："一个人的成功30%靠才能，70%靠人际关系。"

人际关系好与不好，影响最大的就是人的心境。在一个环境中，人际关系不好，意味着什么？心理长期处于紧张状态。长期神经处于绷紧状态，搁谁也受不了啊？受不了，也得撑着。结果呢，心情的不愉快转化为身体的不舒服，这叫心身疾病。反之，如果人际关系好，心情舒畅，身体完全处于最佳的状态，遇到点儿困难，有朋友相助，也算不上困难。情绪好，活得轻松，身体好，一切都好。

美国心理学家马斯洛（Abraham Maslow, 1908 - 1970）把人的需要由低到高依次分为五个层次，生理需要、安全需要、归属与爱的需要、尊重需要和自我实现需要。在现代社会，人的生理需要与安全需要都能得到满足，这样归属与爱的需要、尊重需要就成了人的基本需要。这两个需要其实都属于人际关系范畴。处于这一归属与爱的需要阶层的人，把友爱看得非常可贵。希望能拥有幸福美满的家庭，渴望得到一定社会和团体的认同与接受，并与同事建立良好和谐的人际关系。如果这一需求得不到满足，个体就会产生强烈的孤独感、异化感、疏离感，产生极其痛苦的体验。马斯洛说，爱是一种两人间健康的、亲热的关系。它包括了互相信赖，在这样一种关系中，两个人会抛弃恐惧，不再戒备。当其中一方害怕他的弱点和短处被发现时，爱通常就受到伤害了。尊重需要，相信每个人都希望得到满足。在一个群体中，假如你被这个全体的多数成员所尊重，你就会感觉自己在这个集体中是被需要的，心情是舒畅的、有成就感的。

问题出来了，为什么有的人的人际关系好，而有的人的人际关系不好？

人际关系之所以不好，是因为人都是按照人自私的本性来支配自己与他人的交往，在交往过程中处处以自我为中心，把个人的需要凌驾于他人的需要之上。凡是把个人的需要凌驾于他人需要之上的人，都不会受到他人的欢迎的。人的本性都是自私的，换句话说，就是渴望别人来满足自己，而自己却不愿意付出，起码不愿意首先付出。如果人人都依照本性交往的话，必然是矛盾和冲突。

人际关系之所以好，是因为人能够暂时或从表面上搁置人自私的本性，把他人的需要放在个人需要之上。对于能够满足他人需要的人，任何人都会报以积极的态度，然后就是回报对方。天冷的时候，人都喜欢抄袄袖，以使两只手相互温暖。能够暂时或从表面上搁置个人需要的人，就相当于主动张开自己温暖的袄袖迎接对方的那只手。当人接受他人的帮助、感受到温暖的时候，人还是有些难为情的，他们不愿意干占便宜，他们会还情于对方，这就是回报。

蒙牛乳业的老总牛根生喜欢钱吗？肯定喜欢。虽然喜欢，但是他可以暂时搁置个人的需要，而把上百万的年薪分发给别人。当每个人得到牛根生的关照后，人必然是感激的。牛根生在散发钱财的时候，他已经看得很远，因为他知道别人会如何回报他。他使周围人的需要都满足了的同时，他也开始回收来自周围人的回报。不要小看每个人的星星点点，如果汇集到一个人身上，那就是一股强大的人气。最初付出最多的人，到最后将是最大的赢家。能做到主动地、暂时搁置自己需要的人在这个社会里是为数极少的，所以这些为数极少的人就会成为具有号召力的领袖式人物，牛根生就是这样的人。

戴尔·卡耐基是美国著名的心理学家和人际关系学家，被人们称为"第一代成功学大师"，他最大的贡献就是帮助了无数个被人际关系所困惑的人们，使他们走向了成功的人生。

读遍卡耐基所有的改善人际关系的书籍，不难发现有一个规律被他反复阐述，要改善人际关系，必须以别人为中心，把别人的需要放在自己的需要之上。理解他人的需要，想他人之所想，急他人之所急，必然能为自己凝聚强大的人气。

逐步学会理解他人的过程，就是学会把别人的需要放在自己需要之上的过程，也就是人际沟通能力提高的过程。把别人的需要放在个人需要之上的程度就是评价人际沟通能力的最根本的指标。

学会理解他人，是要通过人际交往的实践获得的。

"我感到很困惑，同学之间的关系很难处，常常为了一件小事斤斤计较，有一点矛盾就互相不理睬。"

"我希望自己能有较好的人际交往的能力，可是见了人常常不知道说什么，后来就很少与人交谈。"

"我渴望与自己喜欢的女生说几句话，可是见了女生的面就脸红，原来想好的当时就全忘了，而且手脚不知道往哪放。"

"我希望能有知心朋友，但我却觉得在这一点上自己的成就不大，有时和同学在一起时甚至感觉自己像是小丑。"

"我感觉到人与人之间关系很假，没有真诚，有的只是互相利用，生活在这样的气氛中很难受，影响到自己的学习、生活。"

人际关系是最影响学生学习和生活的事情。良好的同伴关系，是学生心理健康和取得学业成功的必要前提。生活在一个人际关系紧张的班级里，人要想正常地学习将会是非常困难的，分神是肯定的，因为这太影响人的心情了。孤独、寂寞、自卑和疑虑会折磨得人无心学习。

造成学生缺乏人际沟通能力的客观原因，是缺少同伴交往。大家都是独生子女，从小在家里就缺少同伴交往，形成的多是以自我为中心，他们对别人的感受缺乏基本理解，这都是父母和其他长辈一味"忍让"的结果，当然这种忍让可以成为溺爱。在学校，学生的活动基本上被局限所在班级的教室里，学校所设的学生会组织虽然也开展一些学生喜欢的活动，但因学业繁重，学生很难如愿参加。因此，便出现了在学校里，虽然学生众多，但其同伴交往的时间和快乐仍然非常少。

与中国学生相比，美国学生的交往机会简直是海量。首先，美国家庭没有实行独生子女政策，每家每户都会有几个孩子。美国的父母对孩子的管束较少，他们交往的范围较为广泛。其次，在美国的学校里，同样有大量同伴交往的机会。在美国的课堂教学中，师生之间有很大的自由度，学生在课堂上发表各自见解的机会多，可以与老师、与同伴讨论。这样教师与学生之间，学生与学生之间的沟通都是非常充分的。

下面是美国的一个上海移民在美国学校里的感受，从他的感受中就可以看到自由的氛围。在讨论课上，每个人都可以畅所欲言，在碰撞中，人对自己的想法逐渐清晰起来，对别人的观点也开始有所了解。

"这节课上，希尔先生最喜欢让我们辩论，他觉得'吵架'是最反映水平的。因为'吵架'能考验一个人的许多能力，比如反应能力的快慢和思考能力的强弱，在最短的时间里，要找出对方观点站不住脚的地方，还要马上想出自己反驳他的依据不是件容易的事。还有关键一点，辩论能锻炼表达能力，有的时候脑子已经想到了，但就是组织不起句子来。我有一次在'同性恋者是否是健康人'这个话题上想到用左撇子来与同性恋比较以说明同性恋只不过是一个趋向问题，可是我的想法到了嘴边却成了零星的词和一个个'呃、呃'，不过希尔先生认真地看着我，好像已经明白了我的意思似的。现在我虽然还没有出口成章的能耐，但经常会在口语里使用从句，这可是我刚到美国时想也不敢想的。"

在中国，每一个孩子从踏入校门开始，"班级"几乎就成了他们的另一个家。曾经的班级代号，一生难忘。美国的包班制只在小学实施，从中学起就只设教学班，而没有行政班的划分。学生在学校的日常生活都是围绕教学班进行。通常每学期开始，学生会根据自己的兴趣、爱好与学习进度，并在辅导老师的指导下，选择不同的课程。学校再根据学生的选择，划分出教学班，这种情况与大学的课程安排十分类似。美国的教学班通常都不大，每个班的人数基本控制在20人左右。人少了，自然都容易得到老师的关注，上课回答问题的机会也很多。由于中学教学和大学教学相似，美国学生在课间的时候都要抱着厚厚的书，找不同的教室，就像打仗一样。

美国中学是选课制，课程大致分为两类，一类是"核心"课程，包括文学、科学、社会学等；另一类是选修课，种类五花八门，分为艺术、技工、健康和电脑等大类。此外还有许多社团活动等着你报名：法国美食文化研究社团、雕塑欣赏社团等应有尽有。选课会产生大量的自由组合，所以每个人的交往范围都是非常广，每个人都可以结识很多同学。当然，在俱乐部中，人又可以认识众多有着共同兴趣的同伴和教师。在大量的人际交往活动中，人的交往能力自然就会有提高。

要提高个人的人际沟通能力，除了多交往之外，在交往中还可以参考如下建议。

（1）学会换位思考

我们每个人都需要朋友，那么你最喜欢什么样的朋友？当然是善解人意的朋友，你说什么，做什么，你的一言一行他都能理解。有这样知心的朋友，你会感觉非常舒服。很多人都发出过这样的感叹，人生能有一知己，足矣！

人生能有一知己，足矣！但也难矣！能有一个知己，人一生都感到满足，这说明找到一个知己是很困难的，也因为困难，也倍显珍贵。《战国策·赵策》中有句广泛流传的名言，"女为悦己者容，士为知己者死。"为了报答他人的知遇之恩，就不惜生命、刚烈永诀，为朋友赴汤蹈火、义无反顾。

知己者为什么这么少？知己者少是因为人的本性是以自我以为中心的，能够超越人的本性的人只是少数人，所以知己者一定是少数人。人的本性本来就是自以我为中心的，再加上独生子女在家庭里备受宠爱，所以很多同学自我中心倾向非常重，他们只知道自己的想法，根本就不理会别人的感受和想法，事事都要求别人如自己的意、符合自己的标准。事事以自我为中心，在生活中其结果当然就是碰壁。碰壁了，还不知道找自己的原因，而专门挑别人的毛病，结果越挑越生气。他们很少反问自己，如果有人将他的想法强加于你，你会接受吗？你心里的滋味会舒服吗？孔子的这句话"己所不欲，勿施于人"，他们是知道的，但是也只是停留在文字上。

如果不动手、不恶语伤人，进行激烈的争论，甚至是吵架，通过与别人发生激烈的碰撞，让自己有机会清楚地知道别人在怎么想，也不失为一种很好的学习换位思考的方式。碰撞得多了，自己就终于认识到每个人都是有自己的思想的，谁也不能最终把自己的思想强加于他人。

人总是希望赢得一个理解自己的人，但是多是消极等待，于是只能发出知己者难求的感叹。要赢得朋友，你必须首先学会自己做别人的朋友。当你学会设身处地为他人着想、想人所想的时候，你就会赢得朋友。

（2）学会共存、共荣

很多时候发生矛盾和冲突，都是因为误解，都是因为不了解对方的想法。一旦真地理解了对方的真实想法，同情心马上就会油然而生，理解和宽容自然就有了。虽然人与人之间存在着竞争，但是如果人们都能够像蒙牛集团的老板牛根生那样宽容地对待竞争者，那么人的胸怀就会像蓝天一样广阔。

公元前450年，古希腊历史学家希罗多德来到埃及。在奥博斯城的鳄鱼神庙，他发现大理石水池中的鳄鱼，在饱食后常张着大嘴，听凭一种灰色的小鸟在那里啄食剔牙。这位历史学家非常惊讶，他在著作中写道："所有的鸟兽都避开凶残的鳄鱼，只有这种小鸟却能同鳄鱼友好相处，鳄鱼从不伤害这种小鸟，因为它需要小鸟的帮助。鳄鱼离水上岸后，张开大嘴，让这种小鸟飞到它的嘴里去吃水蛭等小动物，这使鳄鱼感到很舒服。"这种灰色的小鸟叫"燕千鸟"，又称"鳄鱼鸟"或"牙签鸟"，它在鳄鱼的"血盆大口"中寻觅水蛭、苍蝇和食物残屑；有时候，燕千鸟干脆在鳄鱼栖居地营巢，好像在为鳄鱼站岗放哨，只要一有风吹草动，它们就会一哄而散，使鳄鱼猛醒过来，做好准备。正因为这样，鳄鱼和小鸟结下了深厚的友谊。

动物需要合作伙伴，人当然也需要合作的伙伴，更何况每个人来到这个世界上都有自己的生存和发展的权利，只要不是损人利己，我们都应当尊重对方生存和发展的权利，学会共存共荣。

（3）宽容和妥协

为了做到合作共赢、互利共生，宽容和妥协是非常必要的。每个人都有各自的利益，这些不同的利益之间免不了会发生这样或那样的碰撞和冲突。比如，堵车了，人人都想自己的车先开出去，如果互不相让，都向前挤，那么谁的车也走不了；如果彼此礼让一下，那么拥堵的车辆就可以得到疏通。这种礼让就是宽容，就是妥协。宽容和妥协是人生的一种豁达，是一种远见，是一种生存和发展的智慧。事事都和别人斤斤计较，争强斗逞，那么堵死的是别人的出路，留给自己的同样是死路，因为只有给别人让一条路，才能给自己留出一条路。

现代生活中，宽容和妥协已成为人们交往中一道不可缺少的润滑剂，发挥着越来越重要的作用。在市场上，买家与卖家经过讨价还价，最终以双方的妥协而成立。在国际冲突中，冲突双方各自作出让步，才迎来和平共处的共赢局面。

联想集团董事局主席柳传志曾送给他的接班人杨元庆一句话：要学会妥协。在现代竞争思想中，"善于"妥协不是一味地忍让和无原则地妥协，而是意味着对对方利益的尊重，意味着将对方的利益看得和自身利益同样重要。在个人权利日趋平等的现代生活中，人与人之间的尊重是相互的。只有尊重他人，才能获得他人的尊重。因此，善于妥协就会赢得别人更多的尊重，成为生活中的智者和强者。

妥协是以宽容为基础的。如果没有宽阔的胸怀，人是没有空间妥协的。什么是宽容？法国 19 世纪的文学大师雨果曾说过这样一句话："世界上最宽阔的是海洋，比海洋宽阔的是天空，比天空更宽阔的是人的胸怀。"宽容是一种博大，它能包容人世间的喜怒哀乐。宽容是一种境界，它能使人生跃上新的台阶。

宽容是美好的，但是在利益面前真地做到宽容却不是件容易的事情。正因为做到宽容不容易，所以，狭隘的人多而又多，而宽容的人少之又少。狭隘的人是依人的本性生活的，而宽容的人则是收敛了自己本性的人。被动"宽容"的人多是无能之人，而主动"宽容"的人则是对人性有很深的洞察。因为有了深刻的认识，所以才会有远见。因为有远见，所以他们才会主动地宽以待人。能做到主动宽容，绝对不是件轻而易举的事情。

（4）以利他的方式实现个人的目的

人的本性都是自私的，但是聪明人和普通人在自私的表现方式有着根本性的不同。普通人的行动往往是直接奔向自己的目标，追求直接的满足。聪明人有自己的目标，但是他们通常是通过迂回的间接方式达到目的，比普通人多转个弯儿。他们先是尽力地满足别人的需要，而后在得到别人回报的基础上自然而然实现自己的目标。蒙牛乳业集团的老总牛根生，把凝聚大量财富的过程作为一个快乐的追求过程，但是他表现在众人面前的姿态却是尽力让别人喜欢钱、需要钱的欲望得到满足，他在伊利集团的时候可以把上百万的年薪分给大家。当别人对钱的需要得到满足的时候，纷纷用自己的力量回报牛根生，这些力量分散起来时是很小的，但是积聚在一起却是一股巨大的力量。

有的人说牛根生把年薪分了是个高明的"人情投资"，这是有道理的。

常挂在牛根生嘴边儿的一句话是，"小胜靠智，大胜靠德。"德是什么？被人推崇为有德的人通常是能够尊重他人利益的人，甚至在必要的时候牺牲个人的利益来维护他人利益的人。利他是德的本质。像牛根生这样具有凝聚力的统帅式人物，正是因为他们能够在一定程度上超脱人自私的本性，把别人的利益放在一个较高的位置，所以他们才会有"得道者多助"。俗话说，众人拾柴火焰高，有了众人的帮助，事业就可以如日中天。事业成功后谁得的利益最大？当然是那些统帅人物。不过，那些追随者内心也要平衡，因为跟对了统帅，所以他们的利益也得到了最大限度的维护。

（5）处理面子、人情和做人的问题

人的本质是他的社会性。人都是复杂的社会关系中的一个结。在复杂的人际关系网络中，个人展露在周围人面前的就是面子，面子是个人身份、地位的象征，很多人际关系要靠面子来处理和维系。尽管面子会影响到人的心境和社会生活，但是它毕竟是面儿上的东西。在面子下面的是人情，一表一里，彼此相互依存，于是人们有时干脆把面子和人情糅合在一起，统称情面。决定面子和人情有无和大小的，是人与人之间的关系，而编制这种关系的方式就是做人。

人都是有自尊的。面子对谁来说都是敏感的。丢了面子，谁也不会高兴。个别人甚至还会"死要面子，活受罪"。比如，项羽是个好面子的人，喜欢显摆，他在进入秦国都城咸阳后烧杀抢掠，然后拉着抢掠来的妇女和金银财宝就要回老家。有人劝他，咸阳是帝王之都，他一听有道理，可是一看咸阳城都已经被毁了，没地方住了，干脆，还是要回家，于是有了下面一段话，"富贵不归故乡，如衣绣夜行，谁知之者！"意思是说，穿着漂亮的衣服，在黑不隆咚的晚上走，谁看得见呢？应该穿上漂亮的衣服，回家乡去，这个叫做衣锦还乡。劝说他的人摇头叹息，私下嘲笑项羽说，"很多人说楚国人就像沐猴戴了人的帽子，装人，果真如此。"项羽听说以后，就把这个人烹杀了。楚汉战争，他失败了，带着一些士卒落荒而逃。当他杀到乌江边上时，只剩下了他自己。此时，有一位亭长划着一条小船相助。本来是个逃生的机会，他可以就此重整旗鼓，但是他又觉得自己丢了大面子，自绝于江边，临死前说："籍与江东八千人渡江而西，今无一人生还，纵江东父老怜我而王我，我何面目见之！"其实，他在江东的实力还相当大，楚地多在他的势力范围之内。可惜，面子比江山重要，也比性命重要。

　　死要面子的人，似乎是在为赢得别人的尊崇而活着，他们的精神支柱就是自己在别人心目中的形象。如前所述，由美国心理学家马斯洛的心理需要的五个层次生理需要、安全需要、归属与爱的需要、尊重需要和自我实现需要中，我们不难看出，需要的层次越高，对他人的依赖性越强。以尊重需要为例，人人都希望自己在众人面前是个举足轻重的人物，希望自己能够得到周围人的尊重，可是在给予别人爱和尊重时却是非常吝啬的。如果一个人要想得到众人的尊重，那将是一件需要个人努力与付出才能做到的事情。好面子的人，与一般人不同，他们要知难而上，但却并没有为其中的挑战性做好充分的准备，他们只是一味贪婪地渴望别人单方面对自己的尊重。贪婪的欲望使他们经常处于焦躁不安中，因为现实环境几乎不可能满足他们的这种欲求，他们要时时面临着失败或失败的威胁。越渴望有面子，越得不到面子，这注定要使那些好面子的人饱受人际交往的苦恼。他们常常为得不到别人的爱和尊重而苦恼。苦恼的心态必然对他们与人的交往产生消极影响，而消极影响使他们更加渴望得到别人的爱和尊重，于是恶性循环便是他们挥之不去的阴影。

如果把面子放在一个适度的位置，面子就可以起到润滑剂的程度，避免了人与人之间硬的碰撞。维护住了对方的面子，就等于给自己留了一条后路。

人情的层次比面子的略深一点，毕竟有了感情的色彩。人家给了你面子，就意味着你欠了对方一份情。如果人情世故都不懂，那就是在人群中盲目地跌跌撞撞。当别人不给自己面子的时候，自己都不知道交往失败的根源在哪里。当然了，要读懂人情大礼绝对不是件短期内就可以做到的事情。

面子和人情都属于表层的东西，深层的东西是人与人之间关系的调整，即做人。做人的问题是影响人际关系的根本问题，它决定着面子和人情的走向，决定人际关系是否融洽，而人际关系是否融洽则决定着人的事业和生活的成功与失败。因此，很多成功有为的人在介绍自己的成功经验的时候常常说，学做人比学做学问更重要，要做学问得先学会做人，或者要做事，先做人。

李嘉诚给自己总结的成功经验中，第一条就是做事先做人，打造个人的人格品牌。2006年4月，30多位中国内地著名的企业家，在坐落于香港维多利亚港湾的中环长江中心大厦第七十层，集体拜会了李嘉诚先生。拜会结束后，汇源集团董事长兼总裁朱新礼深有感触地说，"我以前只是感觉他在商业上很成功，这次面对面地交流，感觉他的成功是在做人上。"从香港回来，朱新礼一直想写篇文章登在企业内刊上，"给厂长经理讲讲这么大的企业家，有那么多财富，却是这么谦虚细心，注重礼节。"分众传媒董事局主席兼首席执行官江南春是一个善于学习的人，他每有感想必要写下来。"我们问李先生，他认为成长为一个企业领导最重要的素质是什么？李先生讲一个领导要怀着宽容的心、公平的态度去对待同事、股东、下属以及任何人，没有容人之量，凡事以敌意揣测别人，以自我利益为中心判断事物一定会失去机会，并且会使人生不快乐。要敞开胸怀、善意诚意待人，懂得舍、懂得不争就会争取到成就。而且，领导一定要有责任感，当困难出现，危机出现，要勇于担当，分配利益的时候要善于让，出现失败的时候要承担责任，这才是做人，做领导更应如此。"

不论是美国的卡耐基，还是香港的李嘉诚，从他们的言谈中，不难发现，会做人的人总是能够至少从表面上压抑个人的本性，从而表现出关心他人、尊重他人、处处以他人为重、时时替别人着想的倾向。当你至少从表面上能够首先满足别人的时候，作为压抑自己的回报就是挣了个好人缘儿，好人气，这样你做事情就有了"人和"这个得天独厚的优势。

13.

赢得朋友有绝招

当你能够让别人在你面前感觉自己很重要、很尊贵的时候，他就会感觉与你相处很舒服，体验到的是少有的难以言表的美妙感觉。这个时候，你想拒绝他做你的朋友都难。当然，从你的本心来说，你更愿意有人能让你自己产生一种在别人面前很重要的感觉。人的本性并不是让别人成为谈论的焦点，焦点应该属于自己。焦点是自己，感觉固然好，但是那样你没有朋友啊。为了赢得朋友，你必须首先超越自己的本性。

怎样才能让别人感觉在自己面前很重要？从标题上，你已经知道了聆听就是这样一种办法。大家一起先来读一个经典的故事：

用妹妹的话说，我在音乐方面简直是"白痴"。在她听来，我拉的小夜曲就像在锯床腿。我感到很沮丧。我不敢在家里练琴，直到我发现了一个绝妙的好地方——楼后面的小山上，那儿有片很年轻的林子，地上铺满了落叶。

那天早上，我蹑手蹑脚地走出家门，心里充满了神圣感，仿佛要去干一件非常伟大的事情。林子里静极了，我在一棵树下站好，心剧烈地跳起来。我庄重地架起小提琴，拉响了第一支曲子。

但事实很快令我沮丧了，似乎我又把那锯子带进了树林。我懊恼极了，不由地诅咒自己："真是一个白痴！"

这时，我感到身后有人，便转过身。我吓了一跳：一位极瘦极瘦的老太太坐在一张木椅上，静静地看着我。我的脸顿时热起来，带着歉意冲老人笑笑，准备溜走。

老人叫住了我，说："是我打搅了你吗？小伙子，我猜想你一定拉得非常好，只可惜我聋了。"我指了指琴，摇摇头，意思是说我拉得不好。"也许我会用心灵去感受这音乐，我能作你的听众吗？就在每天早晨。"我被这位老人诗一般的语言打动了。我拉起了琴，面对我惟一的听众，一位耳聋的老人。此时此刻，我心里洋溢着一种从未有过的自豪感。

很快，我发现自己变了：我不再受妹妹"求饶"的干扰，在我的房间，常常传出阿尔温、舒罗德的基本练习曲。但不知为什么，每天面对耳聋的老人演奏，我总是忐忑不安。

我一直珍藏着这个秘密。直到有一天，我拉了一曲《月光》奏鸣曲，让专修音乐的妹妹感到大吃一惊。妹妹逼问我，得到哪位高师的指点，我告诉她："是一位老太太，就住在12号楼，非常瘦，满头白发。不过，她是一个聋子。""聋子！"妹妹惊叫起来。"多荒唐！她是音乐学院最有声望的教授。更重要的，她曾是乐团的首席小提琴手！而你竟说她是聋子！"

我一直珍藏着这个秘密，每天早晨依旧早早地来到林子里，面对这位"耳聋"的惟一的听众，静静地拉上一曲。我感觉到我奏出了真正的音乐……

如今，拉小提琴已经成为我永远无法割舍的爱好。

读完这个故事，你会有什么感慨？看看，仅仅有一个不说话的、忠实的、一直在欣赏自己的听众就足以使人找到自信的感觉，找到自己的成功之路。毫无疑问，这个姑娘一定会把这位老太太作为自己终身的朋友，一辈子都会对这个听众刻骨铭心的。假如你也能像那位老太太那样装聋作哑，学着做一个出色的聆听者，那么朋友就会如潮水般向你涌来。

聆听别人，不是做做样子，而是认真聆听，充满好奇地听。美国电台节目主持人 Larry King 非常著名，多年来他的电台与电视清谈节目差不多吸引了全国每一位有名气、有才华、有权势的人。美国的总统、影视红人、体坛名将、各行各业的精英，谁都以上过他的电视清谈节目为荣。Larry King 的口才使得他和他的受访者一样出名，一样富有。他凭着什么攀上顶峰呢？他有什么独门诀窍呢？Larry King 访问前很少甚至完全不做准备，而且从来不用笔记。用他自己的话说，"The best interviewers are those who know least about a subject. I hate to ask questions I know the answers to. And I've never been afraid to ask what might be a dumb question." 正因为对访问的课题缺乏了解，所以他对每一位接受他访问的人都有高度的好奇心。好奇心使他自然而然地把别人放在一个高于自己的位置上。他说，"I like questions that begin with 'why' and 'how', and I listen to the answers, which lead to more questions."由于他善于倾听，每个嘉宾都获得了成就感，而嘉宾的成就感就会引出他们滔滔不绝的精彩讲述。正是嘉宾的精彩讲述，成就了Larry King的名嘴。

如果听的时候，只是装装样子，有耳朵无心，那么这样听还不如不听。见到别人在应付自己的听话，这会使讲话者感到非常的扫兴，既伤感情又伤面子。如果不听，这些伤害都无从谈起。

听就要认真听。认真是表明了自己的态度，而要成为一个优秀的倾听者，还必须有智慧。有了智慧，就可以听懂对方的话，听出对方话中的弦外之音。一般来说，讲话者越富有智慧，倾听者越需要智慧来解读讲话者的话语。倾听者的智商和知识结构对于弄懂讲话者来说是十分关键的。

如果讲话者讲了大半天，尽管聆听者听得很认真，但却听不懂讲话者所云，那么讲话者就会感觉非常的扫兴，他不会把这样的聆听者放在一个与自己等肩的位置。当然，鉴于聆听者态度较好，讲话者还是喜欢的，好歹也是有个崇拜自己的听众，多少还是让自己有些成就感的。

交谈是个互动的过程，即使有一方扮演讲话者的角色，而另一方扮演聆听者的角色，因为作为聆听者的一方，他还是问一些类似于why和how这样的问题。如果听不懂讲话者的意思，那么他的这些问题就会提不到正题上。如果是平等地交谈，由于听不懂对方话的意思，那么双方在交谈过程中必然发生误解，而人与人之间之所以会出现隔阂，产生沟通的困难和误会，多半是因为我们往往只是听，而没有真正听懂对方所说的话。

当然，要听懂对方所说的话不是件轻而易举的事情，因为这需要一个人具有相应的智慧和智能结构，而这又不是轻易改变和达到的。人能够把握的只有自己听人讲话的态度。把握自己能够把握的，积极聆听，尽自己最大的努力去听懂对方，这才是唯一现实的选择。

积极聆听有一些基本原则。

（1）**聆听者要适应讲话者的风格。**一个人有一个人的讲话风格，音量和语速各不相同，聆听者要尽可能适应他的风格，尽可能接收他更多、更全面、更准确的信息。

（2）**聆听不仅仅用耳朵在听，还应该用你的眼睛看。**俗话说，眼睛是心灵的窗户。在人眼睛里所传递的信息远比嘴里讲出的信息更丰富、更真实。话语可以说谎，而眼睛难以说谎。人的耳朵听到的仅仅是一些信息，而眼睛看到的是他传递给你更多的一种思想和情感。因此，积极的聆听不仅要用你的耳朵，而且还必须使用自己的眼睛。

（3）**站在对方的角度考虑问题，这样才能理解对方。**多数人之所以不能与人有效的沟通，不是因为他们表达不清楚自己想要说的话，而是他们没有站在对方的角度去想问题，只是用个人的经验和主观认识去评判对方。

（4）**鼓励对方。**在听的过程中，看着对方保持目光交流，并且适当地去点头示意，表现出有兴趣的聆听。讲话者看到聆听者兴趣盎然的样子，他会非常兴奋地说下去。自然地，他也会对认真聆听他讲话、给他带来成就感的人充满了积极的感情。

积极的聆听通常有四个步骤。

步骤1：准备聆听

首先，就是你做好聆听的准备，给讲话者以充分的注意。其次，准备聆听与你不同的意见，从对方的角度想问题。聆听者先不要下定论，而应当以开放的态度，准备聆听与自己不同的意见，并努力从对方的角度考虑所听到的信息。

步骤2：发出准备聆听的信息

通常在听之前会和讲话者有一个眼神上的交流，显示你给予发出信息者的充分注意，这就告诉对方：我准备好了，你可以说了。要经常用眼神交流，不要东张西望，应该看着对方，注视着对方的眼睛。

步骤3：采取积极的行动

积极的行动包括频繁的点头，鼓励对方去说。在听的过程中，也可以身体略微地前倾而不是后仰，这样是一种积极的姿态，这种积极的姿态表示着：你愿意去听，努力在听。听的时候一定要集中精神，努力地理解对方话语中的真实含义。只有听懂了对方话语中的真实信息，才能反馈给对方以有效的信息。这样，对方也会有更多的信息发送给你。

步骤4：理解对方的全部信息

聆听的目的是为了理解对方全部的信息。在沟通的过程中，如果你没有听清楚、没有理解时，应该及时告诉对方，请对方重复或者是解释，这一点是我们在沟通过程中常犯的错误。在沟通时，如果发生这样的情况，要及时通知对方。

聆听者的不同态度，会产生不同的效果。在沟通的过程中，因为我们每个人的聆听技巧不一样，所以看似普通的聆听却又分为五种不同层次的聆听效果。

（1）听而不闻

听了，这只是从表面上，但根本就没有用心思。听而不闻，没有眼神儿的交流，只是不断的左顾右盼，这是每个讲话者所反感的。没有任何的诚意，讲话者当然不会诚心地和盘托出。

（2）假装聆听

假装聆听的人会努力做出聆听的样子，他的身体大幅度的前倾，甚至用手托着下巴，实际上是没有听。

（3）选择性聆听

选择性的聆听，就是只听自己感兴趣的内容，与自己兴趣无关的内容就不听了。这种听的方式给人的印象是，这个聆听者非常自私和狭隘。当讲话者感觉出聆听者的自私和狭隘时，讲话者讲话的兴致就会大打折扣。

（4）专注地聆听

专注地聆听就是认真地听讲话的内容，这是每个讲话者都希望看到的。专注地聆听会使讲话者感到自己受到了尊重，一种成就感油然而生。伴随着成就感，人就会滔滔不绝地挖掘出个人的潜能，把自己的所想、所知都淋漓尽致地表达出来。

（5）设身处地的聆听

不仅要专注地听，而且能够设身处地地从讲话者的角度考虑问题。人最难做到的，也是最可贵的，就是能够摆脱个人的局限性。如果能够站在对方的利益上去听、去理解，就比较容易，与对方产生共鸣。古人说，士为知己者死。能够做到相知，这对于双方来说都是人生中最可贵的一件事情。

善于聆听的人是有胸怀的人，而博大的胸怀则来自人的高度自信，来自于人的修养。那些自命不凡，心胸狭隘，闭目塞听的人，他们的自负实际上是无知的外衣，无知会因闭塞而更无知。自信是睿智的果实，睿智将因聆听而更睿智。

善于聆听的人并没有因为抬高别人而泯灭自我。善于聆听的人抬高了别人，而抬高了别人就意味着你给了众人的面子和人情。情面是有回报的，当你给了众人的面子和人情的时候，他们也会纷纷回报你以面子和人情，于是你就在众人中就形成了个人的威望，你的一言一行都将变得非常有分量。

听是沟通的开端，也将伴随整个的沟通过程。如果听的环节出现了失误，那么人根据听到的信息所做出的一切反应都将是错误。只要是错误，必定就会招致失败。

14.

批评有理，赞扬万岁

人都是愿意听赞美之词的。我们幼年时听到的这个寓言就是一个极好的佐证。

太阳和风在争论谁更强而有力。

风说："我来证明我更行。看到那儿一个穿着大衣的老头吗？我打赌我能比你更快使他脱掉大衣。"

于是，太阳躲到了云后。风开始吹了起来，愈吹愈大，大到像一场飓风，但是风吹得愈急，老人愈把大衣紧裹在身上。

终于，风平息了下来，认输了。然后，太阳从云后露面。开始以它和煦的阳光照着老人。不久，老人开始擦汗，脱掉大衣。

太阳对风说："温和和友善总是要比愤怒和暴力更强有

力。"

人身上的衣服，就如同护卫自己的精神盔甲。要与对方进行心灵的沟通，或者想要影响他的思想，前提条件是要首先卸掉对方的盔甲，而卸掉对方的盔甲最有效的方法，就是用亲切、友善、赞美的态度使对方摒弃成见，面对理性。国外有句俗话，"一滴蜜汁比一加仑胆汁能捕到更多的苍蝇。"赞美之词的魔力是刻薄的语言所远不能及的。用一滴蜜赢得对方的心，你就能使他走在理智的大道上。林肯就说过这个道理："当一个人心中充满怨恨时，你不可能说服他依照你的想法行事，那些喜欢骂人的父母、爱挑衅的老板、喋喋不休的妻子……都该了解这个道理。你不能强迫别人同意你的意见，但却可以用引导的方式，温和而友善地使他折服。"

赞扬是人最容易接受的，但是人却很吝啬对别人的赞扬。笔者曾经无数次在课堂上询问大学生，你们是愿意先听赞扬的技巧还是先听批评的技巧，每次学生的回答都是一个，愿意先听批评的技巧。

人为什么乐意批评人，而不情愿赞扬人？批评别人的时候，人总有一种居高临下的感觉，把别人压下去了，自然就感觉等于抬高了自己，这是一种自我欣赏的非常舒服的感觉。而在赞扬别人的时候，总是感觉把别人抬高了，自己的位置往哪里搁呀？抬高自己是每个人都最愿意看的，而抬高别人是自己不情愿的，这是人的本性。

好吧，既然大家都有批评别人的癖好，那就先来看批评人的技巧。

被批评，人的滋味是难受的，即使批评者是出于善意的，即使批评的话在批评者本人是正确的。滋味难受还不是因为感觉个人伟大的形象被人打了折扣？人总是希望别人看到自己成功、成功、再成功，谁也不愿意在别人面前暴露自己不足的一面。正是因为被批评时人难受，所以人对批评的声音的本能反应就是排斥。

历史上像司马迁、王安石等著名的忠臣都是仗义执言，但都以获罪而告终，这都是皇帝老子出于本能的自我保护的结果，毕竟皇帝也是普通人，也一样喜欢听奉承的话。纳谏如流的唐太宗，就其本心而言，他也愿意听一些肯定自己的赞美之词，只是出于社稷大业稳定，他才最终能战胜自己的，实现了升华，但是到了晚年，他感觉自己的地位稳固了，对别人的依赖程度减弱了，本性也就逐渐显露出来，他也开始变得和其他皇帝没有区别了，自以为是、一意孤行。

历史上，奸臣之所以总能一帆风顺，原因在于他们了解人的这种本性。历朝历代的皇帝，多数都不太喜欢直言劝谏的忠臣，越是忠臣，越要受到排挤；越是善于阿谀奉承的奸佞小臣，越容易得到宠信，这就是极好的证明。人的本心都是喜欢听奉承自己的话，而那些虚心接受批评的人，只是因为他能最终以理性战胜自己的本性，这是长期自我修养的结果，是后天逐渐培养出来的。

人不可能没有毛病，而有毛病又不能不说，那就得把药片包上糖衣，使"逆耳忠言"变成"顺耳忠言"，这就如同理发师在替人修面以前，先在面部上涂抹一层肥皂一样，使人被否定时的痛苦得到减轻，从而达到预期的效果。

（1）批评先从称赞开始

人都是顺毛驴子，吃软不吃硬。你真要批评一个人，你得给他一些赞美之词，给他找回点面子，以抵消由批评带来的排斥。你要批评他，在批评之前对方是预感的，知道你一定不会是赞扬他。他知道你要批评他，对于你送来的小礼包，尽管知道这含有圆面子的成分，但还是愿意接受的，好歹也能给自己找回点面子。

在非洲的巴贝姆巴族中，至今依然保持着一种古老的生活仪式。当族里的某个人因为行为有失检点而犯了错误的时候，族长便会让犯了错误的人站在村落的中央，公开亮相，以示惩戒。每当这时，整个部落的人都会放下手中的工作，从四面八方赶来，将这个犯错的人团团围住，用赞美来"教训"他。

围上来的人们，会自动分出长幼，然后从最年长的人开始发言，依次告诉这个犯错的人，你今生曾经为整个部落做过哪些好事。每个族人都必须将犯错人的优点和善行，用真诚的语言叙述一遍。叙述时既不能夸大事实，也不允许出言不逊，而且不能重复别人已经说过的赞美。整个赞美的仪式，要持续到所有族人都将正面的评语说完为止。

巴贝姆巴族人是智慧的，他们对待犯错人的态度是"尽管你犯了错，有了缺点，但我们依然爱护你、关心你、接纳你。我们整个部落的人都坚信：你一定具备改过向善的信心与能力。"

当然，这样的"教训"费人力费时间，还要看人的悟性，但无疑，它提醒我们，批评更大程度上是一门直击心灵的艺术。而赞美，应当成为批评的一个重要部分。

在1856年麦金利竞选总统时，他所在的共和党的一名重要党员，绞尽脑汁，撰写了一篇演讲稿，他觉得自己写得非常成功。他很高兴的在麦金利面前，先把这篇演讲稿朗诵了一遍——他认为这是他的不朽之作。这篇演讲稿虽然有可取之点，但并不尽善尽美，麦金利听后感到并不合适，如果发表出去，可能会引起一场批评的风波。麦金利不愿辜负他的一番热忱，可是，他又不能不说这个"不"字。

麦金利是这么处理的。"这真是一篇精彩绝伦的演讲稿，"麦金利说道，"我相信再也不会有人比你写得更好了！"他接下去说："就许多场合来讲，这确实是一篇非常适用的演讲稿，可是，如果在某种特殊的场合，是不是也很适用呢？从你的立场来讲，那是非常合适、慎重的；可是我必须从党的立场，来考虑这份演讲稿发表所产生的影响。现在你回家去，按照我所特别提出的那几点，再撰写一篇，并送一份给我。"

那位党员果然那样做了，麦金利用蓝笔把他的第二次草稿再加以修改，结果他在那次竞选活动中，成为最有力的助选员。

需要注意的是你的赞扬必须是真诚的，人们选择朋友的标准之一就是对方是否真诚。虚情假意的赞扬听来反而使人尴尬，有时还会令对方误解你是在讽刺他，于是他对你随后的批评会更加反感和敌视。所以在准备批评一个人的时候，如果没有真诚，你的批评反而会产生更坏的效果。

（2）批评前先提到自己的错误

被批评者在批评者面前多有这样一种感觉，似乎批评者是在用批评显示他的才智和优越性。如果批评者开始先谦虚地承认自己也不是十全十美的、无可指责的，然后再指出人们的错误，这样就比较容易让人接受了。

德皇威廉二世在位时，他目空一切，高傲自大，他建设陆、海军，欲与全世界为敌。于是，一件惊人的事情发生了。德皇说了一些令人难以置信的话，震撼整个欧洲，甚至影响到世界各地。最糟的是，德皇在访问英国时，把这些可笑、自傲、荒谬的言论，当着群众发表出来。他还允许"每日电讯"，照原意在报上发表出来。例如，他说他是唯一对英国感觉友善的德国人；他正在建造海军以对付日本的危害。德皇威廉二世还表示，只有他一个人的力量，才能使英国不致屈辱于法、俄两国的威胁之下。他又说，英国洛伯特爵士，在南非战胜荷兰人，都是出于他的计划。

在这一百年来的和平时期，欧洲没有一位国王，会说出这样惊人的话来……那时欧洲各国的哗然、骚动，像蜂似的涌了起来。英国非常愤怒……而德国的那些政治家，更是为之震惊。

在这阵惊慌期中，德皇也渐渐感到事态严重，有些慌张了。他向布洛亲王暗示，要他代为受过。德皇要布洛亲王，宣称那一切都是他的责任，是他建议德皇，就出那些不可信的话来的。可是，布洛亲王说："但是陛下，恐怕德国人或是英国人，都不相信我会建议陛下说那些话的。"

布洛亲王说出这话后，立刻发觉自己犯了一个严重的错误。果然，激起德皇的愤怒。他咆哮地说："你认为我是一头笨驴，连你都不至于犯的错误我做了出来。"

布洛亲王知道应该先作某种的称赞，然后才指出他的错误，可是为时已晚了……他只有作第二步的努力在批评后，再加以赞美。结果，立刻出现奇迹。

布洛亲王恭敬地说："陛下，我绝对不是那种意思，陛下在许多方面都远胜过我，当然不只是在海军的知识上，尤其特别是在自然科学方面。陛下每次谈到风雨表、无线电报等科学学理时，我总替自己感到羞耻，感觉自己知道得太少了……我很惭愧，对于各门自然科学都不懂，化学、物理更是一窍不通，连极普通的自然现象，我也不能解释。但略可抵补的是，我对于历史知识方面，稍微知道一点，同时也有一点政治上的才能，尤其是外交上的才能。"

德皇脸上显现出笑容来，那是布洛亲王称赞了他。布洛抬高了他，抑低了自己。经布洛作这样解释后，德皇宽恕了他，原谅了他。德皇热情地说："我不是常跟你这样讲过，你和我以彼此能相辅相成而著名……我们需要赤诚的合作，而且我们愿意这样做。"

那天下午，德皇紧紧握着布洛的手，说："如果有人向我说布洛不好，我就用拳头，打在他的鼻子上。"

（3）间接地提醒他人注意自己的错误

直接批评可以激发起人们对自我价值遭到否定的恐惧，威胁到人的自尊。既然直接的办法不能容易解决问题，那么就应当采取迂回的方式避开这种恐惧，充分顾全人的自尊，从而使人较为顺利地接受批评。间接提醒他人注意自己的错误就是这样一种有效的方式。

范纳梅克是费城一家很大的百货公司的老板，一次，他去百货公司是看到一位女客人站在柜台外面，等着买东西，可是就没有人去招呼她。哦，售货员呢？他们都聚到柜台远处一角，在谈着笑着。范纳梅克一声不响，悄悄走去柜台里端，他自己招呼那位女顾客。然后他把成交的货物，交给售货员去包装，而他自己就走开了。

（4）批评宜直接

批评宜直接，不宜间接。笔者在上学的时候，学校有搞卫生的习惯，一次，在我做完本班的卫生区和宿舍的个人卫生后就去玩了，在吃完晚饭回到宿舍的时候，留在宿舍等待老师检查的同学告诉我，班主任说就我的床单皱皱巴巴。床单之所以皱皱巴巴，是因为自己睡觉时不老实，总翻身，床单再结实，也搁不住身体的蹂躏，这是人在睡觉的时候所无法自控的，其实这也不算什么毛病。当时，我没有做出任何的反应，可是自从这件事情以后我就跟这个班主任老师结下了疙瘩，从心里就疏远了，即使以后他表扬我，我也不领情。我认为自己不是那么小心眼儿的人，可就因为这点小事耿耿于怀。很多年我都没弄清其中的缘由，后来慢慢明白了，错就在老师犯了批评人的忌讳——间接地批评人。间接批评人的方法效果之所以差，是因为把对方的短处让更多的人知道了，有损于对方在周围人中的形象，而直接批评人则可以最小限度地减少对对方形象的负面影响。既然这样，如果想搞坏与某个人的关系，那就四处散布你对他的批评；如果你想继续保持与某个人的友谊，那你就把你的看法单独与他的交流。来分析一下父母和教师的批评方式，那些喜欢在众人面前批评人的父母和教师是绝对受不到被批评人的喜欢的，即使是出于善意，因为他们无意中破坏了被批评人在众人心目中的形象。

（5）忌讳当众批评

有些令人不满的事情的发生是出乎意料的，在当时的情景下，人本能地做出反应，容不得再选择批评的时机，于是就当众做出了批评，这种批评是最伤人的。也许在当时制止了对方的行为，但是对方会感觉这极大地挫伤了他们的尊严，导致对方的怨恨，根本达不到自己批评的目的，个别情况甚至会招致对方的报复。

2009年7月5日《重庆商报》报道说，重庆南岸区某高校教师在博客中曝出惊人消息：4月26日晚，该校一名博士老师上完课后走出校门准备回家时，突然遭到埋伏在校门口的 9 名男子群殴。这伙凶徒设有 3 道防线对该博士老师加以伏击，在殴打他时称"你竟敢在课堂上当众批评她"。博客称，尽管该博士老师凭着健壮的身体，突破了两道防线，但最终因对方人多势众栽倒在第三道防线上，被打得鼻青脸肿。该校保卫处介绍说，事发后他们已介入调查，初步怀疑系课堂上被批评学生报复所致。

能达到最初目的的批评，前提条件就是要维护对方的自尊心，营造出一种相互信任的气氛。用通俗的话讲，把人的面子给留足。这样做的根本用意在于抵消由否定而带来的抵触情绪，从而使真诚的批评能被对方领会，否则不仅达不到善良的初衷，反而激发起对方的怨恨。如果招致对方的怨恨，那么这就是一次彻底失败的批评。

魏书生（1950 - ），是从一个普通的民办教师做起的教育家。在他的手下，再乱的班级也会变好，再差的学生也能成才。那么，他有什么魔力会使乱班和差生变好？我们不妨先来看他如何批评学生。

魏书生书教得好，又是学校领导，自然就得给自己的工作加码。他给自己做个规定，全年级每班倒数的几名同学都收到他的班里。这些同学来到他的班上，被要求做的第一件事情，就是写出自己的优点，而且要达到一定的字数，否则就要写更多的文字来说明自己为什么找不到自己的优点。这样的任务听起来很苛刻，但是人做起来却甜在心中。

几天下去，一位名叫王宇（化名）的男同学找到魏书生，说自己怎么也找不到自己的优点。魏书生很严肃地说，找不到自己的优点，就得写说明书。后来，王宇被逼无奈，问魏书生说："老师，你说我爱干活、爱劳动是优点吗？"魏书生非常肯定地说："哎呀，这就是了不起的优点。如果一个人一辈子都这样，那么他一定能成为一个有用的人才。"王宇的脸像一朵花一样绽开了。

在一次公开课上，魏书生讲"扁鹊见蔡桓公"一课。课讲到一半的时候，魏书生寻思着给那些转到班上来的差生一次机会，于是魏书生就把上面提到的那个王宇叫起来读课文。王宇刚把题目念完，就惹得全班同学哄堂大笑，原因是他把"蔡桓公"中"桓"念成了"恒"。这个字在这堂课上已经重复二十几次了，但是他居然当着那么多听课的老师和同学把这么简单的一个字给念错了！王宇的脸腾得一下变红了。

我们可以设想一下，要是换成一般的老师，当着听课老师的面儿不好发作，只能帮他更正一把，这要是在平时肯定会狠狠地贬斥他一番，讽刺加挖苦。但是，魏书生既没有讽刺挖苦，也没有更正，他只是说："他把'桓'念成'恒'是有进步的，因为'恒'和'桓'是形近字！"听了这话，王宇的脸由紫变红，紧张的情绪缓和很多。

普通教师之所以是普通教师，就是因为他们对待学生的缺点和错误，只知道一味地数落、讽刺和挖苦。教育家之所以是教育家，就是因为他们首先能够看到人的优点，即使是在很昏暗的地方也能发现一个很微弱的亮点。如果哪个老师能够像魏书生这样对待学生，那么学生必然在老师和同学面前拥有成就感，并充分体验到什么叫自信。如果哪个父母能够像魏书生这样对待自己的孩子，那么孩子都会认为自己遇到的是最开明的父母，他们会感受到家庭的温暖。

魏书生用了一个比喻来总结自己的这种做法，那就是扩大解放区，缩小敌占区。当人把注意力由缺点转向优点的时候，尽管优点最初可能很少，但是"星星之火，可以燎原"。解放区的膨胀必然导致敌占区的削弱，因为整体区域的面积是一定的。

既然肯定优点会使人的优点像星星之火那样燎原，那么现在就来分析一下赞扬的方法。赞扬是一种对人的肯定，它能加强自我肯定的倾向，只要赞扬是善意的，人都喜欢竖起耳朵听，对赞扬的话人是不设防的。但是，如果一味地受到赞扬，人也容易变得飘飘然，自我价值无限膨胀。赞美之辞过多的话，人就可能找不到北，自己都不知道自己有多大的能量。显然，这样的赞扬不仅失去了促人进步的目的，反而阻塞了人上进的渠道。

赞扬的技巧有三：

（1）**先批评，后赞扬。**

赞扬听多了，就容易听不得逆耳的话，变得气度狭隘，尾巴就翘起来了。要想让他永远都翘不起尾巴，就要让他时刻清楚自己还存在需要提高的地方。本来受到批评的滋味是难以让人接受的，可紧随其后的赞扬就会使人难以接受的批评变得容易接受，甚至会换来对方对你的感激。比如，你赞扬某位朋友某件事情做得非常漂亮，这个时候你就可以夹带你原准备要批评对方的某个事情。此时，你可以郑重其事地与朋友谈论你要批评的事情，朋友的反应一下子就有些不自然和紧张，谈话的气氛骤然降温，就在朋友马上要为自己辩解的时候，你恰到好处地转移话题，给他一个意外的惊喜，说你特别地欣赏他做的某件事情，并非常具体地说明你欣赏他的地方在哪里。收到意外的惊喜的时候，虽然一下子调转情绪有些不自然，但是接受是肯定的，当然原先批评的东西也顺势接受了一些，气氛马上就变得非常和谐，他会为你的赏识而暗自得意。

（2）赞扬具体才有效。

想象一下，你是某个儿童公园的工作人员，你已经辛勤工作了一天，你又热又饿，差不多有 15 个孩子把棉花糖抹在你的制服上，但你依然微笑着。

这时你的经理第一次走过来，扔给你一句："嘿，小文继续努力！"你的反应是："你这个领导根本不知道我在干了些什么。"试比较一下，如果是一位观察你努力工作的经理，或许她会说："小文，刚才旋转木马暂停维修的时候，我对你的表现很满意。孩子和家长们看起来有些不安，但你积极的态度却让他们平静了下来，非常感谢！"

笼统的、泛泛的赞扬会让人感觉很空洞，他会认为赞扬者对你并不真诚，这种赞扬会使他非常反感——他对我一点了解都没有，怎么可能是对我发自内心的赞扬呢？很多成年人常常这样赞扬别人家的孩子："你家小孩真棒！"、"你家小孩真聪明！"可是究竟哪些地方真棒，哪些地方真聪明，没有了下文，所以这样空泛的赞扬只能使人麻木。

具体的赞扬就完全不同了。其一，说明你对他观察很仔细，对他很了解，这本身就是最大的重视。其二，你所观察到的是他的闪光点，他渴望认可的需要得到了满足。如果你观察得再具体些，再深刻些，如果你能观察到别人都忽略的但是你却发现了的闪光点，那你的赞扬就威力巨大了。It's especially rewarding to give praise in areas in which effort generally goes unnoticed or unmentioned. 士为知己者死，女为悦己者容。为了知己，人都可以为其去死，你说这个"相知"重要不重要？当然了，这种"知"更多的是知道自己的优点，鲜为人知的优点。比如，你的年级里有一位老师是大家、包括你都很崇拜的，如果你和其他人一样向这位老师表达了同样的具体的赞美的声音，比如，"您讲课真是幽默、风趣，而且看问题非常深刻。""您的语言真是富有感染力，听您的课会让人感到精神振奋。"尽管你的赞扬是发自内心的真实感受，但是这位老师对你的这个赞扬很麻木，没有太大的感觉，这是因为他已经习惯于接受这种赞扬了。如果你发现了他身上的一个多数人都忽略的优点，比如："您讲课时能使用很多排比句，非常令我们佩服。"你说了，你在他的心目中就会有一种新意的感觉，那么他就会觉得你真是有眼力，他当然会对你格外重视。

（3）**赞扬宜间接，不宜直接。**

人的本性是希望更多的人知道自己的优秀之处，却不希望人人都知道自己的缺陷和不足。依据这个本性，批评人时要尽可能地减少对对方在周围人心目中的形象的负面影响，维护其积极的形象。自然，轮到了赞扬，就要尽可能让更多人知道自己的才能，扩大其积极影响，所以间接的赞扬就可以达到这个目的。

直接赞扬容易激起人自我保护的本能——"平白无故地说好话，你是不是有所图谋？"当然，这种自我保护本能在家庭中不会很强烈，但是在社会上却是很自然的事情。比如，某位同学品学兼优，是你仰慕的，你希望对方能够知道你对他的欣赏。如果你直接去向对方表达你对他的欣赏，也许会让他觉得你有些"虚"，如果在他不在场的一些机会，你总是有意无意地流露出对他的赞美之词，当别人把你对他的这些赞美之词传到他的耳朵里，他想不信你都难！

（4）**当众赞扬。**

批评最忌讳的是当众批评，那样最伤人的面子，而赞扬人如果可能，就必须当众赞扬，那样最能给足人的面子。前面笔者曾经提的人的五种需要，生理需要、安全需要、归属与爱的需要、尊重需要和自我实现需要。当赞扬者能够把你的赞扬播撒给尽可能多的人，就是在最大限度尊重需要。尊重需要是高端需要，你给了对方一个这么大的"大礼包"，对方自然对你心怀感激。当对方对你心怀感激的时候，你的赞扬就达到了最大的效果——你赢得了一个朋友！

15.

青春期遭遇更年期：代际沟通

很多父母和教师总是抱怨说，现在的孩子逆反心理太强了。你说让他向东，他偏向西。你说让他向前走，他偏朝后退。父母和老师抱怨的时候总是满肚子的委屈，一副很无辜的样子，其实，学生造老师的反，孩子造父母的反，造反的人是最痛苦的，他们是迫不得已这么做的。

"和爸爸吵架很少，但每次吵架之后几乎都是他先和我说话。他那么要面子，在我这个任性的女儿面前，却也毫无办法。他有时控制不住自己发火，但他总是让着我。发完火，马上压着火，拉着脸，小声和我说话。爸爸总是怕我累着，不叫我多学习，他说，他不想给我太多压力。他对我很好，可是就是在上QQ这件事上，总是过不去。看到我上就不开心。我知道他怕我误入歧途。昨晚，我在查找陌生人，他火了，叫我滚，我哭了，我起身就走，他又把我追回来，叫我回去。我跑进房间锁上门哭了好久。妈叫我也不听。早上，他问我，我们谁不对？我不理他。第一次没吃饭就走了。临走的时候，他问我，很小声的，是爸爸不对？声音里透着沮丧。我怕再哭，就要匆匆出门。妈妈说：'我们送你吧。'我知道，他们怕我去不该去的地方。他们不相信我？我说：'不。'他们走后，我想去网吧上网，他不叫我上我偏上，但一个人又不敢去，就回来上网了。我的成绩一直很好，我现在该怎么做？"

女儿是父亲的掌上明珠，平时呵护有加，什么都可以给宝贝女儿，但是唯独不给信任与自由，这个世界上最珍贵的东西。

父亲想保护女儿的善的初衷是可以理解的，网络环境复杂，女儿缺乏应对的经验，容易上当受骗。缺乏经验，父母可以帮助她识别和区分，但是父母也没有权利粗暴干涉。

2009年4月央视推出一部备受青年人热捧的电视剧《我的青春谁做主》，单从剧名上就知道电视剧讲述的故事是青年人捍卫自主权的事情。这部电视剧的热播使央视一套黄金档的收视率一度飙升至9.8%。热捧的程度越强烈，越说明当今的青年人对自由的向往，而对自由的强烈向往恰恰说明他们的自主性受到上一代人的强力干预。

上面案例中的父亲的做法让人联想起了《红楼梦》中的贾宝玉，吃的、喝的、穿的这些物质生活都可以顺着他自己的主意，但是一旦涉及到真正的信任、自主，贾宝玉就没有了任何选择的空间。其实，物质生活上的骄纵和精神生活上的禁锢，在本质上都是一样，因为这体现得都是父母的意志，他们根本就没有把孩子当成一个自主的人。

自主性主要包括三个方面，即独立思考、自主选择和承担责任。一个自主的人、一个自由的人有权利做出自己的选择，做自己想做的事情，但同时他们必须为自己的行为后果承担责任。不承担责任而做出选择的人不是真正自主的人。没有把孩子当做一个自主的人，实质上就是把孩子当成了成年人的附属品。

在传统的中国社会，儿女向来都是被视为家长的私有财产。比如，儿童的"童"是"僮"的本字。童原意为奴仆，即家庭奴隶或家佣童仆，《易经》中早已经有"童仆"的说法。在中国长达数千年的封建社会中，人们习惯于把儿童看作是宗法制家长的像奴仆一样的所有物和隶属品。我国古代封建社会是以宗法制家族和家庭为单元和支撑点的，宗法制家族是一种以血缘关系为基础的等级结构，所谓尊尊卑卑、长幼有序，就是按辈分（祖、父、子、孙）构成等级。这样原来的血缘关系同时也构成人身依附关系；更深一层说，子孙之于家长又有经济依附关系，即生计依靠父母。这样，血缘、经济和人身隶属三方面的依附关系，好像三股线拧成一股构成宗法制具有超稳定性结构，而加深了家长对子女的强控制性。

孩子既然是自己的私有财产，父母当然就很随意了，孩子的自尊想给的时候就不给，不想给的时候就不给。在这种文化背景下，孩子的滋味就是可想而知的了。

"我活得很痛苦，真的，我父母除了生命以外什么都没给我，他们没有遗传给我聪明的头脑，漂亮的外表，没有给我富裕和权势的家境，本来没有这些也没什么的，因为很多人都没有，我也不能奢望太多。或许，做一个快乐开朗的平凡人也会幸福的。但是他们剥夺了我做一个平凡人的权利，而我又不能成为伟人，我20年的青春就这样废了，0～20岁，本来是一个人最快乐最幸福的时光，但我已经错过了，更痛苦得是，我已经失去了一颗快乐开朗的心，今后很长一段时间甚至这一生很有可能再也无法快乐起来，我恨他们，非常非常恨他们！！"

"他们从小就苛刻地要求我，整天非打即骂，不给我零花钱也不给我玩，一个幼时活泼快乐的可爱男孩就这样变得孤僻寡欢，不受欢迎，受尽白眼和欺负。现在我失败了，他们却没有鼓励我支持我，反而奚落我嘲笑我，整个世界就只剩我一个人孤独的奋斗。我什么都没有，陪伴我的唯有我仅余的受尽伤害的自尊心！如果可以选择，我情愿选择出生在孤儿院甚至根本不要被父母生下来！"

压抑，压抑，再压抑……在过去的封建社会里，父母的势力超级强大，任何个人的力量都是微乎其微的，所以孩子除了逆来顺受别无选择。可是，现在的情况不同了，尽管父母的势力依然很强大，毕竟他们主宰着经济来源，但是孩子已经开始撬动父母的禁锢，虽然逆反这种撬动的方式不是最理想的方式。

逆反是一种应激性的反叛，随机性很强，仓促迎战，不计结果，无论对与错，对于来父母的"教导"一概排斥，反叛就为一个目的——捍卫自尊。

人有自尊和意志，一旦人的自尊、意志和自由遭到外界的强制干涉，都会激起人的反抗意识。如果干涉的是个人最强烈的意愿，如果个人的多数意志长期遭遇干预，那么必然激起人强烈的反抗行为。父母的刻薄要求和非打即骂是强制干预，父母的唠叨也是强制干预。一般来说，成人干预的程度越强烈，反抗也越强烈，这就跟打架一样，你来硬的，我比你还硬，这都是自尊使然。现在的高中生在学校里已经够压抑的了，每天生活在狭小的范围里，整天被考试牵着鼻子走，个人的学习一点自主性也没有，个人的兴趣爱好一点也没有施展的空间。如果在应该充满温情的家里再遭遇压制的话，他们产生叛逆也是情理之中的。

逆反是一种非理智的行为。逆反的举动是在人的情绪激动时爆发的，带有很大的盲目性，所以是一种伤害双方的事情。比如，某个老师批评学生时方法简单粗暴，伤害了学生的自尊，结果学生就在心里暗暗的恨上了这个老师，说老师故意和他过不去、故意在整他什么的，以后你要我这样，我偏要那样，你说这个好，我就说那个好，就是不和你一致。最后的结果，连同这个老师所教的学科一块都纳入自己排斥的范围，学生报复老师的代价是自己的一个学科荒废了，而教师则多了一个仇视他的学生，个别的甚至会演变成暴力事件。再比如，2009 年 2 月 13 日《南方日报》报道，三名小孩因不满家长过于严厉的教导，竟相约离家出走，并从家里带走了 4000 元钱用作"生活费"。出走的三个小男孩的年龄分别是 7 岁、10 岁和 12 岁。三个孩子都觉得他们管得太严了，只要不按时做作业或者吃饭、睡觉，家长不是打就是骂。一个男孩还哭着对记者说："妈妈生了小弟弟，爸爸就说再不听话就不要我了！我很难过，觉得他们很疼弟弟，但对我很凶，所以我不想回家！"当记者问及离家这段时间过得好不好时，三个孩子都表示很好玩，他们玩游戏、逛商场、买玩具。三个小孩带走的 4000 元一天内已被挥霍掉了 3000 多元。

冲动的情绪很快就会回落的，当双方都冷静下来的时候，就一种感觉——后悔不迭。即使到了这个时候，在自尊的驱使下，有的人还硬撑着不回头呢！

人都有不理智的时候，突然遭遇父母的压制，人的本能反应不可能会是理智的，现在问题的关键是当出现不理智的行为之后，人应该如何办？

对于活力四射的高中生来说，事件发生后首先要恢复理智。没有理智，任何事情都是没有办法处理好的。让自己冷静下来的办法，是找到一个僻静的地方，拼命地跑，直到挥汗如雨，让压抑的情绪随着汗水一起挥发掉。

平静下来后，首先应该判定的是父母这样做的初衷。如果判定父母的初衷是向善的，是为自己着想的，那么自己的火气就会小一些，虽然父母的做法是自己不能接受的，好歹也是为自己好，至少这是一个谅解父母的一个理由。

其次，要掂量一下什么是尊严。俗话说，能屈能伸，方为大丈夫。作家柳青在《创业史》中曾经写道："那些为了事业能屈能伸，能忍能让的人，才是最坚强的人。"这样看来，一味地支撑着没有底气的尊严，实质上是最懦弱的人，这叫外强中干。在父母面前，在老师面前，知错认错，这叫真坚强，真英雄，而一味地毫无理由地逞强，则反而是懦弱的表现，是成不了大事的表现。

最后，就是考虑如何维护自己的意志了。要想改变任何一个人的观念都是很困难的事情，何况是改变父母？虽然改变父母的思想观念是不太现实的，但是让父母由强硬的态度逐渐缓和下来也还是有可能的。方法也简单，那就是软硬兼施。

软的就是递小话示弱，感念其恩德，并诱导他们能够将心比心，争取他们的理解。人都是吃软不吃硬。软是普遍容易接受的方式。示弱并不是懦弱，相反，真正强大的人往往喜欢示弱。每个人都有这种体会，拳击时，先把拳头缩回来再伸出去，拳头才有力度，缩的幅度越大，出击的力量也越强。一个人的示弱，其实就是缩回拳头的过程，目的是为了在关键时刻的那只掌头伸得虎虎生威。示弱可以使自己由被动转为主动，你可以在父母心情愉悦的时候渗透自己的思想，这样父母就非常容易接受。如果这个时候请父母和老师讲一讲他们当年做儿女、做学生时的感受，在他们讲的时候会不自觉与你产生共鸣，争取到他们设身处地的理解。

硬的一面就是"以毒攻毒"。当父母悍然压制自己的时候，你不妨告诉他们："你们养我的时候，你们拿我当毫无尊严的奴才，将来等到我养你们的时候，我也会拿你们当奴才。所以我建议你们现在对待我的时候，也要三思而后行。"父母这个时候碍于自尊，也会嘴硬："我们将来不用你养老！"这个时候你要很平静地对父母说："你先不用忙着表态，好好想想你们的将来。"然后你就转身离开，给他们一个冷脸。

美国前总统比尔·克林顿年少时，继父经常酗酒，动不动就对母亲拳打脚踢。克林顿在《我的生活》一书中曾经记录了这样一件事情："那天晚上，继父关上了卧室的门，开始向妈妈大声喊叫，之后开始打她……最后，我受不了了，不能忍受妈妈被打，弟弟罗杰受到惊吓。我从包里取出一根高尔夫球棍，推开了他们卧室的门，看见妈妈在地板上，继父正站在那儿殴打她。我告诉他让他停手，不然的话就用球棍把他捭出去。他屈服了……"自此以后，继父再也不敢小视克林顿了。

在这里，笔者借用这个案例并不是鼓励大家动武，但是可以义正词严地捍卫自己的自尊，但绝对不能来真格的，起到缓解的作用就行了。

人就是这样，你软了，他就硬；你硬了，他就软。父母也是一样，很多人畏惧自己的父母，越是让父母感觉到害怕自己，父母的脾气也是越大。父母和孩子的关系，和别的不一样，亲情的成分是最浓的，孩子如果一定坚持（一定是自己看准了的，正确的事情但一时父母不能接受的），退步的还是父母，尤其当自己有正当理由的时候。笔者曾经在中学当过教师，那时候当教师是很不错的工作，但是我打定主意要开个幼儿园。想法一提出，父亲坚决反对，并搬出他认识的所有有一定身份的人劝我放弃这种想法。无论谁劝阻，我都无动于衷，最后还是父亲让了步。他最后说，他给我的本钱是干正事的，如果赔了，也比赌钱输掉强，这样我的生活就有了一个新的起点。

对于父母来说，他们是最先冷静下来的人，毕竟是成年人，责任要比孩子的大，当他们意识到问题的严重性的时候，他们通常会立刻采取补救措施。补救措施，也只是治标不治本，就像春秋战国时期的那个庸医一样，治疗箭伤一把了之，结果伤者因血流过多而死掉。为什么这样说呢？理由就是这样的事情一再重复，父母牢骚满腹，抱怨现在的儿女逆反心理太强。当然，这里最烦恼的是父母，孩子未来的发展可是影响家庭的头等大事。

抱怨孩子，不如彻底地做个反思。只有彻底反思，才能做到一劳永逸，不至于让同样的问题折磨着两代人。反思的内容主要的是自己的教育思想和方法。

很多父母，包括接受过高等教育的父母，他们虽然也对应试教育极度不满，但是也并没有自己的教育思想和方法，他们沿用的仍是流行的应试教育的套路，他们的理由很充分，这就是现实。笔者并不是强调人们放弃应试教育才能使人成功，但是最起码应当脚踩两只船，为个人发展多预留一些空间。

在反思自己的时候，父母最应当检点的是缺乏对孩子的尊重，没有把孩子当做与自己平等的人来对待，自己本来对于人才发展缺乏深刻的把握，但却要把流行的应试教育观念强加于孩子身上，最终导致两代人之间的强烈冲突。

强加于人，本质上就是对人的不尊重。人都有好奇心，越是不让看的东西，人越想看个究竟。越是得不到的东西，越想得到。禁果效应、潘多拉效应和罗密欧朱丽叶效应是最典型的例子。在伊甸园中，夏娃被禁止摘吃善恶树上的禁果，然而，她却禁不住蛇的诱惑，偷吃了禁果，她因此受到了上帝的惩罚。这是禁果效应。潘多拉效应来自古希腊神话，宙斯严禁别人偷看他的魔盒，然而他的侍女潘多拉却由于好奇心的驱使偷偷地打开了宙斯的魔盒，结果将一切灾难和不幸降到人间。罗密欧朱丽叶效应这是众所周知的，罗密欧和朱丽叶是要好的一对儿，可是由于两个家族的仇恨和积怨，却不能走到一起来。当外界压力越大，他们的感情越是不允许的时候，他们俩儿的心靠得越近，恋情越像烈火一样炽热，最后导致了悲剧的发生，两人双双殉情。

这些效应在生活中也很常见。比如，很多父母都反对孩子上网，担心他们会在网上学坏了，于是想尽办法不让孩子接触到网络，结果呢，越是不让孩子上网，孩子越是偷偷摸摸地上网。再如，父母最担心的是孩子谈恋爱的事情，怕孩子因此耽误学业。父母的态度是明确的，不许谈恋爱，可结果却往往是适得其反，你越怕孩子谈恋爱，孩子越是偷偷地往前冲。

既然一味的限制会产生禁果效应，那就改一改，开放一些。

开放了，并不是父母没有责任了，而是父母的责任更加富有智慧。父母要像对待自己的朋友那样，帮助孩子理清楚自己行为的权利和义务，让孩子为自己的选择承担责任。孩子未来的路注定要靠孩子自己来选择，这就如同吃饭的时候选择适合自己口味的饭菜一样。人生是丰富多彩的，人生道路也是多种多样的，人如果连自己的道路都无权选择，那么他们注定痛苦一生，即使他们活得衣食无忧，社会地位优越。父母如果将自己为孩子的设计强加于孩子身上，留给孩子的将是一生的压抑和痛苦，尽管这种安排在父母看来是理想的安排。如果尊重孩子的选择权利，那么即使孩子在成长的路上遇到许多挫折，但因为是按照自己的意志生活，他所体验的成功与失败、快乐与痛苦都会促使他反省、觉悟与成长。

在现实生活中，改变父母的态度是非常困难的，双方难以形成顺畅的沟通。沟通不成会形成僵局，双方的态度可能都会非常强硬。在这种情况下，高中生坚定地捍卫自己的权利的态度必须是坚决的，但是坚决不等于态度粗暴。粗暴的态度很容易激发起父母过激的行为，但是如果把自己做成一块外表光滑的顽石，父母也是奈何不得的。这个时候，你可以平静地和父母推心置腹，请他们换位想想："你们做父母的疼爱我的一种方式就是尊重我个人基本的选择权利，并奉献出你们宝贵的人生经验。人来到这个世界上，吃好喝好，如果从来都没有依自己的想法尝试和探索过，那种生活就如同圈养在笼子里的兔子，这样的人生就太没有滋味了，你们想过吗？我是绝对不想过的，请你们三思。"也有这种情况，根本就找不到特别合适的沟通环境，双方无法心平静气地坐下来，那就把你坚决的态度和平静的语言写下来，先交给态度稍微柔和一些的父亲或母亲，让他们认真审视你的选择，他们就会意识到你已经开始长大成人了。当他们由烦躁变得平静下来的时候，也就是你开始占据主动的时候了。

16.

我的学习，当然我做主

　　我的学习我做主，这是借用了《我的青春谁做主》的说法，但是旗帜更鲜明。我的学习谁做主，当然是自己，这是最理想的，但是在应试教育的背景下，这几乎就是奢望，非常的不现实。

　　自主学习是很奢侈的东西，一时间买不起，但是我们看看行吧，就如同逛商场一样，大饱眼福还是可以吧，况且说要成大才，必须自主学习。无数事实证明，凡有成就者，无不对所从事的事业有着强烈的浓厚的兴趣。

　　意大利物理学家、天文学家伽利略，自幼喜欢数学，可是父亲却认为学数学无论如何也不能维持生计，挣钱养家很难，迫切希望儿子当医生。伽利略17岁时按照父亲的意愿，进入比萨大学学医，但是他并不喜欢医学，压根儿就学不进去。在两年的痛苦学习之后，他依然顶住父亲的压力，放弃学医而转攻数学，最终成为近代实验科学的奠基人。

文学家茅盾的父亲是清朝末年的一位富于爱国心的维新派人物，他很希望茅盾学习数学或搞实业，实业才能救国，可是茅盾从小就对实业不感兴趣，但对文学却兴趣浓厚。茅盾坚持学文，无论父亲怎么劝说，至死他父亲都没有改变自己的主张。茅盾在母亲的支持下终于走上了文学道路。

自主学习就是兴趣学习。这就是人们为什么常说"兴趣是最好的老师"，但是现在的学校教育体制却并没有把最好的老师分派给学生。本来人与人之间是有差异的，人学习的兴趣点也是不同的，如果人能够做自己学习的主人的话，每个人都会按照自己的兴趣点学习。这就如同去饭店吃饭，每个人都按照自己的口味和喜好点菜，当然每个人都会吃得心满意足，绝对不会有厌食现象发生。

现在的学生为什么普遍厌学？就是因为吃大锅饭吃的，不管个人的口味和喜好如何，所有学生都要学习那几个考试科目，学生没有任何可以选择的余地。这样学习，不厌学才叫奇怪。

兴趣之所以是最好的老师，是因为做自己感兴趣的事情始终能够给人带来快乐，即使是在身心上遭遇一定的痛苦。持续的快乐，持续的动力。有了兴趣带来的动力，人就会主动去求知、去探索、去实践。伟大的科学家爱因斯坦曾经说："对一切人来说，只有热爱才是最好的老师。"许多科学家获得成功的经验中就有一条，他们都有广博而浓厚的兴趣和爱好。当然，在学习中遇到困难或失败也是经常发生的，这是对你的兴趣和爱好的考验，只要你的兴趣和爱好是发自内心的，是真诚的，那么就会产生不屈不挠的毅力和坚定不移的意志，你就会千方百计、竭尽全力地克服困难、战胜失败，达到"发愤忘食，乐而忘忧"的境界。如果人做自己感兴趣的事情，用爱因斯坦的比喻说，就如同在列车上一个男人与一个美丽的小姐相对而坐，已经过了一小时，他好像才过了十分钟。按照个人的兴趣学，所谓的毅力和意志都是水到渠成的，根本不是普通人想象的那么艰难，那么需要自我克制。

相反，如果是做不感兴趣的事情，就好比对面是一个滚烫的火炉，才过了十分钟，人就会觉得好像是一小时。为什么会这样呢？我们总是乐于沉迷于感兴趣的事情，而对不感兴趣的事情就会精神浮躁。人在心情愉快的时候，他的学习效率是你平常的好几倍，而且会记得很好。如果他把学习当做"火炉"，那他在课堂上就会度日如年。在这个时候，无论他要求自己有多大意志力，都是无济于事的，任何自我克制都是徒劳的。

来看下面的一个案例。

2000 年 8 月 1 日，《光明日报》在一版显著位置刊登了只有初中学历的晓末成为亚洲最年轻的数据库专家的消息。当时任北京天地数码公司数据库主管、只有 18 岁的晓末通过了 MCSD（微软解决方案认证专家）和 MCDBA（微软数据库认证专家）考试，在亚洲地区 20 岁以下的青年中，除了晓末外，还有印度一位 19 岁的青年通过了 MCSD 考试，从而成为亚洲地区最年轻的数据库专家之一。

这位年轻的数据库专家仅有初中学历，而且还曾是一个成绩差得让老师失望，让母亲绝望的孩子。中考成绩只够上普通高中的三类学校。有朋友们劝他的母亲，上普通高中，将来仍然很难考上大学。母亲掂量来掂量去，为他报考了中专的计算机专业，寻思着以后能当个网络管理员什么的就可以了。

上学的第一天，晓末拿回了教科书，对计算机有所了解的母亲一看，心里便凉了半截：教材上的知识基本是已经过时的知识。看着这些落伍的教科书，母亲心里很犹豫：难道让儿子花4年时间去学这些已经无用的东西？但是不去上学，一个15岁的孩子又能干什么呢？当时母亲就想，网络也是一所学校，何不让儿子从网上多学点东西呢？

晓末最初只是在网上毫无目的地逛逛，也没觉得好玩到哪去。一天，晓末无意间闯进了一个叫"ME"的孩子们的聊天室，他发现进那个聊天室聊天的，各个国家的孩子都有，大家都用英语交流。晓末用在中学学到的那点儿可怜的英语，加入了他们的谈话，可是没"说"几句，晓末就张口结舌地说不出话来了，不但"说"不出来，别人在说什么晓末也"听"不懂。这是晓末第一次感到知识不够用，第一次觉得自己英语太臭，懊悔当初为什么不多背几个英语单词，多记几个英语句型。

那时晓末就是有一种好奇心，他想知道那些外国孩子在想什么，那帮家伙长得跟自己不一样，是不是脑子也不一样？要想跟他们交流，自己英语太臭了，不行。这时自己倒真想学点东西了。晓末将妈妈原来给他买的英语常用一万单词找出来背，还让妈妈给他买回了翻译软件，碰上"拦路虎"他就查英语词典或者去找翻译软件。

晓末开始跟很多外国人通信，一般通两三封信就断了，因为晓末的英语不灵，人家搞不清他说什么。为了让别人能听懂他的话，能够互相交流，晓末学英语更刻苦了。晓末还在网上有意浏览一些比较深的文章，弄懂一个句型就在信里用上，以此来炫耀自己。渐渐地晓末发现，他在聊天室里能听懂他们在说什么了，也渐渐能跟他们一起交流了。

晓末的英语词汇量渐渐丰富起来，他开始浏览一些英文新闻网页。晓末还看妈妈买回的"电脑风暴"，全是英文版的电影，下面有字幕，一边欣赏故事情节，一边还可以学英语，而且那英语都是原汁原味的，好像就置身在一个英语的国度里。当学习是一种乐趣时，效率会成倍地提高。晓末说："原来常听人说'寓教于乐'，当时没有切身体会，不觉得那是一种真理。后来自己在玩儿中学了不少东西，才觉得古人的这种教育方法，还真是最科学最有用的方法。"

闯过了英语阅读关，大千世界便在晓末面前徐徐展开，让他发现了它的精彩。晓末不知不觉地走进了这个世界。这个时候的他，已不再盲目地学习，而是有选择地学习。那时，学C＋＋的人很多，学C＋＋的人瞧不起学JAVA的，可是晓末发现，JAVA简单易学，而且应用范围也比C＋＋广，又能跨平台，加上美国反垄断，对微软有抵触，经过比较，他选择了学习JAVATWO。

由于他能在网络世界里阅读英文资料，所以他的计算机水平快速提高。他学网络管理，图形设计，学数据库，学编程。学编程时他发现，他绕不开线性代数和微积分。微积分和线性代数他以前可没学过，那是大学课程。可是他喜欢编程，还想以后当程序员。他决定自学微积分和线性代数。那时候，周末两天他几乎都呆在北大图书馆，带上矿泉水和面包，早上进去，晚上回来。他还真是将这两门课啃下来了。于是，学习编程他便一路坦途。到了中专二年级，他在网络上学的知识远远超过他的同学。进校第一个学期，他在班上的成绩排名 21，到了第二个学期一下就扎进了前几名，第三个学期就在全校的英语比赛中获得第一名，甚至超过了英语专业的同学和高年级同学。

当晓末的学习大有进步的时候，当学习成为个人的乐趣的时候，他和母亲开始感到了在学校的学习已经不适用于他对学习和知识难度的要求了。母亲想，如果继续下去，他还要用两年的时间去学习很多对他来说几乎是学过的知识。一个人在 60 岁时浪费两年时光也许并不可惜，而在 16 岁时浪费两年，代价就太高了。于是，在 1999 年，17 岁的晓末退学回家了。

退学不久，晓末在一家报社找到了一份网络管理员的工作。开始，别人见他年轻又没学历，怀疑他干不了，后来看他能力很强，就放心地将整个报社的网络管理工作交给他了。

晓末一边当着网络管理员，一边去中关村的一个计算机班听课，学的是 UNIX，去听课的都是 IT 业精英。在那里，晓末的眼界更进一步地打开了。在那里，他知道了微软公司在 1998 年研制了一种新的数据库语言 MCDBA 和 MCSD，这两种数据库语言 1999 年即成为国际性考试，目前，全球范围内通过这两项考试者仅有数千人，且大多在英语国家。

一天，晓末对母亲说他要去考 MCDBA 和 MCSD，母亲听了大吃一惊，因为她知道这是微软认证考试中难度最高的两项国际性考试，由于对英语和计算机水平要求较高，我国 18 岁以下的青少年几乎没有人参加。即使在我国 IT 业，参加这两项考试并全部通过者也很少。儿子敢作出这种决定，母亲觉得很了不起。

那段日子，他白天去上班，晚上回来自学，看的全是英文版的书籍和资料，每天都学到深夜一两点。母亲从没见儿子这么刻苦过，上学那会儿，你逼他学他还不学呢。

半年后，他去报名参加考试，别人看他一脸稚气，问他多大了，他说18岁。其实那时候他才17岁半。也许有人以为这孩子是来闹着玩的。他考第一门课那天，母亲虽在单位上班，心里比他还紧张，嘱咐他考完后立即给她打电话，因为是上机考试，成绩当时就可以知道。

中午时，儿子来电话了，声音低沉地说："妈，我没过。"母亲故作轻松地说："没过是正常的，过了就创造奇迹了，没关系，再来。"

经过一段紧张的学习，儿子又参加了考试。2000年7月，当与他同龄的孩子进入高考时，晓末通过了MCDBA的全部考试。不久，他又通过了MCSD的考试。有了这两个硬朗朗的证书，晓末就有进入国内外知名企业的通行证。后来的晓末不仅进了名企，而且还走上大学的讲台，并主持开发了国际领先的系统整合方面的项目。

读到这个案例时，你一定会有许多的感慨。暂时将这些感慨放在一边，咱在这里做个假设，假设晓末的中考成绩再好一些，好到刚能够考上重点高中，那样的话他是否能有今天的超常发展？难说，他在初中已经尝够了应试教育的滋味，在高中的状况应该不会太好，也不会太糟，结果自然就是按部就班地被应试教育束缚住自己的手脚，别说成为亚洲最年轻的数据库专家，就是连想都不敢想！

晓末的成功就在于他对他所学的东西充满了兴趣，而且，摆脱了应试，他的兴趣得以最大限度的发展。学什么，怎么学，完全根据自己的兴趣和需要，厌倦学习的事儿无从谈起。自由自在地学习，越学越来劲，能学得不好吗？天才就是强烈的兴趣和顽强的入迷。他找到了属于自己的学习兴趣，就等于把自己锻造成了天才。

晓末的成功案例给人的一个重要启示，人的潜能极大。一个仅有初中学历、成绩差得让老师失望，让母亲绝望的孩子，中考成绩只够上普通高中的三类学校，也没有显露出什么特长，读中专的计算机专业还是母亲替他选择的，但是他逐渐找到自己的兴趣点。从产生兴趣的那一天，他就是根据自己的理解选择自己的学习方向和学习方法，逐渐地兴趣越来越浓，他的潜能也就开始显现出来。

兴趣一般要经过"有趣、乐趣、志趣"三个阶段。有趣是兴趣发展的起始阶段，它的特点是飘忽不定，犹如昙花一现。乐趣是兴趣发展的第二阶段，其特点持续时间较长，基本稳定，但有很强的情绪化。"志趣"是兴趣发展的最高阶段，有崇高的目标和理想，它往往给人一种巨大的精神力量，使人废寝忘食，百折不挠。其特点是，积极主动，持续时间长。晓末自学计算机就是经历了一个完整的兴趣发展过程，也是一个不断发现自己潜能而使自己走向成功的过程。

晓末的成功案例是挺好，不过难以效仿，因为绝大多数人没有魄力放弃应试教育。在应试教育上表现还不错，至少没有绝望，虽然痛苦但毕竟坚持住了，这就是他们没有魄力的原因。其实，也不需要人人都有这种魄力，因为很多专业是不适合自学的，特别是那些自然科学领域的专业。虽然不会放弃应试教育，但是给自己的兴趣爱好预留出一些空间是非常必要的，这是可以从晓末的成功案例中汲取的经验。预留一些空间给自己的兴趣爱好，实际上就是给自主学习预留些空间。

人要发现自己的兴趣所在是需要一个探索过程的，是需要一个开放式的空间。当有了接触各种各样的事情的机会时，无意中就会发现，哦，原来自己是对这个感兴趣。在人成长最快的那十几年，应试教育没有给人提供这样的空间，人对自己的兴趣点也必然是茫然不知。等这些学生到了大学的时候，突然有了一些自由选择的权利，但是他们中很多人都根本不清楚自己到底对什么感兴趣，他们连自己的兴趣点都找不到。从中学到大学到处弥漫着厌学的情绪，就可以充分地证明这一点。

在应试教育的大背景下，一个学生想从应试教育中挤出一点空间来做自留地是很艰难的。首先，学校的教学管理几乎密不透风，离高考越近，管得越严，你要想啃下一块来，就得承受教师严厉的管制，而且你越是成就突出，你所受到教师的关注越多，你要自己行动的空间越小。其次，父母的压力也是很强大，每天唠叨就已经反映了这一点，正面交锋差不多是鸡蛋碰石头，除非自己是铁蛋，是顽石。

不管你能否挤得出自留地，了解了解总是可以的吧。国外有人总结了自主性学习的模式，将它概括为 7 个步骤，并用每个步骤的英文首字母拼成为 SUCCEED，恰好意味着"成功"（SUCCEED）。

S：选择和确定主题和信息需求。要自主学习，你首先得确定自己的学习方向。你可能感兴趣的东西很多，你的选择也很多，但你打算学习，就得确定一个自己最感兴趣的方面作为学习的基本方向，这就需要把各个兴趣点的相关信息罗列出来，然后就是决策你打算学什么。

U：去发现潜在的学习资源，学会如何得到它们。比如，经过最终权衡，你决定学习计算机软件，好了，你就需要寻找教材，比如，C＋＋，JAVA 等等，还得看看哪里有培训班，哪里有免费的课程，哪个大学的计算机系比较出名而且自己还有可能考上……当然网友之间的交流，也是一种学习资源，这是相互学习。在上面的案例中，晓末学编程时发现，他绕不开线性代数和微积分。于是他就想到了许多可以学线性代数和微积分的地方，培训班、大学旁听、北大图书馆……这些对他来说都是潜在的学习资源。

C：**收集、检查和选择合适的资源**。当找到一大堆可供选择的学习资源，你要最终选择成本最低，最合自己口味的学习资源。比如，晓末经过平衡比较，最后决定到北大图书馆，那他就开始了自学的道路。再比如，你想走捷径，那就是上专业的培训班，走捷径是要掏点学费的。有的时候，也可以将各种资源组合起来加以利用。

C：**从选定的资源中找出相关信息并加以整理**。比如，当晓末每天泡在北大图书馆的时候，他每天咀嚼的都是线性代数和微积分。再比如，假设你打定主意上培训班，那就去上课。到了课堂上，经过教师组织的信息向你扑面而来。你得认真听，得认真揣摩。

E：**对信息进行评价、解释、分析和综合**。别人讲的知识或者书上写的都是间接经验，要变成自己的经验，就必须形成自己的理解和认识。比如，在晓末学习有关编程的各种知识的同时，通过反复的思考，逐渐地形成了自己对编程的认识和把握，逐步找到编程的感觉。

E：**以恰当的形式来呈现信息**。学习的最终目的是什么？学以致用。呈现信息就是学以致用的过程。把自己对专业的理解应用到实践中，就是呈现信息最好的形式。

D：**确定整个过程的效果如何**。检验学习效果最简单的办法就是个人的学习兴趣。越学越来劲，就说明学习越有效。有学习兴趣这个最好的老师在，当然就有最好的学习效果，这叫名师出高徒。

17.

文科学习之谋

　　在《论语·卫灵公》中，孔子提出，欲善其事，必先利其器。这句话的基本意思是，要想把事情做好，前提是先使自己的工具便利有效。应试教育和成材教育，由于教育的出发点不同，所以方法也不同。不同的目的，不同的方法，必然会产生不同的效应。

　　文科是以"文"字打头。在字形上，"文"的甲骨文就像一个叉腿站立而胸背画着花纹的人形。所谓文科，其实就是人文和社会科学的简称。文科关注的基本点就是人和人群。既然人是文科关注的基本点，那么文科就应当处处以人为本。但是，在应试教育的背景下，文科学习中更多的是死记硬背的知识，至于提升人的基本素质则少有人问津。

拿语文来说，语文是语言文学。语言的基本功能就是人与人之间的沟通工具。我们的工作、生活和学习其他科学知识都离不开彼此间的沟通。要是我们不善于思考，不能明确地表达思想，不能深切地了解别人所写的东西，那就会在工作中和学习中遭遇很多的困难。学习语文就是要学习运用这个工具，好克服工作上和学习上那些因语义障碍而产生的困难，从而提高工作和学习的效率。那么学习语文就是要使自己具有很好的实际的语文知识，有正确地阅读、书写和说话各方面的足够的能力和良好的习惯——为了很好地进行工作和学习。用有的教师的话说，语文好的人必须具备"六个一"，即一张铁嘴、一手好字、一肚子好诗文、一双善于发现美的眼睛、一个勤于动手的好习惯、一个善于独立思考的大脑。

用"六个一"来衡量人的语文水平未免有些标准偏高。偏高的标准不用的话，那就用基本标准，即熟练掌握和使用本民族的语言文字。然而，就是这个最基本的标准，有许多人在上了四年大学后都达不到标准。有相当多的大学生居然写不好一篇像样的文章，就连错别字也难以彻底剔除。别说文章了，就是回答论述题都难以做到逻辑严密，论证充分。的确，这说起来让人难以相信，一个人从小学到中学毕业学习语文十多年，居然最终不能熟练地掌握和运用本民族的语言文字，这实在令人不解和深思。

在南开大学讲授写作课的徐江老师，由于在《人民教育》2005年第9期发表了一篇题为《中学语文"无效教学"批判》的文章而炒得沸沸扬扬。对于当前的中学语文教育，他批评说："大学生的语文水平一年比一年差。看看现在的高中毕业生，有几个能够用中学语文课学到的知识读书、写文章？很多学生甚至日常的交际写作都不能达到文通字顺的基本要求。让他们写个东西，废话一大堆却一直不能切入主题，写到了主题又是一堆套话、虚话，像是一个模子里出来的。"

徐江老师在抨击高考制度时，也把矛头指向中学语文教师，"谁都知道今日的语文教学正如'煤的形成'，无论教师和学生付出多少，到头来得到的只是'一小块'。然而为什么会出现这种窘境，人们却没有勇气从自身的弱点进行反思。大家把原因归咎于考试体制，心安理得地把自己应负的责任推卸掉了。笔者此文恰恰是要揭开这层迷惑人的幕帘。我要明确地说不是考试体制造成今日语文教学的被动局面，语文教学质量搞不上去归根结底是语文界对自己的教学缺少理性认识。"

客观地说，教师的素质层次不一，他们对中学语文教学确实有着不可推卸的责任，但是大头的责任仍然在于应试教育的指向。高考是指挥棒，既然高考要的是人的分数，那么学生以及他们的父母和教师自然地要向分数看齐。高考要求的是几千个字词义的解释和几十篇的背诵，教师就不能研究别的，除非他不想端中学语文教师的饭碗。

目前中小学语文教学存在的主要问题突出表现在以下几个方面：

一、教学严重违背人的认知规律，忽视语言文学的整体性和有机性，而是机械地把课文割裂开来，使语文课失去原有的艺术魅力，减弱了文学作品对人的思想和感情的震撼力。肢解课文的最典型的一种方式就是给课文划分段落，分析段落大意，有时甚至还会为一篇课文到底应该分为三段还是四段争得不可开交，并且还要求学生背诵段落大意和中心思想。在实际生活中，任何一个走出校门的人都不会这样阅读文章。

二、语文教学内容严重脱离社会实际需要和学生的思想实际，教学方式陈旧、呆板和模式化。学生在课堂上难于与作品产生思想共鸣，厌学情绪严重，他们只能机械地应对着老师的讲授与作业。学习负担很重，但却不能启迪人的思想，陶冶人的情感。

三、语文教师素质急需，其中的一些人自身的语文基本知识和技能并不完全过关，他们难以适应语文教学改革的需要。即便一些教师语文修养很高，但是应试教育却没有为他们提供任何可以自由发挥的空间，他们也只能随波逐流。南开大学教师徐江曾严厉批评现在的语文老师，他直言不讳地说："现在的语文老师太缺乏激情"。实际上，他也没有想到，应试教育没有提供自由的空间，纵然老师有激情又当如何？

如果抛开应试教育，单纯就提高语文水平而言，方法也很简单，那就是根据个人的兴趣广泛阅读。语言是形式，思想和情感是内容，形式和内容虽然有差别，但却是相互依存的，因此语文学习实际上就是学习者和文学作品进行思想和情感的碰撞。碰撞得强烈，语言形式自然会在人的心中形成深深的烙印。读得多，就会产生"熟读唐诗三百首，不会做诗也会吟"的效应。

文学作品的选择，用文学家林语堂（1895－1976）的话说，就是如同找对象一般。在选择作品时，一定要选择与自己格调、气质一致的作家的作品。1933年12月8日，林语堂在上海一所大学的一篇"关于读书之意见"的演讲中对此有大段的阐述：

"读书有两方面，一是作者，一是读者。程子谓《论语》读者有此等人与彼等人。有读了全然无事者；亦有读了不知手之舞足之蹈之者。所以读书必以气质相近，而凡人读书必找一位同调的先贤，一位气质与你相近的作家，作为老师，这是所谓读书必须得力一家。若单就读书，得力一家，失之于简率。然林语堂意思是要人找到师法对象，全心投入、气质浸润。此即读书以'情'读和以'智'读之区别。不可昏头昏脑，听人戏弄，庄子亦好，荀子亦好，苏东坡亦好，程伊川亦好。一人同时爱庄荀，或同时爱苏程是不可能的事。找到思想相近之作家，找到文学上之情人，心胸中感觉万分痛快，而魂灵上发生猛烈影响，如春雷一鸣，蚕卵孵出，得一新生命，入一新世界。George Eliot 自叙读卢梭自传，如触电一般。尼采师叔本华、萧伯纳师易卜生，虽皆非及门弟子，而思想相承，影响极大。当二子读叔本华、易卜生时，思想上起了大影响，是其思想萌芽学问生根之始。因为气质性灵相近，所以乐此不疲，流连忘返，流连忘返，始可深入，深入后，如受春风化雨之赐，欣欣向荣，学业大进。"

"谁是气质与你相近的先贤，只有你知道，也无需人家指导，更无人能勉强，你找到这样一位作家，自会一见如故，苏东坡初读庄子，如有胸中久积的话，被他说出，袁中郎夜读徐文长诗，叫唤起来，叫复读，读复叫，便是此理。这与'一见倾心'之性爱同一道理。你遇到这样作家，自会恨相见太晚。一人必有一人中意的作家，各人自己去找去，找到了文学上的爱人，'文学上的爱人'，奇语，但极有道理。读书若无爱情，如强迫婚姻，终究无效。他自会有魔力吸引你，而你也乐自为所吸，甚至声音相貌，一颦一笑，亦渐与相似，这样浸润其中，自然获益不少，将来年事渐长，厌此情人，再找别的情人，到了经过两三个情人，或是四五个情人，大概你自己也已受了熏陶不浅，思想已经成熟，自己也就成了一位作家。若找不到情人，东览西阅，所读的未必能沁入魂灵深处，便是逢场作戏，逢场作戏，不会有心得，学问不会有成就。"

当人找到情人一般的作者，人读起书来自然就会"全心投入、气质浸润"，"如受春风化雨之赐，欣欣向荣，学业大进"。

至于说语法，对语文学习只是起到辅助的作用，没有一个语文水平高的人是靠钻研一、两本语法书起家的，而是靠大量的阅读符合个人兴趣的小说、杂志、报纸等。书读得多，人想的也就多了，情感也随之丰富细腻起来。当思想和情感积累到一定程度，自然就会顺畅地流淌出来。林语堂在谈到自己成功的秘诀时说，"写的东西必须是心得之言，有见地，有力量。"至于写作的技巧不必过于关心，写得多了，自然就知道怎么说更为顺畅，更为得体，况且没有前人的写作理论的影响的原生态的写作方式还会给人以耳目一新的感觉。

外语和语文同属于语言类，其教学问题是类似的。花在学习外语上的时间不比学习语文少多少，外语学习的效果也仍然是到了实战的场合拉不开枪栓。多年来，我们国家的外语教学，从小学、中学到大学，前后花了十多年，语言点记了一大堆，语法练习做得是无边无际……可到头来培养出的大多数仍是"聋子英语"、"哑巴英语"。听，听不懂。说，说不出来。读，读得非常吃力。写，写不出来，即使写出来，也难以让人读懂。他们多数人除了考试之外什么都不会。

据报道，2005年6月，北京市有6个外籍教师做2005年的英语高考试题，满分150分，这6个外教平均分为71分。外教考完之后就问："你们这是考英语吗?"外教的这个疑问如同《皇帝的新衣》里小孩说出的"皇帝没有穿衣服"。据说，外教能够考出这样的好成绩，还得得益于减少了语法题，增加了阅读题，否则这个分数他们也是很难达到的。

语言的本质是人与人之间沟通的工具。语言水平高低的标志就是在沟通中驾驭语言的能力。语言水平只有在沟通中才能真正得以提高。与之相应的教学模式必须是"以言语交际为中心"。唯有在交际的语言环境中，人的语言水平才能得到真正提高。

最理想的学习状态是师生互动沟通。在这样近似于真实生活的语言环境中，外语的开口关过起来是非常容易的，听和说的能力都可以在互动的语言环境中得到有效的培养。交际，绝对比整天被动地听磁带或英语广播，更能使人处于积极的言语状态。

解决了听和说的问题，读、写能力就容易许多。林语堂40多岁才开始写小说，而且一开始就是用英文写作，从第一部《京华烟云》开始，他所有的小说都先用英语写成，再由别人翻译成中文，当然也有自己提刀的时候。至今，英美人还对林语堂的作品津津乐道呢。根据他的经验，"英文最着重自然清顺，写英文必须以口讲为基础，写出来才读得下去。不然满纸都是字典上找来填上的奇语僻字，用上去一无是处。可以概括的说，英文写作必须以口讲为基础。"

"在听讲写读中，口讲尤为重要。这并非说我们学习英文的目标，只在讲几句英语，而实在是因为方法上应当如此。能看不能讲，只可说是半身不遂的英语。"

"在学习的程序上，为求基础之稳固、习惯之养成、进步之神速、文理之清顺，都得如此。还有几种理由：第一，口讲可多得练习，因为口讲是学习的最轻便的方法。第二，文法对不对，全在习惯。造句子总是慢慢推敲出来，养不成什么习惯。口讲之妙，在使学习的人在不知不觉之间吸收英文的句法，久而久之，自然顺口。到了顺口之时，英文句法已在不知不觉之间学来，比写作时算什么主格宾格强得多了。第三，口讲的话都是自自然然说出来的，少有堆砌奇字、矫揉造作之弊，因为口讲应答之间，不容你刻意求工。试将报章的社论与名人演讲稿一比较，就可以看出这个分别。"

说的能力的确很重要，但是没有语言环境是难以提高的。对于多数高中生的学习条件来说，较为理想的办法是大量的阅读，就跟学习语文一样，根据个人的兴趣进行广泛的阅读。读得多了，就有了语感。有了语感，无论是应试，还是阅读外文资料，都将是一路绿灯。所谓语感，其实就是一种语言直觉，讲不清其中的道理，但却知道那样做是正确的。

选择阅读材料，一是要根据个人的兴趣，自己对什么感兴趣就读什么；二是难度要略低一点，如果一篇文章自己不翻辞典就可读懂八成左右，那么就是合适的，难度系数低容易使人获得成就感和自信，这样循序渐进，学习成效自然很好；三是阅读量要大，如果能够在每个水平段读上十几册读物，那么学习效果就会非常理想。

互联网为人们获取外文材料提供了一个近似于无限的空间。如果在搜索引擎上敲上几个单词，那么成千上万条信息就会扑面而来。互联网的价值不仅在于为人提供无限的外文信息，而且还可以实现互动，人可以在互联网提供的空间里与各个国家的人交往。交往就是提高人的语言水平的最佳途径。

语文是本民族的语言文学，外语是外民族的语言文学，它们的性质都是人们用于沟通的语言工具。当然，语言不是孤立存在的，它会依托思想和情感而存在。在学习语言的过程中，人的思想和情感将会受到触动和影响。如果说对人的思想和情感的影响是语言学习的副产品的话，那么历史就是直接指向人的思想和情感的，在这里语言仅仅是个工具。

历史对人的思想和情感产生影响，主要体现在"引古筹今"上，让过去的经验和教训可以为人们现在做事提供参照，这样就可以避免人们少走弯路。举个简单的例子，在 2006 年 7 月到 8 月间发生的黎以冲突中，黎巴嫩真主党武装组织在对抗以色列强大的军事进攻时，就充分借鉴了巴勒斯坦解放组织的正反教训和越南战争时共产党的防卫战略。虽然从军事实力上，真主党武装难以与以色列抗衡，但是他们在以色列装甲集群的闪电式地面突击面前却表现得非常从容，使以军在地面战中付出高昂的代价。黎巴嫩大部分是山区，山峦起伏，陡峭的悬崖和险峻的溪谷到处可见，有森林 800 多平方公里，地形复杂，丛林茂密，是开展游击战的理想地区。过去，巴勒斯坦解放组织曾发挥这里的地理条件对抗以军，采取"敌进我退，敌退我归"的战术保存战力。然而在 1982 年的第五次中东战争中，就是在这片土地上，"巴解"游击队却放弃了地理优势，一味依托南部据点逐段实施阻击，打正规的阵地战，与以军拼消耗，结果大败，丧失了黎南的全部基地，总部撤出黎境。现在，真主党游击队还是在这片土地上，他们面对的同样是以军的地面进攻，而且以军的信息化武器装备更加先进，联合作战能力更为强大，但是他们仍然以山区的有利的地理条件为依托，采用灵活的游击战术打击以军。真主党游击队依托在黎南部构筑的永备工事进行顽强阻击，消耗以军，但他们并不计较一城一地的丢失，必要时会主要撤退，保存实力，化整为零，待以军离开后重新整编返回。这些游击战术已初露端倪，令以军士兵甚感意外和畏惧。在游击战中，真主党游击队在黎南挖掘地道抵抗以军入境，并在接近以国边境的地方将许多地道和战壕联结成防卫网，作为军事行动和武器储备的基础。这种战术逼迫以军要在黎南方圆 1.5 公里范围建立缓冲区，就要再加派大量士兵到前线，极可能深入至利塔尼河一带。若以军加大地面战，真主党将可能选择撤离或重新部署，再次打游击战，并以袭击战术加大以军伤亡，将以军拖进泥潭。

毫无疑问，历史所提供的经验和教训是有价值的，这些经验和教训成为人们考虑问题和做事的基础是非常必要的。当然，历史的经验和教训要发挥作用，其前提条件是史料真实，只有史料真实，在史料基础上总结出来的经验和教训才会有指导意义。因此一个真正对历史感兴趣的人，仅仅靠阅读几本现代人编写的教科书是远远不够的，应当阅读原始史料或接近原始的史料，尽可能地接近事件发生的时代所记载的史料。比如，你对朱熹的思想感兴趣，最好的办法就是阅读朱熹本人留下来的著作以及那个时代史书对朱熹的记载，而不只是翻看几本历史教科书。

在应试教育的背景下，高分数是教师和学生所追逐的最高目标，这就决定了他们的学习只是局限于教学大纲和教科书。学习内容的狭隘决定教学方法的死板，即使教师组织一些师生互动的活动，也是在狭隘的范围之内。整个历史教学基本上停留在知识的堆砌和模式化思维的层面上。

为了考试，学生在学习的时候只能死记硬背，聪明一些的学生也只是弄出一些纵向和横向的纲目来，使堆砌的知识有些条理。死记硬背的方法调动的是人的记忆潜能，尤其是机械记忆能力，至于思维能力则是被忽略的，如果说有些培养，那也是僵化的思维能力，到了社会里根本无法做到用历史来解读社会，也无法解读在社会大背景下的个人发展。

在教学上，师生都被僵化的模式化思维所困。长期从事高三历史教学的老师都知道，在各种高考模拟试题甚至高考试题中，非常重视对历史事件根本原因的探讨。例如：法国大革命爆发的根本原因是什么？答：波旁王朝的专制统治阻碍了法国资本主义的发展；英国资产阶级革命爆发的根本原因是什么？答：斯图亚特王朝的专制统治阻碍了英国资本主义的发展。基本上成了一种固定模式：某某革命（或改革）发生的根本原因是，某某的统治阻碍了某国资本主义的发展。学生在这种教学模式下学习，他们就会形成这样的惯性思维：无论历史事件有多么纷繁复杂千差万别，它的根源一定落脚于经济层面，即生产力和生产关系、经济基础和上层建筑之间的矛盾运动。西方哲学家卡尔·波谱尔（karl Pop Aper，1902－　）曾在《开放的社会及其敌人》中指出："经济主义经常一扫无遗地被人解释为这一种理论，即认为一切社会发展都依赖于经济条件的发展，尤其依赖于生产的物质手段的发展。可是这种理论显而易见是错误的。在经济条件和观念之间存在一种互动，但后者并不是简单地单方面依赖于前者。试想某一天，如果我们的经济体系（包括全部的机器设备和社会组织）被毁灭了，但是科学技术方面的知识却还能保存下来。在这个例子中，它要获得重建（在一种较小的范围内，经过无数人饿死之后），可想而知用不了多少时间。然而，试想有关这些事物的一切知识都消失了，而这些物质的东西却保存着。这好比是一个野蛮的部落占据了一个高度工业化却又废弃了的国家所发生的情形。它很快就会导致文明的物质遗迹的完全消失。"显然，过分依赖经济作用分析社会的做法有些偏颇，但是不这样思考问题，你就得不到高分，你就将在高考中被淘汰，为了高考，人们就要放弃个人的一些观点。如果在试题中出现这样的问题"请谈谈你的看法"，如果你照实回答而与教学大纲的基本思想相悖的话，那么你就很难得到分数。

在历史的学习上，西方的教育方式可以借鉴。在美国的中学历史教学中，像"关于对杜鲁门外交政策的评论"、"对种族歧视问题渊源的探究"等问题经常成为师生关注的热点问题。在学习"二战"历史的时候，人们经常看见这样的场面，课堂上学生们在进行激烈的辩论，有的人说"假如我是丘吉尔，我的战略会是……"，也有的人说"假如我是希特勒，我的战略会是……"在这种激烈的争辩和对抗中人的思维能力得到磨砺。可以想象，这些学生在辩论之前必然在图书馆中收集大量有关"二战"的史料，甄别史料的过程其实就是学习历史最好的办法。以这样的教学方式培养出的必然多是些具有政治眼光的人物。这种学习历史的方法与林语堂的学习思想不谋而合。林语堂在1933年12月8日所做的"关于读书之意见"的演讲中有句非常耐人寻味的话："学校专读教科书，而教科书并不是真正的书。读一部小说概论，到底不如读《三国》、《水浒》；读一部历史教科书，不如读《史记》。"

历史是纷繁复杂的，如果一个人盲目地学，那么他学起来就会无所适从，什么都学习，什么都不彻底。学习历史的一个较好的办法是结合自己所感兴趣的专业，广泛地收集相关的历史资料，鉴别真伪，然后利用历史的经验和教训作为现在学习的基础。最近几年有套名为《明朝那些事儿》的丛书，异常火暴，而作者当年明月（本名石悦）却是一个不满 30 岁的小青年，一个非文学和历史学专业出身的普通公务员。专业是法律，而历史完全属于爱好。起于网络江湖的《明朝那些事儿》，几乎是在很短的时间内，就吸引了从普通读者到学术人士等众多人的眼球，图书的销量从几十万册快速攀升到上百万册，据说"改革开放三十年，这套书的发行量，可以排进前十五名"。作为一位"历史票友"，当年明月用现代人的语言和思维方式重新演绎了明史，当年明月堪称草根讲史的集大成者，大家的认可印证了当年明月的那句话："历史应该可以写得好看。"当年明月学习历史的成功经验，一定不是死记硬背出来的！

在沟通中学习，在思考中学习，是真正的学习，但是这种方式并不适合应试教育，所以很不合时宜。真正文化素质的提高很难换来很高的考试成绩，况且，素质的提升是一个潜移默化的长久的慢工程。没有成绩，对于很多学生来说，这样的学习在急于备战高考的前提下，就是毫无价值的。这种学习方式起于基础教育，同样也适合于高等教育，都是为了应试。在大学里，到了考试的季节，你随处可以看到认真准备考试的学生，他们把大学里的各个角落都利用上，楼梯口，楼梯上，树荫下……无论是学历史的，还是学教育、学中文的，或者其他的，听到的都是机械地背诵条条框框，就如同和尚念经一样。如此学习，应对的是如此的考试，可叹他们接受完 4 年大学教育后会有什么起色？应付考试的东西，只是暂时寄存在记忆里，考完了就很快忘掉，如此他们根本就得不到思维的能力，得到的只是一张文凭而已。

什么样的学习方式，服务于什么样的学习目的，何去何从就看个人的学习目的了，这绝对不是勉强的事情。为了高考，可以，也必须采取一些应试学习方法，但是，为了自己长远的发展，决不可贪一时之高分，而将能力的提高、素质的提升忽视了。

18.

理科学习之略

评价一个人的学习是否成功，得看他走出校门、走上社会后的发展状况如何。

数学是理科的基础，其重要地位众所周知，所以数学受到重视是必然的。一说到数学，人们不禁联想到奥数。从小学开始，奥数就受到了吹捧，而且是极度的热捧。2009年5月22日，央视《经济半小时》报道说，仅北京一个地方，奥数市场规模一年至少有20个亿，已经形成了培训、教材一条龙的产业链。尽管教育部早在2005年就明确规定公办初中、小学禁办奥数班，随后又逐步取消了奥数加分、实施免试入学等政策。奥数的名声不好，经常遭遇数学界泰斗的批评，甚至攻击的词语都用上了，但是奥数依旧一边是遭痛斥，一边是火暴，这么多年，奥数产业链犹如"野火烧不尽",硬是在这滑稽的现实"茁壮成长",最终让官方的一道道命令很快变成一纸空文。

火暴说明是受到了重视,有的学校90%的学生上奥数班,当然多数是被父母驱使而来的,没有这些庞大的生源支撑,怎么可能形成那么大的产业链?重视是好的,但是如果走进误区,那就是扼杀学生对数学的学习兴趣。《中国青年报》2009年5月25日报道说,在南京,中国小学生的奥数题,居然难倒了世界著名数学家安德烈·奥昆科夫。让人诧异的是,这位因为在"概率论、表示论和代数几何的相互作用"方面取得杰出成果而获得菲尔茨奖的数学大师,竟然说他从来没学过奥数,也不理解中国小学生拼命学奥数的做法,他认为,那些太难、太刁钻的题目很可能伤害了孩子们学习数学的兴趣。据统计,自1986年我国正式参加国际奥数竞赛以来,共有101名选手获得金牌,近年更连续6届获得团体冠军,但迄今为止这些金牌选手当中,没有一个人获得过授予青年数学家的菲尔兹奖。奥数热并没有为中国培养出领军世界的数学人才,中国的数学人才处于断层的状态。一项对全国奥数竞赛获奖学生的跟踪调查显示,虽然他们中很多人被保送到了大学的数学系,但毕业后大多数人从事的确是与数学无关的工作。比如,在清华大学,一些因在全国奥赛中获奖而被保送到清华大学的优秀奥数竞赛选手,未来真正想从事数学研究的却不多。

到了高中阶段,学生基本上没有时间上奥数班了,但是竞赛还是要参加的,当然能参加竞赛的必须是那些在小学、初中长期、多次参加奥数竞赛的选手,因为,他们奥数的头脑还在。只要有这种奥数学习的思路在,人们学习数学的兴趣就不会高,清华大学数学科学系主任肖杰说:

"它（奥数）会让千千万万的孩子，失去了对科学本身的兴趣，失去他们的好奇心。现在所有奥数的东西，不是引导孩子们对未知的一个探索，它是用人为设置的一些题目来考倒一些学生。"

国际数学大师丘成桐就曾经对奥数的分析一针见血："数学是做研究，奥数是做题目。获得奥数金奖只能证明考试的能力，而不代表研究的能力，研究的根本是找问题。奥数只训练别人的题目，而不知道去做自己的题目。"他说，自己教过好几个得过奥数金奖的中国留学生，这些学生的学问太狭窄，考试有能力，思考没能力，甚至都不能毕业。

如果以做题为主要的学习方式，那么学的东西就会只是书本上的"死知识"，因为按照丘成桐的说法，这样方式只是在训练别人的题目，以这种方式训练自己，结果必然是思维范围越来越狭隘，思维方式越来越僵化。相反，如果以发现问题的方式来学习和研究数学，那么即使他们掌握的数学知识再少，他们的思维范围也是开阔的，因为解决任何问题都不会有现成的答案。学习的真正目的是学以致用，只有当所学的知识能够结合实际，能够把所学的东西用来解决现实生活中的问题，那么这样的学习就是富有成效的。

数学是基本科学的工具和语言，其在科学中的地位备受科学家所推崇。以物理学家对数学地位的评价，可以对数学在科学中的作用窥见一斑。R. Feynman 在《物理定律的特性》一书中说我们所有的定律，每一条都由深奥的数学中的纯数学来叙述。F. Dyson 说，应用物理，流体等大自然界的一切现象，只要能得到成熟的了解时，都可以用数学来描述。写过《湖滨散记》的哲人梭罗也说，有关真理最明晰、最美丽的陈述，最终必以数学形式展现。

20世纪物理学两个最主要的发现——相对论和量子力学对数学造成极大的冲击。广义相对论使微分几何学"言之有物"，黎曼几何不再是抽象的纸上谈兵。量子场论从一开始就让数学家迷惑不已，它在数学上的作用犹如魔术一般。例如Dirac方程在几何上的应用使人难以捉摸，然而它又这么强而有力地影响着几何的发展。超对称是最近二十年物理学家发展出来的观念，无论在实验或理论上都颇为诡秘，但借着超弦理论的帮助，数学家竟能解决了百多年来悬而未决的难题。超弦理论在数学上的真实性是无可置疑的，它在物理上也终将占据一席之地。

数学的地位和作用是毋庸置疑的。关于如何学习数学，著名数学家杨乐提出，一是继承和掌握好数学（高等数学、线性代数等）的基本概念、重要理论和计算方法；二是采用研究式的学习方法，对一些重要的理论，分析这些理论产生的原因和发展的过程及证明的方法，由此可以培养自己在数学研究和应用方面的创新能力。

依照杨乐所倡导的学习方式学习数学，层次高的话，可以培养出数学家来；层次低的话，也可以使学习者能够在社会生活中创造性地使数学为人服务，达到学以致用的目的。这一定是学习数学的正道，但是在应试教育的背景下，人们学习数学的目的不是学以致用，而是一切都是为了应试。学习数学的方法是服从于学习目的的。既然学习数学的目的是为了应试，那么做题就成了数学学习的最根本的方法。

很多人都说学数学需要天赋，包括一些知名的数学家。他们认为对于没有天赋的人来说，只要适当的学一些数学就好了，不用学也不可能学得太多太深。尽管这些话只是人的经验之谈，缺乏理论依据，但却是有一定道理的。为什么这样说呢？人在学习过程中会发现，那些数学成绩特别优秀的同学学习数学时往往特别轻松，根本用不着整天趴在书桌上研究数学，而那些整天做数学题的同学，工夫下得很多，但是成绩却并不理想。似乎是，数学成绩优秀的同学本能地就能发现数学中的规律，并能够找到相应的解决问题的方法。其实学习任何学科都需要天赋，但是数学的学习似乎更需要天赋。如果这个判断成立的话，人们在学习数学的时候就不必特别勉强自己，当然，必要的努力还是需要的，因为人在现实生活中是需要一些基本数学常识的。

在应试教育的大背景下，覆巢之下焉有安卵？数学学科的学习如此，物理、化学、生物等学科的学习也同样如此。物理、化学、生物等学科都是实验科学，是要求学习者动手操作的，然而在整个中学阶段学生在实验室的时间屈指可数，学生的绝大多数时间是在题海中拼搏。很少有动手操作的机会，怎么可能会有学生的动手能力？习惯成自然，长期不动手，也就习惯了不动手，逐渐演变得不喜欢动手了。

清华大学程曦教授在《救救清华大学的这些孩子吧》中曾这样描述过清华大学学生的学习状态：

"几乎所有的学生，都不喜欢动手。不但千方百计逃避动手，还会去耻笑动手的同学。作为老师的我，千方百计的强迫他们动手，甚至不惜以退学要挟这些学生。我必须承认，即使这样，仍然所获不多，或者面临损坏设备的风险。我们发现，学生有各式各样的理由不动手。背后的原因往往很简单，除了考试，他们几乎什么都不会动手。为什么会这样？首先，中国传统士大夫的形而上观念，根深蒂固。在整个学习过程中，很多老师也不知道如何动手，由小学到大学一路因循下来。再者，现代的电脑普及，又有很多网路新贵产生。这种弄不坏、不必负责任的玩具，反而给了他们很大的动力。还有，动手的分数通常不好评价，老师会送分。学生花很大劲学习动手，不如一个计算所得数字的成本效益高。老师不重视动手评价，学生当然不会重视动手。系里和老师的研究室里，没有摆满手册和厂商零件目录，学生当然除了玩软的不能玩硬的。学生最常找的不动手理由，就是设备不够好或者没有设备。我们发现，最好的设备给他们，他们也不用，更何况让他们自己建造设备和修设备。最好的创新科研，绝对没有配套的设备。往往在设备不足的情况，才能激发想象力，开发出前所未有的科研方向。国外学校经常有一些竞赛，鼓励学生在有限的资源下，把所学知识运用来创造新的小发明。我们是不是也该认真地考虑，采取类似的措施，释放学生的想象力和能量。"

"有一次，我在课堂上问学生，当光照到物质上，多少时间之内光电子会被释出。几乎所有的学生都一起回答：一个纳秒。这件事让我吃惊万分，他们可以由一个老师或某本教科书上得到错的答案，完全不思考这个答案的荒谬性，和教学内容的完全不一致。上学期在期末考试时，我问了一个问题，什么是科学方法，物理学和你所就读的学科方法，有何不同？竟然有一个生物系的学生回答，物理有很多要背，生物也有很多要背，非常不容易同时记住。我宁可相信他在和我开玩笑，不然我如何自处，到底是怎么教的？中文的教科书有几个大弊病，略举两点如下：

一、不与时俱进，不能不断再版，更正错误和更新知识；

二、没有良好的索引和参考文献，学生学完之后，无法一辈子用来翻阅。学生宁可花钱买手机、电脑和配件，不肯花钱买一本好书珍藏，太令人失望了。好的外文教科书，都有中文翻译本，但是这些翻译本的再版往往跟不上时代。在中文教科书完善之前，我们只能大量使用外文书籍，而且减少学生使用翻译本的可能性。"

学生动手能力弱，能怪谁？责怪学生？一定不行，他们也很无辜。要怪，只能怪应试教育的体制。动手操作是最容易激发人兴趣的，学生是喜欢的，但是压根儿学生就没有动手的机会。物理、化学等自然学科的学习，需要一定实验条件和自由的空间。越尖端的自然科学，越依赖于先进的实验仪器和设备，这就决定了自然科学的学习和研究难以通过自学的方式来完成，因为个人是不可能拥有那些仪器设备的，所以学生只能临渊羡鱼。爱因斯坦（1879－1955）在谈起自己的成功经验时曾经说过："我没有什么特别的才能，不过喜欢穷根究底地追究问题罢了。我不过是保持了自然界表示'惊奇'的能力。"做个假设，如果让爱因斯坦也和现在的高中生一样封闭在一个堆满复习资料的教室里，没有实验的条件，整大被各科作业压得透不过气来，他哪里还能保持对自然表示的"惊奇"能力？哪里还有穷根究底地追究问题的"雅兴"和空间？唉，没有办法，只能这样，这就是中国基础教育的现实。笔者在这里所议论理科的学习方法，都是本着培养科学技术人才的学习方法，虽然好，但对于多数学生来说只能看一看，做到心中有数。

19.

不再为考试焦虑：小菜一碟

　　无论同学对应试教育有多么大的抵触情绪，一旦说要考试，还是强烈地希望自己能考得好一些。为什么？知识不知识的先放一边，面子是任何人都需要的。应试教育评价人的很重要指标就是考试成绩。从小学开始，同学就生活在这样的评价机制中，逐渐地老师、父母和同学本人也就接受了这种评价指标。成绩高，就是学生中的贵族。成绩中游，就是平民。成绩差，就是平民中没有光彩的人。用有些同学的话说，考试成绩将同学分成三六九等。颜面啊，成绩差了，在老师、父母和同学当中是抬不起头的。"我好忧愁呀！我的学习成绩不理想。每次考试结束后，由于成绩不理想，便整日烦躁不安，整日陷于苦恼之中，委靡不振。我好难受啊，我真难受！我就觉得肩上似乎有一重担，既抬不起，又放不下，于是我只好弯着腰艰难行进。这是怎样的一种滋味呢？！我总是战胜不了自己，我真不知道如何才能战胜自己。"不为知识，就为颜面也要使劲考出个像样的成绩。

只要心里渴望能考出个像样的成绩，就会有一种幽灵出现在自己的心灵世界，这个幽灵就是考试焦虑——折磨人的考试焦虑。来看看考试焦虑有哪些症状：

（1）**在情绪上，担忧、焦虑、烦躁不安。**

＊担心考不上大学，难以想象对父母、姐姐的打击有多大，到那时我将一片茫然，不知道该怎么办。

＊怕考试，感到紧张、着急，担心不能正常发挥。

＊每次考试都抱有想考好的希望，可是越抱希望越考不好，几次下来，就产生了一种压力，考前总在想：要是考不好怎么办，上次考得就不好，这次要是更糟怎么办？

＊当做几道题时，心就会浮躁起来，再往下就怎么也进入不了状态。

＊对于弱科的恶性循环，心里有畏惧感，影响发挥，成绩更差，更加畏惧。如此下去便有放弃的念头。

（2）**在认知上，注意力不集中，记忆力下降，看书效率低，思维僵化。**

＊考试时，怕自己有把握的题答错，造成心理紧张和注意力不集中。

＊考试过程中对老师的走动特别敏感，自己的注意力无法集中。

＊比较简单的问题总爱往复杂上想。

＊考到自己弱科心里没底，总怀疑自己的答案不对，没有信心再做下去，而使自己本来可以做对的题做错。

（3）**在行为上，坐立不安，手足无措。**

* 精力不集中，有时一道题看几遍也不能很好地进入状态。

* 在重要的考试前几天，我就已经坐立不安了，手足无措，无所适从。

（4）在身体上，头痛、食欲下降、恶心、心慌、睡眠不好等。

* 考试时，心里发慌，产生一种着急的心理，精神不集中。

* 考试有时感觉呼吸困难，手中出汗，心跳加快。

* 本来在考试前半小时已经去了一趟厕所，提前为考试做好了准备。可是，刚从厕所出来，仍想去厕所小便。

* 考试有时感觉呼吸困难，手中出汗，心跳加快。

* 考前失眠，入睡时想尽各种办法，如数数等，但是仍然很困难，勉强入睡后睡得也不沉，而且多梦。醒来后，感觉浑身酸软，浑身乏力。

看看这些症状就叫人闹心。这样闹心的症状是伴随考试的，这只是痛苦的开始，因为考试焦虑会直接影响到考试成绩。考试考砸了，那人的心情就更是痛苦，于是恶性循环就开始了——考试焦虑，失利，再考试焦虑……

肖勇，某重点中学高三学生。在最初考进重点高中后，平时的学习成绩不错，作业和练习卷子总是全优，经常受到教师的表扬，但是一到期中、期末的重要考试，情况就总是很糟糕，而且一年不如一年。这种情况主要表现在数、理、化三门学科上。平时，同学遇到难题往往向他请教，对此，他可以从容作解，思路敏捷，但是一到大考的时候，他平常那股沉着、敏捷劲儿便无影无踪了。本来不成问题的问题，这时却怎么也解不出来，或者答的漏洞百出；过去上初中时从未出现过的毛病，如计算马虎、看错题等，此刻也冒出来了。面对这种情况，他非常着急，每次都在学习方法上找原因，但找来找去，问题仍得不到解决，为此，他陷于极度的苦恼之中。用他自己的话说，"×中是个很有名气的学校。尽管家长很少责备我，可我却觉得学习不好，很难堪。我也不敢戴校徽回家。以前的初中同学，总是把我看得高他们一头，元旦的贺年卡片也常写上：'你是咱们班里最有希望的一个'。可是，自己现在却……我很苦恼。为了学习问题，我每天冥思苦想。我不知道自己是否得了那种'考试焦虑症'？因为尽管在考前我再三告诫自己，不要慌，但一到考场却总是如临大敌，心神不定。"

平时考得挺好，可是一到了关键的考试就考不好，这就是考试焦虑造成的恶劣影响。也正是因为考试焦虑造成的消极影响，人们就强烈地希望摆脱考试焦虑的困扰。越是努力摆脱考试焦虑的困扰，由于不得要领，考试焦虑反而越严重。

焦虑是人的一种本能的应激反应，当人在遭受挫折后或受到难以克服的障碍的威胁时，形成的一种紧张不安，带有恐惧的情绪状态。

焦虑是一种复合性情绪状态，包括焦虑反应、过度焦虑和焦虑症等三个由轻到重的层次。焦虑反应是人们对一些即将来临的紧张事件进行适应时，在主观上产生的紧张、不安、着急等期待性情绪状态。焦虑症是神经症的一种，主要特点是紧张、不安等症状比较严重，但对产生这些不适的原因不很明确。介于两者之间的属于过度焦虑，其特点是焦虑已明显地影响正常学习和生活，但患者对引起焦虑的原因十分明确，一旦引起人焦虑的条件解除，多能迅速恢复。不论轻重，焦虑都伴有不同程度的植物性神经紊乱或身体上的不适感，比如腰酸背痛、胃部不适、头痛头昏、懒而无力，其他如便秘、腹泻、口干、多汗、心悸、气短、经心不调、性功能障碍，等等。

考试焦虑只是焦虑的一种。考试焦虑，顾名思义，是指由考试引起的焦虑。考试焦虑高的人，往往在考场中紧张、忧虑、神经过敏和情绪冲动，视考试为个人的威胁。有些同学在考试前和考试中，特别是在高考时，常常怀疑自己的能力，忧虑、紧张、不安、失望、行为刻板、记忆受阻、思维发呆，并伴随一系列生理变化、血压升高，心率加快、面色变白、皮肤冒汗、呼吸加深加快、大小便增加。这种身心变化，影响考试成绩。这种状态持续时间过长，会出现坐立不安、食欲不振、睡眠失常，影响身心健康。

焦虑是人的一种本能反应，是人对一件对于自己很重要但又无法掌控的事情所产生的本能反应。这件事情对自己越重要，越是无法控制，人的焦虑的程度就越严重。比如，"5·12 汶川地震"发生时，灾难往往突如其来，如此大的地震几十年一遇，人无法掌控而产生惊讶、愕然、恐慌、焦虑等情绪，都是十分正常的现象，属于生命的本能反应。人都强烈渴望生存下去，谁也不愿意在再次的地震中死去，可是地震却又无法控制，所以心里肯定紧张。

什么事情都不是绝对的，考试焦虑也不一定就全是消极作用，其利弊关键在于度。许多研究业已证明，绝大多数考生在临考前都有一定程度的紧张或焦虑，它属于焦虑反应，是正常现象。适度紧张可以维持考生的兴奋性，增强学习的积极性和自觉性，提高注意力和反应速度等，也就是说，在考试及其准备过程中，维持一定程度的紧张是有必要的。但是如果考试焦虑的程度过了，想考好的愿望过于强烈了，高度焦虑就会使人欲速则不达，这个很多同学都已经领教过了。高度焦虑和紧张可使人注意力涣散，干扰回忆过程和思维过程，从而引起答题效率的降低。

把考试焦虑程度控制在有利于答题的水平，是每个考生所追求的目标。要达到控制考试焦虑水平的目的，就必须首先了解考试焦虑的因素，这样才能知道从什么地方下手调控。影响考试焦虑的因素也不外乎是主、客观两类因素。

客观因素主要是考试的重要性、难易程度、竞争程度等。虽然这些程度因人而异，但是大家面对的是同样的考卷。考试焦虑程度的差异，是人面对同样的考试所做出的不同反应。因此，客观因素并不是造成考试焦虑的最重要的原因。主观因素主要包括以下四个方面：

（1）敏感，易焦虑，过于内向，缺乏安全感和自信心，做事追求完美，具备这类性格特征的人容易考试焦虑。

敏感、易焦虑的人是弱不禁风的人，有点风吹草动，他们就会受到影响，如同惊弓之鸟。当面对重大而且竞争激烈的考试时，他们的精神就要承受前所未有的压力，他们总是担心考不好，精神支柱随时都有被压垮的可能，此时他们的心情是极度压抑的。极度的压抑，就是极度的压力，也就是极度的考试焦虑。

内向的人之所以内向，是因为他们对周围环境缺乏安全感，对自己缺乏信心。人的本性是张扬的，外向的，谁要是得势了，谁都会显摆炫耀。不敢炫耀，不敢显摆，不敢张扬，说明他们非常在意别人的评价，说明自己畏惧失败。畏惧失败，就等于给自己增加压力。本来做任何事情，都面临着成功和失败两种可能。如果只要成功，不接受失败，那就是在追求完美。追求完美，就是对自己提出了苛刻的要求。苛刻的要求是很难成功的，所以追求完美的人时时感受到失败的威胁，他们在做任何事情的时候总是惴惴不安，总是处于高度焦虑之中，于是他们常常被自己假想出来的敌人所击溃。

（2）对过去考试失利的错的归因也会提高人的焦虑程度。

过去考试有过失利，有些人就把失败的原因归结为自己不聪明、能力差。当然，如果归咎于考试太难，也等于是归因于自己能力弱。人一方面认为自己不聪明、能力差，一方面却丝毫没有降低考试结果的期待，这就是在提高对自己的要求。能力低的人去做艰难而复杂的事情，失败的概率就很大。时时感觉到失败的威胁，就是高度焦虑的表现。

不断地归因于自己不聪明，就是在不断暗示自己不聪明。曾经有这样一个案例，一个小学生学习成绩不好，每次考试顶多也就六七十分，总是拖全班的后腿。他的班主任很气恼，于是每次考试失利后她就把这个学生叫到自己的办公室，让这个学生在试卷上写"我是个大笨蛋"，直到把试卷空余的地方都写满。结果呢？原来每次能考六七十分，写了一次之后成绩就降到了五六十分，重复若干次之后，这个学生顶多也就考二三十分。不断暗示自己不行，就会使自己真的不行，于是就真地失败了。失败的结果验证了自己的判断，于是更确信自己不行。当人确信自己缺乏能力的时候，只要不降低对做事结果的期望值，那么他的压力只能会越来越大，直到自己不堪承受为止。想想，这是多么令人痛苦的事情。

（3）复习准备情况：**复习准备不足，对考试没把握。**

准备越充分，对考试的预见能力越强。对考试的预见能力越强，考试的不确定性越小，人越少感觉到来自考试的威胁，当然，考试焦虑程度就弱，人就不会为考试焦虑所困。反之亦然。复习准备不充分，对考试越没有把握，考试焦虑程度越高，人的真实水平越难以发挥。

（4）**迷信考试对人的能力评价的效能。**

迷信考试对人的能力评价的效能的人往往武断地认为，成绩不好＝不聪明、没优势、没本事＝被人看不起。其实，考试只是流行的、普遍被人所认可的评价方式，当然，最重要的是它是教育评价所采取的主要方式。实际上，即使被心理学所精心设计的心理测试对人的评价的效能都是很低的，更别说是几张普通的考试卷子的评价效能了。如果人对考试的评价效能有了一个相对客观的认识，那么他就不会因为考试失利而武断地认为自己不聪明，认为自己没有本事，也不会在意别人的评价的高与低了。对考试的迷信的结果只能是一个，一票否决，考试成绩不好就判定自己没有能力。既然已经认定了自己不聪明、缺乏能力，那么他还妄想着取得好的考试成绩，这就等于自取其败。

鉴于考试焦虑主要是来自考生对考试所产生的种种担忧，那么调整考试焦虑最直接的办法是消除考生的这些担忧，使他们对考试的重要性、考试的难度以及自己能力的大小有一个客观的认识和评估。

有学者借鉴 Ellis 和 Beck 的认知疗法，针对考试焦虑，编制了一套被称做自我认知矫正方法，通过改变考生的认知，就减轻或控制焦虑。自我认知矫正方法包括下面几个步骤：

（1）检查自己的担忧

找一张纸，在一个没有干扰的地方，坐下来冷静地思考，把你所有的担心写下来。按照下列方式进行：

①把你想起的一切担忧写下来，不去分析，不要想这些担忧好与不好，也不要怕重复。

②整理合并已经写下的担忧，去掉重复的条目，把各条担忧比较一下，把实质相同的担忧合并起来。

③按照担忧的程度的大小排列各条目。

这一步实际上是要你对自己的担忧认知进行一次全面清查。它有三个作用：第一，这种检查过程本身就能直接减轻焦虑。把这些内心的焦虑表达出来的时候，我们就会感觉比较轻松，这就是俗话说的"一吐为快"。有时，我们自己觉得碰上了难以克服的障碍，其实到底有哪些具体的事情值得担忧，我们自己也说不太清楚，只是一味地对自己进行消极暗示，而一旦我们进行全面检查，就会发现真正的担心不过就几条，于是从心理上就变得踏实一些。第二，这种检查使我们开始以一种理智、现实、不逃避的态度对待自己的问题。这种检查本身就有助于我们树立自信心。第三，检查使我们的担忧明确化、具体化，从而为下面的步骤做好准备。

（2）对担忧进行合理性分析

担忧具有两面性，既有合理、现实的一面，也有不合理的一面。分析担忧是否合理，应考虑它是否包含下列几种认知错误：

①无事实根据的结论。比如，"我担心自己可能考不上大学。"这种担忧的依据并不充分：a 我只有一次考试成绩不理想；b 我在最近的摸底考试中成绩过线了；c 我没有重大的知识盲点；d 我很努力，而且还有 40 天的准备时间；

e ……

②以偏概全。比如，"我担心自己可能考不上大学，将来一切都完了。"这种担心可能以偏概全，因为一个人的一生不可能完全取决于一次考试的成败，况且还有来年的考试机会。即使是考不上大学，人也会有其他的活法。

③夸大和缩小。检查你是否把自己的不足、缺点过分夸大，把自己的能力和优点过分缩小。

④情绪推理。它把一个人的情绪感受当作结论的依据，其逻辑是"我觉得我是一个失败者，所以我一定是一个失败者。"或者"我感到力不从心，所以我肯定什么也干不好。"

你还可以找出另一些不合理之处，总之，合理性分析的要领是：千方百计找出担忧的不合理、不现实之处，从而为下面的步骤做准备。

（3）与担忧质疑

针对担忧的不合理之处，以理性的事实、常识、逻辑来驳倒它们。通常，你可以这样思考：先找出这些担忧与事实不符的地方或者违背正常逻辑或常识的地方，然后分析这一担忧在你身上引起了什么反应，即找出它对你的不利影响，这可以称为"危害分析"。比如，这种担心使我分心，不能集中精力复习；使我背上思想负担，不能轻松地、精力充沛地备考和应试；使我感到难受；使我紧张，影响正常发挥，考不出好成绩。

（4）得出合理分析

以上面的工作为基础，得出对于该担忧你应该做出的合理反应和认知。比如，正确合理的反应可以是①分析我的知识准备、能力、考试难度，加上我的主观努力，我考好的可能性是70%，所以我有较大可能考好；②这一担忧是不合理的、不现实的，有危害，应当放弃；③即使万一考不好，我也准备好了高昂的斗志迎接下一阶段的学习。

以上2、3、4步实际上很难截然分开，但是如果你按照这样的顺序去思考会减少一些混乱。

自我认知矫正技术主要是通过矫正自己头脑中存在的思想误区来缓解或消除焦虑的情绪状况，这是通过理性的方法来解决问题。

比自我认知矫正技术更简单的方式是宣泄。比如，仅仅把自己内心紧张焦虑的心情表达出来就可以减轻心理压力，达到自我调整的目的。现代心理学研究表明，过分压抑自己情绪的表达，有损于人的身心健康。面临高考，任何人都会有心理压力的，而且是人对自身的期望值越高，心理压力越大。大大方方地承认自己的心理压力，并且把这种紧张焦虑的情绪以各种方式表达出来，这本身就可以缓解心理状况。以哭为例，现在人们逐渐认识到哭对调节心理的价值。美国圣保罗市圣保罗拉姆斯医学中心精神病学研究室主任威廉·弗列曾做过一个实验，在受试的200名男女中，有85%的女性和73%的男性，当难受时痛快地哭泣之后，自我感觉都比哭之前好得多，健康状况也有改进。面临高考内心肯定紧张，那就把这种紧张表达出来，就会使你感觉轻松一些。

要彻底地把握对考试焦虑水平的控制，治本的方法是从如下方面入手解决问题。

（1）**充分的复习准备**。有研究表明，80%的人考试焦虑是由复习准备不充分引起的。不打无准备之仗。准备得越充分，对考试的预见性越高，人焦虑的源泉就越少。如果考试的难度和范围都在自己的掌控范围之中，人还有什么可以焦虑的？

（2）**对成败的结果心态要平和**。谋事在人，成事在天。天是个人所无法控制的，而唯一可以调整的就是自己。无法控制的，就不去控制，反正努力也是徒劳的，这样人对于事情成败的心态就会平和下来。如果非要贪婪地做自己所无能为力的事情，那就是跟自己过不去。硬跟自己过不去，谁也没有办法。相反，人如果安分守己地做自己可以左右的事情，即使不成功，也只能这样了，那么他也对得起自己的良心了，于自己，于他人，也算是有了交代了。

老师、父母以及社会环境都在鼓励着学生考出好成绩，学生自己也觉得只有考好了才有面子，这种情境一方面是对学生的鞭策，另一方面也是产生考试焦虑的"沃土"。考生越是看重老师、父母、亲朋好友、同学的评价，考生的压力越大，考试焦虑的程度越高。反之，如果这个同学家里有路子，高考对他无所谓，考得不好就去国外留学，反正家里有钱，或者干脆就在自己的家族企业里管点儿事，家里正缺人手呢，那你说他能紧张吗？能考试焦虑吗？还有那些学习从来就不好的同学，也从来没有人期望着他能考上大学，他本人也没有这份上进心，你说他会有考试焦虑吗？

真正要使人的心态平和，最根本的是人要为自己的发展多准备几条途径。俗话说，条条大路通罗马。如果人的发展多了几条后路，那么如果一条路出现些问题的时候，还会有其他的途径达到目的，如此人的心态自然会平静下来。

（3）**学会放松**。调整呼吸，做几个深呼吸。闭上眼睛，鼻式呼吸，缓缓吸气，徐徐呼出，这可以使自己心平气和。使全身肌肉松弛，努力想象一些使自己生活在轻松环境中的场景，如美好的自然环境、优美的音乐等。想象身体各部位的放松，放松的顺序：脚、双腿、背部、颈、手心。休息片刻，转移注意力，回忆点愉快的事情。自我安慰，不断对自己说："我能行，这没有什么了不起的。"在考场上感觉自己很紧张时，打一个哈欠也可以缓解考试焦虑。

20.

学习压力，不是可怕的事

寒¤星 & 7：49：50

压力太大了。

大副 7：50：40

压力来自于自己对高考的期望。期望值越高，压力越大。

寒¤星 & 7：51：53

难道自己要对自己没信心么？

大副 7：52：14

那倒不是。如果你把对将来的所有希望都寄托于一次高考，那你压力大是必然的。

寒¤星 & 7：53：12

我常常感到胸口憋得慌。

大副 7：53：28

说明你压力太大了。

寒¤星 & 7：54：31

我不想复读。

大副 7：54：57

留给自己的退路越少，压力当然就越大。

寒¤星 & 7：55：39

只有退路少才有可能进步，不是吗？？

大副 7：56：54

狡兔三窟。你可以想象一下，兔子有三窟和只有一窟的时候内心紧张程度会有什么区别？

寒¤星 & 7：57：11

那肯定是有三窟的时候兔子心里坦然。

大副 7：58：54

心里坦然做事，肯定是有成效的，那是压力适度。轻装前进肯定跑得快。

寒¤星 & 7：59：11

那我目前就像那只有一窟的兔子。

大副 8：01：54

很相像，心里紧张是必然的。背着巨大的心理包袱，承受着巨大的压力，如何学出成效来？

寒¤星 & 8：02：11

您的意思是把希望寄托的地方分散一下，压力就被分解了？

大副 8：03：10

当你多一条备用的道路后，你不感觉心里轻松许多？

这是笔者在高考前夕与高三学生在 QQ 上的一次交流，所谈的内容就是学习压力。

2009 年 7 月 6 日，英国《每日电讯报》驻印度前记者彼得·福斯特这样评论中国高考："随着上千万中国高中生开始这场马拉松般的考试，中国进入高考时间，因为这场考试的关键性，它给学生和他们的家长带来沉重的压力也就不足为奇……我是彻底被语文作文题击倒了，如果英国高中生也面临同样考题，他们会怎样……"英国媒体称中国的高考为"中国、世界最大规模的考试、令人恐惧的高考"，因为"在为期两天的时间里，上千万学生接受了一场竞争最为激烈的考试，而这场考试，也被视为能决定一个人的未来成败。"

作为普通人，人们参加高考的目的就是能够拥有一份好的工作，能够成为白领群体中的一员。能有机会成为白领，就标志着一个人有了一个美好的前途。要成为白领，必须先上大学，而能否进入大学就一个标准，那就是你的高考成绩。于是，高考就成了千军万马拼挤的独木桥。

千军万马拼挤独木桥什么感觉？一个人走独木桥的时候，本来就已经非常恐惧和无助了，人常常是战战兢兢地向前移动。现在一下子涌来那么多人，一个人在独木桥上的空间就变得小极了，虽然面临着被挤下去的危险，而前面就是所有人的唯一希望，什么感觉？更加的恐惧和无助，所有这些合起来就两个字"压力"，让人喘不过气来的压力。

压力大家都有充分的体验了。在重压之下人是痛苦的，本能的反应就是摆脱重压，但是绝大多数人却找不到摆脱压力的途径。要摆脱压力的困扰，你必须首先弄清楚压力是哪来的，否则调控压力无从谈起。

压力来自于期望。当你想做成某件事情的愿望越强烈，你承受的压力也越大。当这种期望成了人生唯一的希望的时候，人所承受的压力也将达到最大的极限。打个比方，当自己未来的荣辱、前程和命运都维系在一件事情的成败时，比如说，你的荣辱和生存都依赖于高考或职称评定，那么高考或评职称的时候就是你压力最大的时候，这个时候谁会不紧张、焦灼?! 高考成功了，一切就全都有了；高考失败了，一切都没了希望。评上了人所期望的职称，一切就全都有了；没评上职称，一切都没了希望。面临这样的事情，有谁会不紧张呢？反过来，如果你对某个事情没有任何兴趣，比如选举班干部，你自己不想干，你也不在意其他任何人当，选谁对你来说都是无所谓的事情，那么你参与这件事情时不会有任何压力。一般而言，人的需要越强烈，人的期望值越高，人的压力就越大，反之，期望值越小，压力越小。

河南省宜阳县一中曾经有这样一个高三复习班的男学生，2009 年 6 月 8 日高考结束的当晚就坠楼身亡了。经初步了解，其轻生原因是高考前思想压力过大，考后又无法自我减压。据了解，自杀学生姓乔，今年才 18 岁左右，性格内向，平时很少和人说话。乔某去年高考失利，今年又在学校复习了一年。有学生说乔某在这次高考中填错了准考证号，可能他觉得自己又考砸了，思想压力太大，所以轻生。

高考结束后就立刻轻生的人绝对不是他一个人，各地都有类似的事情发生，而且每年的情况都是大同小异。写到这里，笔者有一种感慨，感慨多年的应试教育使学生一叶障目，变成了井底之蛙，使他们将人生的所有希望都凝聚在高考上。当所有的希望都凝聚在高考上的时候，也是人所承受的极限压力。这个时候，一颗稻草就会把人的腰给压弯的。

学生的压力主要来自于学校和家庭。学校为了激励学生把自己的应试潜能充分挖掘出来，刻意回避高考之外的发展途径，唯恐启发了这些思路之后学生就泄劲了，不安心应试学习了。学生长期生活在学校狭隘的环境中慢慢地就认同了这种狭隘的教育。学生轻生，学校"功不可没"！学校这么做还可以理解，毕竟它所看重的是直接能给自己带来效益的升学率。可是，家长这么做就纯属于认识狭隘了。很多同学是非常懂事的，都知道做父母的良苦用心，于是他们总是担心考不好对不起父母。

《辽沈晚报》2009年6月8日报道说，6月7日上午，高考的语文考试刚开始不到1小时，在朝阳市第一高级中学考点考试的男生张林（化名）因为精神高度紧张，导致神志模糊，在考场内不停地喊："要是考不好就对不起父母"，最终，考点的工作人员将他带出考场送往医院救治，此时张林仍然神志不清，双眼微睁，嘴唇不停地动着，却说不出话来。医生对张林进行了检查，并没有发现他身体有异常之处，他认为张林的反应属于精神高度紧张。张林的家属说，张林性格内向，平时不爱说话，但上进心特别强，考试之前总是担心考不好，"考试前两天连饭都没好好吃！"

不用多问就知道，张林的高考是家庭里的焦点，父母在他身上投入了工作之外的几乎所有精力，他本身就懂事，知道心疼父母，所以他老是担心如果考不好，便对不起为自己付出那么多心血的父母。父母为儿子着想的出发点可以理解，但是在发展思路上却是完全狭隘的。父母为了孩子成才，目的绝对是纯洁的，但是在方法却是真正的狭隘，这是充满着亲情的"狭隘"，让孩子难以说出反对意见，只能深埋心底，形成强大的压力。

新浪网上 2006 年时曾经有个"高三家长博客圈",火暴异常。从 2006 年 3 月 20 日,新浪网考试频道一场特殊的"家长会"开始,截止到 2006 年 5 月,已有 150 多万网民先后通过互联网点击,博客圈两个月创下 50 多万的点击率。一位家长说出了大家的心声:"在这里,我一下子找到那么多有共同话题的家长朋友,大家互相交流,获益匪浅。现在我一天不来就心里不踏实,生怕错过什么有用的信息。我们都是为了共同的目标聚在这里。"他们为了孩子考出个好成绩,专门在这里交流经验。看看,这些充满亲情的关怀是多么得投入,用"绞尽脑汁"和"挖空心思"来形容一点也不过分。

有句话说,皇上不急,太监急。要是把这句话用到这里,是再合适不过了。学习本来是学生的事情,可是学生父母比学生还着急。学生父母不仅急在心中,而且还充分利用与孩子的血缘关系和亲情干预学生的学习活动,把心中的急落实到行动上,大有越俎代庖的架势。

要分析中国学生父母越俎代庖的行为,必须从中国文化的基础着手。中国文化起源于大陆文化,是一种农业文化。在农业文化中,长期以来社会的基本单元是家庭,人们是以家庭为单位与自然界和社会发生各种关系。在家庭中,家庭集体的利益高于各个家庭成员的利益,个人在家庭中几乎没有利益而言,这样个人利益其实就是家庭的利益。代表家庭利益的是家长,也就是父母。若家庭辈分多,就以最年长者为家长。如此,人们就不难理解学生父母在学生学习和应试的问题上比学生本人还急的原因了。从表面上看,学习和应试是学生自己的事情,但是若把这种事情放在中国文化的背景下,这种事情并不仅仅是学生个人的事情,而是关系到家庭生存和发展的重要利益。作为家长的父母，他们是不可能对孩子的学习活动袖手旁观的。

具体来说，来自父母的压力主要有三个方面：

一是对子女未来就业的担心。俗话说，可怜天下父母心。考个好大学，找份好工作，这就是父母的初衷。其实，很多学生也知道父母的初衷。如果他们不知道父母的艰辛和良苦用心，他们便不可能感受到来自父母的压力，因为期望就是压力。但是，啥事情都是要有个度。过了这个度，好心也将失去它的本意。过度的好心就会演变成过度保护，演变成越俎代庖。

二是对子女期望过高，希望子女实现自己的梦想。很多父母对孩子的高期望中包含着一种自私的成分，那就是通过孩子来实现自己未曾实现的梦想。孩子本人对于上不上清华、北大并不特别感兴趣，而父母却情有独钟，非强迫孩子按照自己期望的道路发展。很显然，父母的这种做法是把孩子当成了实现自己梦想的工具了。

三是与别人攀比，总怕自己孩子不如别人。攀比是一种盲目的行为，说明父母心中缺乏一种非常清晰的、稳定的、客观的评价标准，说明他们对自己、对子女都缺乏信心。很明显，父母的攀比心理势必造成父母不顾孩子的实际情况而盲目干涉孩子的学习活动。

父母的期望，无论合理与否，都要由子女来承载。这些期望汇集起来，就将是一股巨大的压力。有这些期望压在学生的心头，有谁能轻松？如果再加上个人发展的因素，他们的学习压力就更大了。

高中生，几乎所有的时间都是生活在学校和家庭环境中。高中生所生活的环境几乎都是一个声音，那就是有分数才有成功的未来。谁不想自己将来是个成功人士啊，这种追求成功的上进心在狭隘的环境中就成了学生千军万马拼挤独木桥的动力，于是每个学生都要承受考试的高压。

谈到这里，人们似乎觉得学习压力根本就不是什么好东西，就应该成为人们口诛笔伐的对象。其实，这也是片面的。就跟考试焦虑一样，如果学习压力适中，人的学习效率就会提高。必要的学习压力恰恰是保证学习活动正常进行的基本条件。

试想，假如学生没了一点学习压力，一点儿紧张感也没有，又会怎样呢？胸无大志，心思根本没有放在学习上，对待学习完全是一种放任的态度，学习没有任何压力，想学就学，想不学就不学，这样的学生必然整日里吊儿郎当，生活懒散。没有了学习压力，就没了学习的方向和驱动力，人的学习活动就像是一条迷失了方向、失去了动力的航船。没有学习的方向和动力，学习效果是无从谈起的。现在是知识经济的社会，很难想象一个缺乏文化素质的人该如何在一个全球化的世界上生存和发展？

血管的血液要保持正常的流动，就必须有一定的血压。一般而言，人的正常血压是低压（即舒张压）60，高压（即收缩压）95。如果一个人的血压的舒张压大于95毫米/汞柱，人就得了高血压；如果收缩压小于90毫米/汞柱低了，舒张压小于60毫米/汞柱，人得的就是低血压。人如果没了血压，换句话讲，血压为0，这个人就处于濒危状态。

同理，一定的学习压力也是正常的学习活动得以进行的必要条件。有学习压力是必要的，关键是掌握好"度"。学习压力低了，激发不起人的学习动力。高了，人也无法承受，这样不仅使正常的学习活动无法进行，而且还会造成各种心理障碍，出现各种问题。凡是被考试焦虑所折磨的，都是后者，他们这些学生，甚至包括他们的父母，在学习上都得了"高血压"。正是学习上的"高血压"才使学生备受考试焦虑的煎熬。

没有压力，学习没有动力，可是压力大了，就像开汽车油门加得过大，一下子把发动机给熄灭了一样，学习者仍然无法有效地学习。另据美国哈佛大学 Jason P. Block 等科研人员在 2009 年 5 月 22 日出版的 American Journal of Epidemiology Advance Access（美国流行病学杂志）上报告说，他们对 1355 名美国成年男女进行了长达 9 年的跟踪调查，调查发现，与几乎没有精神压力的人相比，那些时常感到精神压力大的人更容易身体发胖或患肥胖症。调查还发现，体重指数本来就超标的人如果时常感到精神压力大，他们会更容易"胖上加胖"。精神压力与肥胖症之所以存在着联系，是因为人们一旦感到精神压力大，就会打破原有的生活规律，同时也会采取一些容易导致身体发胖的行为，如减少运动、进食更多不健康食品等。本来没有学习效率就已经够心烦的了，这个时候身体再发胖更是让人烦上加烦。

看来，人要想提高学习的效率，就必须对学习压力进行调适。

没有压力，那就加压。想办法让学生自己认识到在现在的社会里生存，没有知识和能力肯定是不行的。至于学什么，可以依据自己的兴趣爱好，确定自己的学习方向和内容。有了紧迫感，人就有了学习动力。当人一旦有了学习的方向和动力，人就会开动大脑这架机器进行学习。

压力过大，就得减压。减压的办法很简单，增加几个支点。如果人的学习活动只由一个支点——学习成绩来支撑所有的学习活动，那么这个支点所承受的压力将是巨大的。如果用多种指标来衡量和评价学习活动，那么支点就多了。即使某项指标数值不高，那还有其他多个支点在支撑着，其他的这些支点就分散了因为某项支点缺失所造成的压力。

一座水库要泄洪，如果只开一个口子，那么这个口子承受的压力是巨大的，水从这个口子出来就得是喷涌而出。但是，如果同时开上它几个口子，那从每个口子里涌出的水流就绝对不会像只开一个泄洪口子那样急了。

和泄洪一样，做事情所承受的压力可以通过增加多条出路得到调节。压力的程度，可以通过出路的多少、宽窄来调节。只有压力适当，人才可以顺利地做事。

俗话说，狡兔三窟。兔子凭自己的天才，都知道为自己多准备几手后路，多给自己安几个家，以备不测。当它们的家遭遇威胁的时候，它们的心里是有底儿的，因为它们知道自己在别的地方还有几处宅子。心里有底儿，情绪自然稳定。如果人能像聪明的兔子那样多为自己准备几条出路，那么人就不会被某一种压力给压垮，人就可以在现实环境中游刃有余地生存和发展下来。

多条途径，不仅体现在量上，而且是反映在质上。世界上绝对没有两个一样的人，人与人之间的差异是千差万别的。人的发展注定应当是千差万别的，而社会也恰恰需要各种各样的人才。走有自己特色的道路，就是走个性化的发展道路。

在应试教育中，考试成绩几乎可以说明人的一切。如果认同了考试成绩是评价一个人能力的唯一有效的评价方式，那么认同者将只能用应试成绩一个支点支撑自己的学习活动，可以想象这个支点所承受的学习压力有多么的大。那些因为考试成绩波动而出现心理障碍的，甚至是自杀的，都是认同了应试教育基本理念的人。他们之所以出现这样或那样的心理障碍，甚至是走上自杀的不归路，都是因为他们扛不住巨大的学习压力而使精神崩溃。

其实，考试成绩根本无法全面、客观地评价人才的基本素质，尽管考试成绩的高低会在一定程度上影响到人选择教育资源的机会和能力。俗话说，笑到最后，笑得最好。只要人的素质好，机会永远是给有准备的人准备的，即使素质好的人一时没有机会进入名校，但是他们依旧有很大机会获得成功。别看那些应试高手进了好的学校，但是由于他们缺乏作为人才的基本素质，他们也将在社会竞争中遇到更多、更艰难的困扰。

考试成绩所反映出人的基本素质的情况是非常有限的。试想，考试成绩有多高绝对不能等同于人的理想有多远大，同样，人的主见、创造性、智慧、勤奋务实精神和人际交往能力都是无法用考试成绩标识的。

目前，有一种被称为"多元智能"的理论正在全世界上流行，很多人开始接受了这种智能理论。"多元智能"理论认为人的智能是一组智能，至少包括语言文字智能、数理逻辑智能、音乐旋律智能、肢体运动智能、视觉空间智能、大自然观察者智能、人际沟通智和个人内省智能。

具体地说，语言文字智能是指人对语言文字的掌握能力，这种能力较强的人如像莎士比亚、曹雪芹等作家。数学逻辑智能是指人的科学分析、数学和逻辑推理的能力，这种能力较强的人如像爱因斯坦那样的物理学家、数学家。音乐旋律智能是指人对音乐、音调、旋律和拍子的灵敏度，这种能力较强的人如像贝多芬、莫扎特那样音乐家。肢体运动智能是人用整个身体或身体的一部分解决问题或制造产品的能力，这种能力较强的人如运动员，以及舞蹈家、手工艺人、高级技工、医生等。视觉空间智能是指人在脑中形成一个外部空间世界的模式，并能够运用和操作这个模式的能力，这种能力较强的人如画家毕加索。大自然观察者智能是指人对大自然和人类的各种关系和对大自然观察的敏感程度，这种能力较强的人如生物学家达尔文、农学家袁隆平等。人际沟通智是指能理解他人的能力，能与人共事合作的能力，这种能力较强的人如政治家、企业家、高级管理人员及文秘人员等。个人内省智能是指深入自己的内心世界，了解自我的优点和弱点的能力，这种能力较强的人如南非政治家曼德拉、成人教育家卡耐基等。

按照多元智能理论，人的智能无高低之分，只有智能倾向的不同和强弱的差别。多元智能理论主张，评价一个人应该从多元的角度，发现人的智能所长，通过适当的教育强化他的长处，促进各种智能协调发展，达到提高人整体素质的目的。

"多元智能"理论的创始人、哈佛大学教授加德纳有一句名言："每个孩子都是一个潜在的天才儿童，只是经常表现为不同的形式。"如果接受了这种智能理论，人们对待自己和他人就会变得更加的理智、宽容，而不会再像以前那样采取片面地根据考试成绩来断定自己是否是人才，也绝对不会因考试失利就灭绝了自己对人生的希望。

支点多了，学习活动种类丰富了，学习目标也多了，实现目标的途径也多了，人对学习结果的期望也由单纯的考试成绩转向人才基本素质的培养，这样应试教育就自然地转向了成材教育，应试教育所形成的学习压力就自然减弱了。当人为自己的发展预留了广阔的迂回的发展空间，人自然就可以坦荡地、从容地从事学习活动。

21.

活出你自己的精彩

奢望，又是奢望，这是逛商场见到好东西时的强烈感受。个性化发展就如同商场里一件最名贵、质量最好的商品，暂时是可望而不可即的。

按照自己的兴趣学习，是每个学习者内心最大的美好愿望。世界上没有两个一样的人，人与人之间的兴趣点都是有差异的，按照各自的兴趣点来学习，就是个性化学习，这样获得的个人的发展就是个性化发展。

个性化学习和个性化发展带给人最大的感受就是自由，个人可以根据自己的兴趣点决定自己的学习和发展的方向。个性化学习和发展，带给人的是成功。邓小平是中国改革开放的总设计师，他对中国人民最大的贡献就是开辟了一条符合中国国情的社会主义现代化建设道路，也就是我们今天说的中国特色社会主义道路。中国特色的社会主义就是中国的个性化发展。中国根据自己的情况走了自己的路，就收获了成功。个性化学习和发展必然收获成功，这种成功指的是心灵上的成功，因为自己坚守住了自我。有了这种坚守住自我的成功，虽然在通向理想的道路上会遭遇难以预料的挫折，但是人的心情也是愉悦大于痛苦，甚至这种痛苦都是美好的，这就如同爱迪生一次次实验失败一样。一次实验失败，你就不让爱迪生再去实验了，虽然避免了实验失败给爱迪生的痛苦，但是剥夺了实验的权利才是爱迪生最大的痛苦。有了心灵上的成功，那么现实的成功就遥遥可及了，所有个人的成功无不从这里孕育而出。

中国的基础教育就如同广场上修剪很好的草坪，这种整齐划一虽然壮美，是以牺牲千万个学生的个性差异为代价的，而这把锋利的修剪刀就是应试教育。人的发展应该像清末思想家龚自珍（1792－1841）说的那样，"不拘一格降人才"，然而，在应试教育的背景下，所有的人，无论彼此之间有什么样的差异，都必须用考试分数一把尺子来衡量。人与人之间是不同的，社会岗位也是多种多样，可是这么多人的发展却要在人生发展最快的阶段里只能走同一条道路，按照一个模式发展，显然，这是极端不合人性的，在人才培养上也是巨大的损失和浪费。

在人才的个性化发展方面，美国人做得非常出色，很值得我们借鉴。美国是个崇尚个性的国度，个人主义是个性的思想基础，而个性主义恰恰是美国文化的核心。加利福尼亚大学的社会学家罗伯特·贝拉指出，美国特色的"个人主义是美国文化的真正核心"。

个人主义主要体现以下几个方面，笔者一边比较中美的文化差异，一边阐释自己对个人主义的理解。

一是强调应有与人不同的个性。在美国，个性是备受推崇的。美国人的信条是每个人应该有自己的个性，"我就是我，你就是你，我不是你，你不是我"。要想与人不同，就要自信，要自立。自信就是人要相信自己是独一无二的，想做什么就能做成什么，而自立则是靠自己的力量把它变成现实，这既需要智慧又需要自力更生的精神。

与美国文化不同，中国文化是不强调个性的，对人的个性采取的是封杀的态度。对于个性，中国人的做法是"出头的椽子先烂"、"木秀于林风必摧之"和"人怕出名，猪怕壮"。家长在教育子女的时候，总是强调要合群。

二是强调应表现自己的个性。美国人非常喜欢展示自己的个性。他们认为，一个人在一生中应当勇于开拓，充分展示自己，否则就浪费了自己。在美国人的心目中，通过个人自立和奋斗取得成就是一种美德，而依赖别人则会遭到鄙视，为社会所不齿。正是这样一种价值观，使得美国人在从事各种活动中非常注重表现自己的个性，很少顾及别人的议论，并把过度自谦看成是无能的表现。

与美国文化不同，中国人把谦虚作为一种美德。做事情的时候，顾忌最多的是别人如何看待自己，时时刻刻都要关注别人的议论。有了这么多的顾忌，人展现自己的时候肯定是畏首畏尾的。反之，那些不在乎别人议论的、有个性的人通常被视为有棱角的不成熟的人，是不受多数人欢迎的人。

三是强调个性的发展要与环境的变化相适应。美国人强调以自我为中心，表现自己的个性，但并不是使自我僵化，而是根据环境和条件的变化，及时地改变自己，以变化应变化。美国所注重的个性是有弹性的，是灵活的。

如果说个人主义构成了美国个性化教育的社会和文化基础的话，那么实用主义哲学则成为个性化教育的思维方式和行动的方法论。实用主义是美国本土文化发展的产物。作为一种方法论，实用主义主要强调以下几个原则：

一是效用至上的原则。美国人的眼皮儿是最薄的，有用没用是衡量任何思想过程和行动过程的意义大小的标准。如果不能取得让人看得见、摸得着的实际效果，任何思想或行动都是毫无价值的。

二是任何事情都可以尝试的原则。为了获取最大的利益，为了追求更大的价值，人应当勇于创新，敢于尝试任何事情，敢于开发任何新的领域。通过尝试和创新，发现别人没有发现的东西，做出别人没有做出的东西，从而使自己始终处于有利的竞争地位。

三是任何方法都可以尝试的原则。只要有效，任何办法都是可以尝试的。所有的方法和手段都是为目的和效果服务的，为了实现和产生满意的效果，凡是有利于表现个性和提高自己竞争地位的方法和手段都要争取采用。

当然，作为一种思想基础，美国的个人主义和实用主义又有其自身的负面作用。由于个人主义强调个体的价值和地位，给人以机会表现自己，给人以自由发展个性，强调人的独立性，因而，它又会使个体过分相信自己的力量，认为自己的所有发展和表现无须任何人的帮助，结果整个社会形成一种无所顾忌地只顾自己，而不顾别人、重视强者，而轻视弱者的不良倾向。这样的结果往往是小到个人、大到国家，在实现其最终目标时，它往往是不择手段，不顾影响，只要对自己有利，什么手段都行。

除了个人主义和实用主义之外，生存竞争论、自我发展参照论和儿童发展宽容论也构成了美国个性化教育的思想基础。

一是生存竞争论。美国社会的生存竞争是非常激烈的。要想在激烈的竞争中讨得一杯羹吃，那你得拿出真本事来。要生存，就必须充分地展示你的个性和才能，这样人才可以获得更多的机会。这就如同在热带雨林中的花草树木，只有争奇斗艳，才能争取到蜜蜂的光顾，才能争取到授粉的机会。一个人要获得有利的发展地位，就必须不断地拼搏和奋斗，而增强自己竞争实力的一个重要途径就是提升自己所接受教育的层次，如果教育地位低下，就意味着自己处于不利的竞争地位。

二是自我发展参照论。在美国，竞争主要靠自己的实力。要增强自己的实力，就必须根据自己的情况进行自我设计、自我规划。所谓的自我参照论，说得通俗些，就是走自己的路，无论别人怎么说。走有自己特色的发展道路，人就可以始终把握住个人发展的主动权，这样更有可能发现新的成功的道路。反之，如果盲从他人的标准，势必会使自己处于被动的地位。

三是儿童与青少年发展宽容论。美国文化是有宽广胸怀的，而宽广的胸怀则恰恰是个性化发展的沃土。美国人主张儿童与青少年应有自己的个性，对儿童与青少年的错误应当宽容，他们绝对不会因为儿童与青少年存在问题就扼杀儿童与青少年个性的发展。如果儿童与青少年出现了问题，成年人习惯性的一句话是"没关系，上帝允许你打个回头。"在大学入学的考试（SAT）上，同样体现了对于儿童的宽容。从 7 年级可以一直考到 12 年级，而且每年可以考 7 次。考得不满意，可以重新再来。在对儿童与青少年的教育上，他们主张尽量发展儿童与青少年的长处，因为他们觉得发展长处比纠正错误更重要。

美国的个性化教育体现在美国个体教育的各个方面。在家庭教育中，对独立意识、自信心和反抗精神的肯定和培养，成为儿童个性发展的基本内容。

其一，重视儿童与青少年独立意识的培养。在美国人看来，儿童与青少年再小，他们也是有自己的需要、有自己的想法和感情的人。既然是一个独立的人，就得平等相待。为了培养儿童与青少年的独立意识，美国父母认为，首先应当以尊重和平等的态度对待孩子。美国父母认为这样可以使儿童与青少年认识到，在人格上，他们是与成人一样平等的、独立的、具有一定价值的人，从而形成对自己正确的认识。对于儿童与青少年成长中的问题，美国父母会经常与孩子一起讨论，认真听取孩子的意见和看法，他们为孩子所做的不是替孩子的选择做决定，而是提出意见，供孩子决策时参考。美国人把孩子当成独立的人是动真格的，不是说说了事，这直接体现在对儿童与青少年自身的利益的尊重上，体现在对儿童与青少年的权利和义务的认识和关注上。既然父母与孩子在人格上是平等的，这就意味着双方有着各自不同的利益。没有主权范围的独立不是真正意义上的独立。当孩子有了自己的一小块领地——私有财产和个人的势力范围时，他们才获得了真正意义上的独立。这样，成年人和儿童各有自己的势力范围。他们互不干涉，但是可以相互沟通，这才是真正意义上的平等。孩子从小就有自己的一块领地，随着年龄的增长，领地不断扩大，那么孩子从小就知道维护自己的利益，从小就不完全依赖父母，从生活中学习和锻炼自己独立生存的能力。这样既锻炼了孩子的独立能力，又减轻了父母的负担。美国父母不讲究对孩子无私奉献，强调不能为了孩子的利益而牺牲自己的利益。就是这种有限的奉献为孩子提供了一个自主的空间，使他们从小就学会当家做主。

与美国人相比，包办是中国父母剥夺孩子个人权利的拿手好戏。上哪所学校，学哪个专业，找什么工作，在很大程度上父母还是很"权威"的，从儿女对父母的恐惧上就可以证明这一点。中国父母这么做，实际上没有把孩子当成具有独立人格的人，而是实现父母个人愿望的工具。

其二，重视儿童与青少年自信心的培养。自信心是做任何事情的基础，自信心的培养是一个人成长中不可缺少的内容。在儿童与青少年的成长中，美国人十分重视鼓励儿童与青少年对自己树立信心。当儿童与青少年表现出独立行为时，哪怕是微小的一点进步，也要给予及时的鼓励，使儿童与青少年看到自己的成绩，体验到获得成功的快乐。对那些缺乏自信心的儿童与青少年，或过分依赖父母的行为，给予必要的批评。美国人主张，培养儿童与青少年的自信心应从儿童与青少年的日常生活小事做起。应让儿童与青少年有权在一定范围内做出自己的选择，选择是否满意应由他自己去体会和负责。一旦不如意，他也不会抱怨。正是从这些日常生活中，儿童与青少年在选择中逐渐感受到个人的力量。当人能够感受到自己力量的时候，人就拥有了自信。随着儿童与青少年选择机会的增多，选择的能力也逐步增强，这样不断发展下去，长大以后，儿童与青少年就会具备主动选择人生道路的能力。

在这个方面，中国的教育理念和方式与美国教育有很大差距。中国父母和教师也知道鼓励青少年要有自信心，当然，这只是停留在说教中。试想，成人不尊重孩子个人选择的权利，他们如何能真正感受到自己的力量？感受不到个人的力量，哪里来的自信？

其三，重视儿童与青少年反抗精神的培养。在现代社会，一个具有反抗精神的儿童与青少年，要比一个具有服从意识的儿童与青少年更能应付复杂社会的挑战。在竞争激烈的社会里，只有那些具有反抗精神、敢于坚持自己想法的人，才能表现出创造性，而创造性就会使他们处于竞争的优势地位。美国人非常重视儿童与青少年反抗精神的培养，尽管儿童与青少年经常说"不"，确实会给家长和成人带来许多麻烦，但他们认为这样才能培养出优秀的人才。培养儿童与青少年的反抗精神不仅有利于创造性人才的培养，而且还有利于儿童与青少年的心理健康。美国人认为，应当让儿童与青少年表达自己的快乐和冲动，也应让儿童与青少年表达自己的愤怒和不满，不要让儿童与青少年掩饰自己的真实情感。压抑儿童与青少年的情感和需要，压制儿童与青少年的反抗行为，不仅会导致儿童与青少年对自己的鉴别力失去信心，逐步发展成为一种对别人、对社会的完全依赖的人，成为一个一味服从、软弱、逆来顺受的人，而且会使儿童与青少年精神压抑。精神压抑，会使人无法体验到自己的力量，使人逐渐失去对自己的信心，无法体验到人生的幸福感，严重的话，还会使人出现各种心理障碍。培养儿童与青少年的反抗精神，其实质就是最大限度地培养人的独立性。从小就培养儿童与青少年按他自己的想法，独立地去寻找与他自己想象中一致的答案，教会儿童与青少年敢于明白地表达自己的需要。同时，也要教会儿童与青少年使用表示拒绝的方式，如"不，谢谢！""我不想……"和"我只是不能……"等。

在美国的学校教育中，美国人鼓励学生不要迷信教师的权威，他们认为教师不应自称拥有真理，而真理就在教师和学生的面前，探求真理是教师和学生的共同任务。在学习上，学生应敢于向教师和权威观点挑战。美国学生有个习惯，要证明自己的优秀，就必须敢于提出与教师不同的观点，标新立异是人聪明的标志。在对教材的认识上，美国人认为教学中不能局限于一本教材，而应使用多种教材或参考材料和多种教学方法，以便学生进行比较、选择，同时，也要让学生及早地认识到，教学和学习的目的是教人批判性地读书，教育学生独立地解释事实。在对教学过程的理解上，美国人认为教学过程应当是一个激发学生学习兴趣、引导学生个体不断探究的过程。学生可以根据自己的兴趣和能力来选择自己的学习内容、方式和进度。在这个过程中，教师主要是鼓励学生自己动手进行模仿科学研究的学习，主动提出自己的见解，主动地获取知识。正由于有了上述开放的观念，美国学校教育为学生提供了宽松、自由的氛围，学生的个性和创造性得到了极大的发挥。

与美国的家长相比，打心眼儿里，中国的家长就没有想把孩子培养成有棱有角、桀骜不驯的、有个性的人，他们从内心深处就是想把成年人自己永远定格为不可挑战的权威。哪个孩子要是有丁点儿的反抗精神，马上就会遭遇来自各个角落的封杀，于是体罚和语言暴力就接踵而至。

美国的个性化教育不仅反映在家庭教育中，而且还体现在个体成长的各级教育中。在美国的各级教育实践中，儿童与青少年个性发展始终处于教育教学中的核心地位。儿童与青少年的表现力、主动性、创造性、好问态度、向权威挑战以及各种活动能力、交际能力的培养在各级教育中都得到重视。

北京师范大学教育学院教授郭法奇曾经在《教育理论与实践》杂志上（2001 年第 1 期）以《论美国的个性化

教育》为标题，专门阐释了美国的个性化教育：

在小学阶段，美国的个性化教育主要重视儿童表现力和主动性的培养和发展。从美国整个初等教育的大环境来看，美国儿童的发展是在一种极其宽松、没有更多压力的条件下进行的。特别是在课堂教学方面，美国儿童可以在比较自由的环境里来表现自己的个性。美国的小学课堂气氛十分活跃，可以窃窃私语，发出笑声，甚至还可以大大方方地走动、喝水，或摆弄文具，做些小动作等。在美国的教室里，桌子不是一律面向黑板，桌椅也不固定，师生活动都很自由。上课时，老师都按照自己的特点给孩子上课。有时又像大孩子带一群小孩子一样，在教室里边走边说，有时边唱边跳，与学生一起活动、游戏。

当然，美国的小学教学并不只是玩，美国教师鼓励学生在课堂上除自由地活动外，还要积极地提问题和回答问题。他们认为，如果一个学生没有提出过问题，也没有发表过自己的见解，那么教师就很难了解这个学生是否弄懂了教学的内容，思路是否对头等等。在教师看来，如果学生在课堂上不提出问题，就别想得到好成绩。这也就促使学生上课要积极动脑思考，主动学习，敢于发表自己的看法。美国教师也经常鼓励学生参与课堂讨论，发表自己的看法。另外，美国的小学也比较重视学生隐私与个性发展的关系，学校和班级从不当着学生的面公布成绩，也不在全校或班级排名次。他们认为，每个学生都有自己的特点，各有所长。因而，一个人即使有很多缺点，也会因有一项优点而得到老师的表扬或鼓励。美国小学比较重视优秀学生的脱颖而出，为此，专设有高智班或资优班，专门给优秀的学生开小灶。而学习优秀的还可以跳级、跳班，可以获得各种奖励。毕业时，特别优秀的学生还可以获得

"好学生奖"和印有自己名字，并由学校校长、美国教育部部长和美国总统签名的"国家教育奖状"。这些都为学生充分展示自己的个性提供了有利的条件。

在中学阶段，美国的个性化教育主要是重视学生主动按照自己的兴趣和需要进行独立的学习。在美国中学，学生一入学，就可以拿到一份学校根据学生的不同情况，用电脑为每个学生排出的课程表。根据这份课程表，一个美国学生就开始了中学的新的生活。在美国，中学生的生活与小学生的生活有很大的不同。美国中学的特点是初中和高中都实行学分制，中学开设的课程注重学生不同选择的需要。许多学校除必修课以外，还有大量的选修课，选修课几乎占全部课程的50%左右。不仅如此，必修课也有选择的余地。很多主要课程如英文、教学、物理、化学、生物、历史等都有程度较深的所谓"荣誉课"，这些课程可以选读继续深造，也可以根据自己的能力直接作为必修课。另外，由于美国中学的学习生活是在多样性课程学习中通过学生的自我选择完成的，因而美国中学生学习的流动性是比较大的。在美国小学，学生一般是固定在一个教室、一个班级，在6年的学习时间里与几位教师经常学习、生活在一起。而在中学，由于每个人选课不同，不仅一个班的学生不固定，而且教室也不固定，一个学生一天要跑六七个教室去上由不同教师开设的课。这样，在中学阶段美国学生就开始体验到了类似大学的流动性生活了。这就要求每一个中学生能够在这样一个新的、变动性比较大的学习环境中，学会很好地进行自我调节、控制自己。能够在多样性的课程学习中，学会根据自己的兴趣和需要进行学习，自觉地适应学校的生活，掌握学习的主动权。

美国中学的教学特点是注重教师的启发性教学，重视学生的个性发展和表现，不偏重考试成绩。在课堂上，教师组织教学很注意创造一种宽松的气氛，引导学生独立思考，给学生充分的时间发言和讨论，鼓励学生提出个人的见解。同时，课堂教学比较注重概念和应用，不要求死记硬背。美国中学布置的作业很少，而且题目很活。尽量让学生开动脑筋，通过动手、动脑来完成。一些学生为了完成好作业，还亲自到学校图书馆或校外图书馆去查阅资料。有的作业完成后，已经成为一本图文并茂、内容丰富的综合性材料。美国中学非常重视学生学习创造力的培养，这在理科教学方面非常突出。在理科教学中，教师强调学生的动手实验，其目的不在于证明某种理论，而在于发现某种理论。强调得出的结论可以不同于教师，也可以不在书上。教师也鼓励学生采用不同的仪器和方法，得出的结论可以各不相同。在教学中，教师发现学生如果有创造性的思想或超出一般认识的见解则特别给予奖励。美国中学的教育目标是培养适应现代社会需要的有基本知识和技能的合格公民。因而，不认为考高分的学生就是最好的学生。相反，美国中学更加注重个体特长的发挥，重视学生个体在校内和校外各项活动中所表现出来的能力，重视学生之间人际关系的和谐，以及体育水平的高低。美国中学生的发展和表现不仅在课堂上，中学生通过参加课外活动发展自己的也是大有人在。学生可以自愿参加的有话剧社、合唱团、社会问题讨论社、科学研究组、学校演讲团、各种运动队等组织。凡是参加的学生，学校都给予鼓励，并记录在成绩单上，其中包括学生个人的组织能力、特长等，以备高校录取时参考，因为，美国高校十分重视学习成绩优异、课外活动突出的学生。

郭法奇教授对美国个性化教育的介绍是非常详尽和全

面的。在整个中小学阶段里，美国学生在自由的氛围中不断发现和培植自己的兴趣、爱好，十几年的基础教育已经使他们的兴趣由一棵棵幼苗变成了较为粗壮的"青年树"了，其根系已经相当发达了。这样既保证了学生兴趣的连续性，也保证了美国基础教育和大学教育的成功对接。

由于中学的教育方式和大学的教育方式相似，美国人适应大学生活是非常容易的。中学时代所培植的兴趣点和大学阶段的专业学习的衔接通过每年多次的高考达到契合的目的。在美国，学生最早可以从七年级就参加 SAT（大学入学考试）考试，一直考到十二年级（高中毕业年级），而且仅每一年就有 7 次 SAT 考试。一般来讲，如果考生在考了 SAT 后，知道成绩不理想，达不到自己要报考学校的要求，考生就再考一次或者多次，争取达到理想的分数。美国所有大学的 SAT 成绩统计数据都是公开的，因此考生可以按照这样的统计数据，去判断自己的 SAT 成绩是否符合要求。因为所有考生都有多次考试的机会，也就没有什么公平与否的问题。并且，SAT 成绩不是唯一录取的标准，许多学校也都没有对 SAT 成绩有绝对的分数要求，这样也给考生在其他几个方面留下了竞争的空间。

经过多次高考而选择出来的专业和学校，应该说已经比较成熟了。即便这样，如果兴趣仍没有契合好，上了大学仍然可以根据自己的兴趣转换专业，甚至是转到其他的大学。经过多次契合而形成兴趣，通常深厚、明确而稳定。有了高品质的兴趣的指导，美国学生的学习活动多富有成效，他们在日后的社会实践工作多表现得非常出色。

相比之下，中国学生就悲惨多了。他们根本就没有选择学习方向的权利，这个权利没有，那就等于他们没有空间按照个人的兴趣选择学习的内容和方法，就等于他们不可能个性化的学习和发展。

我们的学生在中小学阶段或多或少还有一些个性化学习，学校至少还有一些兴趣班，学生还可以去学一些自己喜欢学的内容。

等到了大学阶段，很多学生连自己对什么感兴趣都不知道。如果说还剩余一些兴趣的火花，也是朦胧的、模糊的，带有很多的想象成分。即使他们按照这些兴趣点来到了大学，但是当想象和现实发生碰撞的时候，兴趣点就会夭折。中国学生往往是到了大学阶段才开始寻找自己的兴趣点。由于是短期内寻找兴趣点，所以这样的兴趣点往往不是根深蒂固的，所以要在大学里转系，或者重新选择新的大学，基本上是难上加难，因此，发展兴趣，使其成为学习的方向往往只能停留在想法的层面，难以付诸行动。因此，中国学生多没有勇气改变现状，顶多在压抑的内心世界里露个苗头。

教育应当是什么？教育应当是在教育过程中找寻最适合学生的方法和成功之路。在现实中，四处都是教育强加于学生，而极少有教育能以学生为主，为他们探索适合自己的个性化发展道路。

《东方早报》2006 年 9 月 25 日曾经报道过这样一个叫王楠子的学生，他曾是上海某著名重点中学的"标准的差生"，经常被老师"重点关照"，无奈之下赴美读书，但是就是这么一个差生，到美国 8 年后，王楠子成了全美动画比赛个人组冠军，并被老师表扬"是个天才"。

王楠子在初中的时候，自己当初还是提高班的学生，成绩还是全年级前 20 名，但是，由于他调皮叛逆的性格，逐渐成为老师最头疼的学生，屡教不改的他甚至被班主任老师安排一个人坐在教室里的最后一排。"当时总觉得班级是分等级的，我始终是差生。"虽然同学都觉得他很聪明，人缘也很好，但是却"经常闯祸"，"被老师重点关照"。主要表现为，上课爱接小茬，爱开玩笑，课外爱踢足球。一个极端的例子是，一次老师把体育活动课改成正课上，王楠子带头当堂起哄，当时连老师也没法控制气氛。由于上课爱讲话，对读书渐失兴趣，成为老师心中标准的差生。出于无奈，父亲王恩重在儿子 14 岁时把他送到了美国。"那时候只是盼着他能不再惹麻烦，把书读下去就行。"

在美国，他从未受到过老师的批评。最突出的例子是，一次他像过去在国内一样插嘴，当堂纠正了美国中学老师的一个错误，没想到，老师当场就说：你真是个天才。"太受鼓励了。"接茬、开玩笑、迷恋运动等等是王楠子过去的致命缺点，根本不属于美国老师批评学生的原因，相反是受到鼓励的。与此同时，拉小提琴、踢足球等技能使王楠子在学校立刻就受到重视。"原来学校的音乐老师都不理会我会拉小提琴，但在美国，一得知我会拉琴老师就立刻让我加入了管弦乐团。"王楠子说。王楠子感叹，正是那些记忆犹新的鼓励促使他真正开始自觉地学习和奋斗，使他开始彻底摆脱了原来差生的自卑心理。

精神状态发生翻天覆地的变化之后，王楠子逐渐找着了学习的感觉，他对动画的喜欢终于使他走进了费城艺术学院的大门，并成为该校动画专业最出色的学生，每天都为学习和工作忙碌。在大学里，他屡获奖学金，甚至还在SAYTEK全美动画比赛中获得个人组冠军的荣誉。大学没有毕业，他已在美国贷款买好了一幢三层小楼。

特例，绝对是特例，因为谁家有这样的条件，学习不好了，就送到国外去。虽然是特例，但是我们可以看到个性化发展是多么得令人愉悦，多么得富有成就！

国内也有成功的案例，当然，也是特例，绝对不是任何人都可以效仿的。童话作家郑渊洁，就是那个写出脍炙人口的《舒克和贝塔》的"童话大王"，他一个人办月刊杂志《童话大王》，作者就他一个人，到 2006 年的时候，他的书刊总印数已经超过 1 亿册。他和儿子郑亚旗都感觉应试教育不适合自己的成长就放弃了读初中。经过一番痛苦的抉择之后，郑渊洁自己在家里给儿子办"私塾"。

让他们父子俩感觉应试教育不适合的事情很多，在这里仅仅挑出两件事情来就很有代表性了。

一件事情是郑亚旗上幼儿园。老师没让说话的时候他说了，就被关在小黑屋里罚禁闭，一关就是几个小时。那天回家郑渊洁看出他不太高兴，就问他怎么回事。结果亚旗一说，郑渊洁就火了，"4 岁正是孩子发展语言能力的时候，怎么能不让他说话呢？这不是摧残是什么？就算说话违反了课堂纪律，也不能关禁闭呀，他那么小，也不知道怎么和老师争辩，也没法给家里打电话……"一气之下，郑渊洁就让亚旗退园了。

另一件事因为写作文。郑亚旗不愿意写作文，郑渊洁出于对没完没了的家庭作业深恶痛绝的情结，答应帮忙给儿子写篇能得高分的作文。没想到，郑渊洁这篇自认为是举世无双的"作业"被郑亚旗审定后，只得了一句话："你这作文不行。"郑渊洁大吃一惊："怎么不行？"亚旗说："你这东西在我们老师那儿百分之百通不过。"郑渊洁说："我不信，你们老师百分之百会说我的这篇作文好。"于是父子两个打了赌：如果亚旗赢了，郑渊洁写假条协助儿子罢课一个星期；如果郑渊洁赢了，就获得了一年不参加亚旗家长会的权利。结果，郑渊洁惨败。老师在郑渊洁的作文上用红笔只写了 11 个字：文章怎么可以这么写？重写！

幼儿园的事件是扼杀儿童的自主性。作文事件是模式化的僵化思维，束缚儿童的想象力。对儿童自主性的限制，前面笔者已经谈论了很多，在这里不赘述了。僵化的模式化思维是对个人的思维和想象力能力的扼杀，想象是创造形象的文学技巧的最重要的方法之一。艺术最讲究的独特性，模式化思维就等于把文学艺术的最重要的东西给灭了，老师这样做只为一个目的——应试，这从根本上扭曲了语文——语言文学教育提高个人语言文化修养的根本目的。文学创作需要想象力，而自然科学同样离不开人的想象力。爱因斯坦有句广泛流传的名言，想象力比知识更重要，因为知识是有限的，而想象力概括世界上的一切，推动着进步，并且是知识进化的源泉。

郑渊洁为儿子营造了非常有益于个性化发展的环境。郑亚旗可以不需要任何理由就可以炒老师的鱿鱼。郑亚旗对什么感兴趣，就学什么。儿子对计算机感兴趣，那就为他创造学习计算机的条件。有了兴趣，郑业旗对计算机简直是"无师自通"。1998 年 4 月 16 日晚上，郑渊洁正在书房里。郑亚旗敲门进来，他将手中的一张报纸递到他面前，说："给你看看这个。"郑渊洁接过报纸一看，是 1998 年 4 月 15 日出版的《中国电脑教育报》。郑渊洁很少看电脑报刊，就问儿子这上面有什么需要他看的内容。他指着第 29 版说："这篇文章是我写的。"郑渊洁一愣，看那占了一整版的文章题目是《阿猫阿狗全攻略》。郑渊洁现在已经无法形容当时他的惊讶度，他实在无法相信一篇作文也没写过又几乎没读过文学书籍的郑亚旗能鼓捣出这么一整版文章……郑渊洁看不懂这篇专业性比较强的文章，儿子就为他扫盲说，《阿猫阿狗》是一部电脑游戏的名字，"攻略"是玩游戏的技巧也就是指南，"全攻略"就是从头到尾玩这部游戏的技巧指南……1998年，郑亚旗险些以计算机特长生的身份被保送进北京某名牌大学。后因郑亚旗觉得自己无法适应枯燥的大学课堂而作罢。从19岁开始，郑亚旗就开始在某媒体网络任技术总监一职，同时负责郑渊洁个人网站的全部工作。

特例，绝对是特例，因为谁家有这样的条件，论家长的综合素质有几个人能比得过郑渊洁？论经济实力又有多少人能赶上他？也许经济实力强于郑渊洁的人很多，但是谁又有他这样的魄力？在郑渊洁做出这种选择的时候，他的很多好朋友，都提出了反对意见。郑渊洁的思想虽然先进，虽然更有益于人的个性化发展，但是他的思想却很难获得主流社会的接受和欢迎。经常会有一些学校的校长和老师不许学生看郑渊洁的童话，甚至还有家长写信给报社，说郑渊洁的童话"儿童不宜"，甚至有个别家长在郑渊洁签名售书的时候找他"算账"，当然，学校也不会愿意请这样的人给师生做报告了，这都是因为他的童话中充满了他个人对现存的教育弊端的辛辣嘲讽和"攻击"。

从郑渊洁和他儿子的经历中，读者就不难想象出个性化学习和发展在中国生存是多么的困难，但是有一点是可以确认的，任何一个取得成功的人，任何一个为社会做出创造性贡献的人，无一走的不是个性化学习和发展的道路。

22.

高考志愿的选择，从高一开始才好呢

　　跟谈恋爱一样，选报高考志愿是影响个人终身的大事情。绝大多数同学都是在高考结束后短时间突击选报志愿，如同闪电恋爱、结婚一般。

　　闪电恋爱、结婚的结局注定是痛苦的，极个别的例外。虽然可以分手、离婚，但是这样牵扯的事情就太复杂了。

　　突击选报志愿的结局和闪电恋爱、结婚相似。很多同学上了大学才发现，当初选择的专业自己并不喜欢，不喜欢的课程读起来就如同啃天书，痛苦的滋味可不是用努力就可以替代的。

　　这样的结局是由这样的开始所决定的。一些志愿干脆就是父母包办，父母通常也是跟别人咨询一下，他们压根儿就没有给考生自己选择的机会。即使给了考生选择的机会，考生面对品目繁多的专业名称也很茫然。好多专业的名称，对于绝大多数同学来说，是头一次听说。2009 年 6 月 26 日，新浪教育独家连线四川高考理科状元董伟。笔者收听了连线的音频。主持人追问董伟打算报考什么专业。董伟的回答是还没有搞定，正在考虑。主持人又追问，有没有自己特别或是比较喜欢的专业？董伟回答得很干脆，没有。当主持人问他，除了学习之外还有什么最喜欢的活动？董伟回答，就是玩游戏吧。他的这种回答也破解了他没有最喜欢的专业的奥秘，课余的时间就是玩游戏，哪里会有机会了解各种专业及其走势？没有对专业的了解，当然也就不知道什么是喜欢，什么是不喜欢。梨子没有尝过，怎样知道是否合自己的口味？没有最喜欢的专业，只能在各个专业中犹豫徘徊，其实就是茫然。一边是茫然，一边是抉择，结果就可想而知的了。

造成这种窘境的根本原因就是考生对所选专业的无知。考生对专业的无知是源于考生的狭隘和封闭。你想啊，高中生几乎没有自由的时间去了解与认识社会，他们长期生活在狭小的范围内，与社会隔绝，对复杂的社会生活缺乏了解和体验，他们哪里会晓得哪种专业适合自己？！

理想的专业选择，是个人的兴趣点和市场需要的结合点。这样的结合点，既符合个人的兴趣爱好，自己爱干这样的工作，又有很好的市场前景，起码将来找工作不发愁。可惜呀，现在很多同学既不知道自己对什么感兴趣，也不知道什么是有市场前景的，双盲，当然除了茫然还是茫然。

在这一点上，中国学生应该是羡慕美国学生。从上小学，美国学生都是和社会融在一起的。以中国的小移民的作业为例，就可以体验到学生是如何与社会交融在一起的了。

"移民来美一年，儿子的英语长进不少，放学后也不直接回家了，而是常去图书馆，不时就背回一大书包的书来。问他一次借这么多书干什么，他一边看着借来的书一边打着电脑，头也不抬地说：'作业。'这叫作业吗？一看孩子打在电脑屏幕上的标题，我真有些哭笑不得——《中国的昨天和今天》，这样大的题目，即使是博士，敢去做吗？我问是谁的主意，儿子坦然相告：老师说美国是移民国家，让每个同学写一篇介绍自己祖先生活的国度的文章。要求概括这个国家的历史、地理、文化，分析它与美国的不同，说明自己的看法。我听了，连叹息的力气也没有了。真不知道，让一个10岁的孩子去做这样一个连成年人也未必能做的工程，会是一种什么结果？"

"过了几天，儿子完成了这篇作业，列印出来的是一本二十多页的小册子。从九曲黄河到象形文字，从丝路到五星红旗……热热闹闹。我没赞成，也没批评，因为我自己有点发愣：我看见儿子把这篇文章分出了章与节，二是在文章最后列出了参考书目。我想，这是我读研究生之后才运用的写作方式，那时，我30岁。"

"不久，儿子的另一篇作文又出来了。这次是《我怎么看人类文化》。如果说上次的作业还有范围可循，这次真可谓不着边际了。儿子真诚地问我：'饺子是文化吗？'为了不耽误后代，我只好和儿子一起查阅权威的工具书。费了一番气力，我们完成了从抽象到具体又从具体到抽象的反反复复的折腾，儿子又是几个晚上坐在电脑前煞有介事地做文章。我看他那专心致志的样子，不禁心中苦笑：一个小学生，怎么去理解'文化'这个内涵无限丰富而外延又无法确定的概念呢？但愿对'吃'兴趣无穷的儿子别在饺子、包子上大做文章。在美国教育中已经变得无拘无束的儿子无疑是把文章作出来了，这次列印出来的是十页，又是自己的封面。他得意洋洋地对我说：'你说什么是文化？其实超简单——就是人创造出来让人享受的一切。'那自信的样子，似乎发现了别人没能发现的真理。"

美国小学生的课程内容编排很少，这种教育方式给了孩子们更多的时间和空间，让他们接触自然、认识自然、了解社会。美国各种类别的图书馆、博物馆、美术馆、水族馆、纪念堂、公园等，随时对中小学生开放，且每一个馆都必须满足各州规定的教育标准，有的馆甚至是无偿教育服务。例如，加利福尼亚有的科学馆就是非营利机构，依靠捐赠来维持日常开支。里面所有的项目都与科学有关，是根据加州理科教学大纲来设置的，学校可以到里面上课。如果留作业，也是开放式的，与社会生活紧密相连。

美国的小学生都这样，何况活动能力越来越强的中学生？广阔的空间给了学生探索自然和社会的机会，在探索的过程中他们就会逐渐摸索到自己对自然和社会的哪些方面感兴趣。兴趣的探索过程，也是兴趣逐步深化的过程。他们从小就开始按照个人的兴趣探索自然和社会，所以他们中学毕业后选择专业根本不需要绞尽脑汁，按部就班就是了，绝对没有茫然。

狭隘的学习生活使中国学生不了解自己究竟对什么感兴趣，当然也无从知道市场需求的导向，所以他们多数人只能盲目地选择专业。选择专业迷惘，就给父母干预学生的专业选择提供了肥沃的土壤。本来就没有把学生当成独立的人，现在这个机会他们更是不会错过的。由于学生本身对各个专业缺乏了解，他们多数人也只能被动接受了。

2009 年 6 月 11 日新华网有篇这样的报道，"考生感叹：填报志愿，我的青春自己做不了主。"报道内容是这样的，6 月 10 日至 11 日，在河南省招生办组织的高校招生现场咨询会上，记者看到，家长远远多于考生。不少考生表示，对于选报哪所高校、读啥专业、将来干啥工作都很茫然，填报志愿只好"我的青春由爸妈做主"。10 日和 11 日，虽然是三十四五摄氏度的高温，在河南农业大学和黄河科技学院两所高校的体育场举行的高校现场咨询大会依然异常火暴。在河南招生的 600 多所高校到场接受咨询，到现场咨询的考生及家长超过十万人次。在咨询人群中，四五十岁的家长是主力军，而作为"当事人"的青年考生反而为数不多。一位姓刘的考生父亲抱着一大摞各校的招生简章在一排一类院校咨询台前穿梭，他说："儿子估了640 分，应该能上个名牌大学。儿子考完就跟同学出去玩了，报志愿的事都推给我和老师了，自己一点也不操心，我也很犯难。"另一对夫妻专门请假在会场上泡了一整天，做公务员的考生父亲说："填报志愿相当重要，要兼顾考分、学校的知名度、所在的城市、专业特点、就业前景等许多因素。女儿光知道用功学习，一点社会知识都没有，光凭不切实际的理想、兴趣爱好是不行的。所以，填报志愿这件决定孩子一生前程的大事，父母必须操心做主。"一位估了 610 分、跟父亲一起到会场咨询的理科女生小张则告诉记者，一直把考大学当成奋斗目标，但是现在考试过了才发现，填报哪所学校、报啥专业、将来从事啥职业，这些问题还从没认真想过，感到很茫然。她说："填报志愿的事自己做不了主，还是让爸妈决定吧。"

也有个别的考生对有的专业有些了解，于是两代人之间就发生了分歧和冲突。有的学生拗不过父母，就背地里自己填报了志愿，然后就离家出走几天，让父母着实慌乱一阵。也有的考生情绪激动，做出傻事情来。比如，兰州一男生在填报志愿时遭父亲责骂，一时冲动拿菜刀砍了自己的手指。更为悲惨的是 2005 年发生在广州的弑父案。广东工业大学计算机系二年级董吉军不满意自己的专业，向父亲提出想退学重考北京交通大学，谁知父亲极力反对。父亲认为，董吉军应该先把书读完，毕业以后再出国留学。因为这个分歧，父子俩频频吵架，关系迅速恶化。也是在冲动中，董吉军向父亲连砍 30 多刀，致其死亡。"他不活跃，平时挺安静的，没有发觉有暴力倾向。"一位认识董吉军的广东工业大学 2004 级计算机系的同学如此描述。他表示，小董在学校里属于沉默寡言的人，对社会活动的参与性不强，在系里默默无闻。对于这起杀人事件，这名同学并不知情，只是惊呼"太可怕了，不敢相信"。

老实人逼急了，也是有脾气的，而且是很大的脾气。当然，杀死父亲的事情是不能简单地用坏脾气来形容的。本来，将来从事什么工作是个人的终身大事，但是这种事情在中国就不是个人的事情，而是家庭的事情，确切地说是父母的事情。中国的父母最无私，也最自私，他们非得要打着爱护的旗号把孩子当成实现个人意图的工具，这就是他们强行干预子女选择专业的根本目的。只要是强迫，就会遭到反抗。从董吉军的愤怒和残忍程度上，就可以让人看到他的心情是多么地压抑。

在选择高考志愿的关键时刻，父母往往挺身而出，他们要凭借自己的人生阅历和经验"帮助"孩子少走弯路。"帮助"之所以加上双引号，是因为助人者已经"越位"了，他们越俎代庖走到了前台。考大学是孩子的事情，怎么可以没有孩子的意见？这不禁让人联想起封建社会时的包办婚姻，找对象得先合父母的胃口。

学生对高考志愿做出自己的选择，并不意味着他们就放弃了父母的指导作用。父母的指导作用应当是参谋长，而不是司令官。参谋长什么意见都可以提出来，但是一定是让孩子参考的，可采纳，可不采纳，做决策还得是司令官——儿女拿大主意，何去何从由他们自己决定。作为决策者，他们必须承担决策所带来的风险。成，是我的。败，也是我的。一切都是心甘情愿的，无怨无悔。如果在失败的时候怨天尤人，那就不是独立决策。当然，独立决策并不意味不需要别人的建议。为了降低决策所带来的风险，学生必须广泛地收集各种信息和建议，其中一定是包括父母的建议。

做自己青春的"司令官"是每个人都渴望的。当好自己的司令官，不仅要有决策意识，还需要决策水平。个人的决策水平越高，个人将来越成功、越幸福。

做一个高水平的决策是需要经历一个充分收集信息，然后做出决策的过程。下手越早，留给准备的空间越大。准备的空间越大，准备就越充分。高考结束后2个星期的准备，跟高中3年的准备绝对不是一个层次的。为了大学四年的快乐而充实的学习，为了个人未来的成功与幸福，"遴选对象"的工作必须及早进行。如果一进高中的校门就开始在学习之余进行筛选，这样筛选出来的专业必然是适合自己的专业。

"遴选对象"就是选择专业。要选择专业，就必须先罗列众多的待选专业。找到高三毕业生，把他们积攒的那些招生简章统统收过来，然后在自己时间方便的时候，在百度或者Google等搜索引擎，打上这些专业的名称。首先得要知道这些专业是做什么的，然后再分析其市场前景。视野开阔了，人就会发现外面的世界丰富多彩，新奇的感觉会伴随着自己，这个时候你就会像美食家那样把各种菜肴都要细细品尝，也可以像神农氏那样尝百草，这样你必然会发现自己喜欢的口味和自己需要的草本。市场前景好，现在走俏，未来一段时间仍然走俏，看内容自己又可以接受，或比较喜欢，就可以纳入第一批候选专业。从中选择出市场前景最好的，自己最喜欢的专业，这个专业就是自己将来要报考的专业和未来要从事的工作，到这个时候你已经知道专业学成后到哪些公司去上班，月薪大概是多少，一切都非常具体。专业选出来之后，就要锁定一些相关的专业网站，有时间了就看看该专业的动态，并且找来一些专业的书籍接触接触。如果发现自己并不擅长，读起来非常吃力，随时可以更换，继续寻找。如果是自己喜欢的，找到了兴趣点，之后你体验到的必然是快乐。找到快乐之后，就是让快乐来得更多、更猛烈。这个体验快乐的过程，就是你阅读和钻研专业书籍的过程。从现在开始阅读专业书籍，相信等你到了大学的时候就会如鱼得水，充分享受和利用大学丰富的学习资源。你是有备而来，不用很长时间，你就会显露出自己的优势。一个只能接受老师的学生和一个能够与老师交流的学生，给老师的感觉一定是不同的。受到老师的重视和赏识，学习起来就会更来劲，根本就没有闲工夫无聊和乏味。

网络是一个最便捷的平台，但是网络提供的多是文字和图片，这些信息与实物还是有一定距离的。如果有机会，能够实地参观一下，向真正专业人士讨教，那样得到的信息更确切，效果是最理想的。

选择专业的过程就是探索自己兴趣点的过程。早一点分析发现自己的兴趣点，自己的兴趣点就会发芽得早一些。早一些，兴趣点的苗儿就会壮一些，生命力也就更强大一些。兴趣苗壮了，填报志愿就是水到渠成了。

读专业书籍和资料是消耗一定时间的，而时间却是有限的，这就需要给自己的兴趣点挤出点空间。挤出点空间可不是很轻松的事情，得承受来自学校和家庭双方的压力，如果不是特别执著的人，是很难做到的。到了高中阶段，课业繁重，作业本来就是做不完的，这下就必须舍弃一些，做题必须得经过一番筛选，不能什么题都做，那样会超出自己所能承受的极限。空间好不容易挤出来，就必须珍惜，不能把这些宝贵的空间花费在娱乐上，因为挤空间的目的是为了自己将来能干一份自己喜欢的工作，是为了将来自己能有个好前程。

在遴选专业的过程中，努力地应试学习，尽可能地提高自己的考试成绩。方向定下来，余下的就是用考试成绩来换取自己接受专业学习的学校的层次。通常情况下，专业是同一个，而学校的层次却千差万别。就拿中文专业来说，北大有中文系，各省的综合大学有中文系，各级的师范院校都有中文系，层次千差万别。如果你的考试成绩好，你可以考上一所专业环境较好的大学。

从高一就开始选择自己大学学习的专业和将来从事的职业，这样既有明确的近期应试目标，又有坚实的远期目标，如同汽车一样有近视和远视两类灯照明，自己的学习永远在目标的指引下进行，这会是一种主动的、快乐而充实的、充满希望的学习。

23.

天生我材必有用

现在很多高中生是在迷惘中艰难地向前行进着，明知道即使通过一番努力后考上大学，但是就业前景也很不乐观。

征兵工作通常是在冬季进行，但是从 2009 年开始，5月至 6 月高校所在地兵役机关将会同有关部门进入高校，开展预征工作。为什么国家突然把征兵工作提前到夏季？原因很多，但是最重要的一个原因就是为了缓解当前陷入困境的大学生就业问题，鼓励高校毕业生应征入伍，可以分流一批就业压力大的毕业生。

就业难，究竟难到什么份上？2009 年高考，重庆市约有 1 万名高中毕业生放弃高考；湖南省考生人数相较去年下降了 2.6 万人；山东较去年减少约 8 万人，减少幅度超过10%；河南较去年减少2.9万人；上海亦较去年减少约2万人……据教育部公布的数据，2009年834万应届毕业高中生，报名参加高考的只有750万，有84万人退出高考。

降温的原因就是"就业难，收入低"。

看不到就业的希望，人们当然要选择放弃高考，尤其对于那些经济条件差的农村地区的学生来说。就业难，究竟咋个难法？

上海《东方早报》2009年3月22日报道，上海殡葬行业首次面向大学生的招聘会收场火爆，418个殡葬岗位吸引了5000名大学生冒雨应聘，收到简历3220份。此次他们推出的岗位月薪在1500～3000元之间，与遗体直接打交道的整容师在所有岗位中月薪比较高。部分殡仪馆反映，1/3应聘者选中防腐整容师岗位，而这些应聘学生的专业五花八门。应聘"防腐整容师"的一位女大学生表示，虽然她的专业是行政管理，但她仍愿挑战此项工作。当天的招聘会不仅吸引了上海各大高校的应届生，记者在部分摊位收到的一沓沓简历中，发现不乏复旦、同济的名校生前来应聘，还有一些海归。参与招聘的龙华殡仪馆人力资源部王女士说，他们收到的简历中，以大学本科毕业生为主，不过也有几位应聘者是"海归派"，"有2位在新西兰学习了5年的年轻人也对我们推出的岗位很感兴趣，我们感到很意外。"

《广州日报》2009年3月23日报道，电子科技大学中山学院2009届毕业生春季大型校园招聘会3月21日在该校召开，近3000求职者在濛濛春雨中入场求职。记者在招聘会现场采访发现，在就业愈难的状况下，应届大学毕业生日趋"信心不足"，薪酬期望值普遍调低。一位省属重点本科学校毕业生在应聘一家公司人事岗位时，薪酬期望值只求 800 元/月，而该公司接收的其余 30 份简历所填写的薪酬期望值也均在 1500 元/月以下。

《扬子晚报》2009 年 5 月 10 日以"46 名大学生竞标公厕保洁员，当'厕主'比失业好"为标题报道说，5 月 8 日，苏州市 58 座公厕面向社会招标管理员，令招标者始料未及的是，参加竞标的 746 人中，竟有 46 名苏州籍应、往届大学生！参与这次竞标的 46 名大学生中，大部分是往届生，且都有三五年工作经历。在一群手拿档案袋的人中，记者见到了年近三十的小朱。小朱大学读的是工商管理，毕业后已干过四五份工作了，但总不是那么稳定。目前小朱已失业半年。当记者问他如果中标当厕主会不会害怕社会上的偏见时，小朱笑着说："说实话，今天我参与公厕招标，也是抱着一种试试看的心理。我觉得管理公厕这项工作还是简单易操作的，只要把公厕打扫干净，把上面要求的工作做好就行了，我感觉这也没有什么丢不丢人的。再说了，公厕保洁员的工资和福利待遇也可以，我希望能中标，因为这也是一份不错的工作。"

为了求职，学生各种办法都想出来。处于就业歧视的女性，更是艰难，她们为了找工作，个别人甚至想使出各种荒唐的所谓"绝招"去赢得求职成功，比如，"女扮男装去应聘"、"向招聘单位承诺在三五年内保证不恋爱、不结婚，且能喝酒与出差"。还有的女大学生喊出了早已被正统教育无数次批驳的"学得好不如嫁得好"。

就业如此困难，是否就意味着社会上的人才已经饱和了？看看下面的报道就可以回答这个问题了。

新华网上海 2009 年 7 月 9 日报道，全球知名人力资源雇佣及管理服务商——美国万宝盛华公司发布的"2009 年人才短缺调查"显示，2009年国内企业"最难找到合适员工"的十大职位中，"技术人员"位列榜首，连续第三年成为最短缺的职位。上述调查是万宝盛华近日对4097家中国内地企业调查得出的。调查显示，大陆地区企业认为最难填补的十大职位分别是技术人员、高级管理人员、销售代表、一线工人（非技术类）、生产作业操作工、销售经理、研发人员、工程师、财务人员、机器操作员。调查显示，15%受访企业表示"在寻找合适的人才方面存在困难"，这一比例与2008年持平。万宝盛华认为，这一情况表明，尽管今年严峻的经济形势导致企业招聘意向持续走低，但不少求职者的技能尚不能满足企业需求，人才短缺的现状并未因此缓解，反而加剧了各行业对优秀技术人员和高级管理人才的争夺。调查反映，除技术人员之外，高级管理人员的短缺越来越难填补，这个职位从2007年十大短缺人才第四位上升到2008年的第三位。值得注意的是，研发人员、财务人员首次进入了"十大"的行列。

新华社长沙2009年4月20日报道，我国技工人才紧缺，职业教育发展仍处于初级阶段。我国职业教育占据高中阶段以上教育的"半壁江山"，但技术工人和创新型人才紧缺，技术工人仅占全部工人的三分之一左右，这是记者从20日在长沙举办的2009年中国国际职业教育论坛上获悉的。我国作为有13亿人口的发展中国家，人力资源水平不高，特别是生产第一线的劳动者素质偏低。制造业和服务业一线从业人员总数的一半以上是农村外出务工人员，这些人中85%以上仅仅是初中及以下文化程度，受过专门职业培训的不足20%。同时，我国技术工人和创新型人才紧缺，高级技工严重匮乏的问题突出。技术工人占全部工人的三分之一左右，且大多数是初级工，技师和高级技师仅占4%。

技术工人是产业大军的主力。一个国家的经济发达与否，技术工人的力量不可低估。德国是世界上经济最发达的国家之一，它之所以能够实现经济腾飞，其秘密武器就是这个国家拥有一支庞大的熟练的技术工人队伍。德国的高中生毕业后的首选不是上普通大学，而是职业技术学院。在很多人眼中，发明创造都是大学和科研机构的科学家的事情，但实际上很多问题的发现和创造性的解决都是由技术工人直接参与完成的，如果没有技术工人的参与，科学发明没有源泉——问题的发现，自然也谈不上发明创造了，因为发明创造源于生产活动。生产活动的主体是技术工人，所以科学发明当然离不开技术工人。

除了广泛需要的技术工人以外，国内在许多领域存在着人才紧缺的问题。比如，翻译人才，虽然中国学外语的人很多，但是真正能符合社会需要的翻译人才却少得可怜。在2006年国家外文局培训中心举办的翻译文化免费系列讲座上，有关专家表示，中国现有在岗聘任的翻译专业人员约6万人，翻译从业人员保守估计达50万人，但目前中国翻译人才缺口高达90%。翻译能力的薄弱已成为中国经济发展和对外交往中几个急需解决和必须面对的问题。翻译人才中的顶尖高手——同声传译员，被称为"21世纪第一大紧缺人才"。随着中国对外经济交流的增多和奥运会带来的会务商机的涌现，需要越来越多的同声传译员。同传的薪金不是按照年薪和月薪来算的，是按照小时和分钟来算的，现在的价码是每小时4000元到8000元。现在入驻中国和北京的外国大公司越来越多，这一行肯定会更吃香。

除了翻译人才之外，节能环保工程师、3G工程师、网

络媒体人才、物流师、系统集成工程师、精算师、注册会计师、报关员等都是社会上非常走俏的人才。以物流师为例，我国物流人才的需求量为 600 余万人。相关统计显示，目前物流从业人员当中拥有大学学历以上的仅占21%。许多物流部门的管理人员是半路出家，很少受过专业的培训。据相关人士透露，对此类人才有需求的某知名企业在国内招聘的应届大学生目前的薪金是每月 6000 元到 8000 元，在一年之后还会有相当大的提升空间。能源越来越紧俏，效益和节能越来越受到重视，物流在社会生产中的地位只能越来越高。

再以注册会计师为例，根据中国经济高速发展的需要，至少急需 35 万名注册会计师，而目前实际具备从业资格的只有 8 万人左右，其中被国际认可的不足 15%。每年包括德勤、毕博在内的四大会计师事务所都会在高校招收毕业生，专业涵盖统计、法律、数学等。而进入四大会计师事务所的应届毕业生月薪大都在五六千元，再加上每年丰厚的奖金，收入会超过 10 万元。

一面是大学生找不着工作，一面是社会需要人才但却找不到合适的人选，这说明什么？至少说明那些找不着工作的人当初都没有认真把握社会的需要，多少有些盲目地选择了自己的大学专业。如果选对了方向，选择了适合的专业，哪里发愁自己找不着工作？

《京报网》2009 年 3 月 23 日报道：高素质蓝领走俏京城。每年三月是大学毕业生招聘签约的高峰期，与大学生就业形成鲜明对比的是，近年来，北京技术工人培训的主力军——中职学校的学生往往还没有毕业就被在京企业预订一空，特别是来自汽车修理、数控机床、建材制造等专业的毕业生更是供不应求。高达 95% 以上的一次就业率，让多数高等院校都难望其项背。蓝领已成企业中坚。在制造业企业中，从事一线生产的蓝领们作为企业产品制造的最后环节，是用自己的劳动将产品从一幅幅设计图转化成一件件成品。蓝领技术水平的高低对企业的产品质量和效益有着直接的影响。说到拥有高素质的蓝领，北京奔驰绝对"自满"，因为他们的蓝领"家底"足以令任何一家汽车制造企业羡慕。北京奔驰 CG/MMC 车间装配班，沿用着一套"马继强工作法"，马继强是一名蓝领，他在企业 2006 年 10 月试装投产的半年时间里，把有关车辆装配的 4 项尖端生产方法结合，先后提出和实施了 10 余项提高劳动效率的创新项目，使装配生产效率提高近 80%，创造直接经济效益 40 余万元。北京奔驰视这些高素质蓝领为宝贝。根据公司人力资源管理规划，2008 年高级技师要达到蓝领技术工人队伍的 1%，技师队伍的比例要达到 10%。"企业间技工的流动性很强，但只要这批中间力量在岗，产品的技术质量就有了保障。"他们多是从生产线上某一个工位干起，直至对整条生产线上各个位置的工种全部熟悉，成为"全能蓝领"。可以说，正是这些技术骨干的带动，公司的生产水平和企业文化才得以延续和发展。

同样道理，你如果选择了社会上越来越需要的那些专业人才，如前面提到的翻译人才、节能环保工程师、3G 工程师、网络媒体人才、物流师、系统集成工程师、精算师、注册会计师、报关员等，你找工作绝对不是让你发愁的事情，而是你处于优越地位，从容地在各个公司里认真选择。

如果你按照这种方式规划自己的未来，那么你考大学的干劲儿就足了，因为你能够稳稳地把握自己的未来了。当然，这样做的前提是认真分析社会在今后十几年的发展趋势，如此你才能确信你所选择的专业走向在今后相当长的一段时间始终保持旺盛的需求。

现在很多的同学之所以学不进去，就是因为感受不到乐观的前景，把握不了自己的将来。这个问题一旦解决了，那就是李白的那句豪言了，"天生我材必有用"。

24.

落榜怎么啦？塞翁失马，焉之非福

"我落榜了，但是我不敢告诉我父母。我附近的同学都比我考得好，面对自己的成绩，现在整得好苦恼，怎么办啊？"

"其实，我们才是最悲哀的。看着身边的朋友们接到通知书时兴高采烈的样子，同时忍受着亲戚们的冷言冷语及周围人的冷嘲热讽，巨大的反差对比让我们的心伤透了。一面承受同学对你的炫耀，一面却又得接受这个事实，沉默反而成了此时最合适的表达。现在才意识到高考在中国不仅仅是一场考试的事情，它承载了太多试卷之外的东西……'你究竟是怎样一个人？高考落榜了，你真的一无是处吗？'夜深的时候我一个人质问着自己。这些年的经历让我改变了许多，为了适应这个社会而不断调整变化着。

但内心深处，本真的我所留下的影子仍在同内心进行着对话……"

高考前虽然自己对于结果有个预期，但是内心还是希望自己能考上，哪怕是一丝希望。落榜，仍然像自己头顶上重重地挨了一棒。挨一棒的反应必然痛苦，自己的一丝希望破灭了，别人冷眼看自己也有了机会和借口。不舒服，心里不舒服，虽然自己在考前也没有抱多大的希望，但是心里还是不舒服，痛苦啊！

痛苦了，怎么办？宣泄一番，内心的痛苦就会减弱许多。找个朋友，诉说一下内心的痛苦，可以语无伦次，想说什么就说什么，如果想痛哭一场，效果会更好。也可以写日记，自由舒畅地宣泄。要是感觉留在文字上的东西会被人读到，那你就写完了烧掉。如果感觉还不能解自己的心头之恨，那就再写，再烧……如果仍然感到压抑，那就找个没人的地方，痛痛快快地哭上一场，或大声地叫喊一通，直至你感觉平静些了为止。

喜欢看电影、电视剧的人都知道，当主人公遭遇挫折后，比如失恋、工作中遇到上级不公正的责难、家庭遭遇不幸等，他们习惯性的反应是在大雨中奔跑呐喊，或者独自到海边哭诉，或者独自喝闷酒，或者扑到友人怀抱中哭诉，或者在宴席间酩酊大醉……编导这样处理是恰当的，因为这些行为是人在遭遇挫折后的应激反应，是无意识地在宣泄自己的痛苦，以获得暂时的痛快与宽慰。

还有一种方式，那就是跑步，当然你也可以采用其他运动方式。跑步，可以使你挥洒汗水，同时你的痛苦随着汗水也挥发出去。加拿大精神病学家曾经做过这样的实验，让精神病人跑步，直到跑得气喘吁吁，精神病学家惊奇地发现，这些精神病人的情绪状况改善许多，狂躁的也变得安稳许多。

人遭遇挫折时，必然产生不良的情绪，这些情绪作为一种能量积蓄在其内心之中。如果得不到及时的发泄，这种不良的能量积蓄到一定程度就会以变态的方式喷涌出来，这时的人应该就是有心理障碍的人。所以，落榜后个人首先要做的，就是通过宣泄清除掉堆积在精神世界里产生的心理垃圾。

宣泄这种方式，治标不治本，能减轻人一时的痛苦，但不能从根本上解决问题，这就如同扁桃腺发炎的病人发烧时吃上几片安乃近退烧一样，因为落榜同学最大的心病并没有治愈，"好苦恼，怎么办啊？"

要真正将炎症消除，还必须得吃消炎药。待情绪稳定后恢复了理智，就要认真地梳理一下思路，分析一下今后的道路怎么走。如果找到了出路，落榜所带来的一切问题都随之迎刃而解。

要选择出适合自己的出路，就要做出比较。选择的依据也就是对各个路径都逐一收集信息，然后结合着市场前景和个人喜好做出相对适合自己的出路。

落榜之后的选择方向也无外乎下面几条出路：

出路一：工作

读了这些年书，实在是不想再念书了，上班，彻底摆脱令人郁闷的学校。但是由于在高中学的东西都不属于实用技术类的知识，学的知识大多是实用技术类的铺垫，所以找工作也只能是那些技术含量很低的工作，比如销售人员、服务员等等。由于技术含量低，工资水平通常也不会太高。

出路二：先上培训学校或技校，后工作。

工资和工作环境总是和技术含量成正比的，所以要谋得一份工资高、工作环境好的工作，还是得有技术。技术从哪里来？当然是各种实用技术的专业培训。这类培训机构通常采用订单式培养方案，学员进门就签就业协议。只要个人技术过硬，工作是不成问题的。培训学校的培训时间从2个月到12个月不等，总体上时间不会超过一年。技校的时间略为长一些，一至三年，但是技术培训系统性更强。时间短，见效快。学的内容实打实凿，一点浪费的地方也没有。

有些同学读到这里，会感到有些失落，"那我这几年高中不就白受累了吗？"笔者在这里推荐一篇报道，也许会让一些同学的观念发生转变，心理上平衡许多。

笔者在2009年五一节回家时等车，偶遇一青年。他很年轻，一副学生模样，我就问他在哪里读书。他很轻松地告诉我，他已经上班了，在唐山轨道客车有限责任公司。样子很轻松，我就问他，你是哪个大学毕业的？他告诉我，技校毕业的。我好奇地问，技校毕业就能有工作？他回答我，也不是，也得经过选拔。在交谈中，我了解到他原是河北工业大学计算机系的本科生，名字叫吴深，在大三的时候依然选择了退学。根据平时的了解，吴深知道中国最缺少的是优秀的技术工人，这是大趋势，于是就下了决心。当时，所有的人都反对他，都读到三年级了，坚持一年就拿到毕业证了，但是任何劝说都是无效的。吴深是从农村出来的，和我是邻村，他的决定气得他奶奶都哭，一家人在全村人面前都抬不起头。从大学退学后，吴深立即选择了一家技校，这就是开头我所问及到的。谈话时他来厂两个多月，还没有定岗，工资就是几千块钱，而他的师兄本科毕业后在北京的软件公司工作了一年工资还是一千多块钱。虽然进厂时间短，但是工作非常尽心，很快就掌握了一些关键技术，并且形成了经验，厂里还准备给他申报技术突破奖。我意识到吴深的这种选择对于陷入困境的大学生就业是一种启发，于是就在 5 月 4 日早晨，给《中国青年报》社记者谢洋发了短信，提供了这个新闻线索。从 5 月 5 日下午到 7 日，《中国青年报》实习生李珊珊和记者谢洋就开始连续地对吴深进行电话采访。5 月 11 日，一篇题为《记者调查：一名放弃大学读技校青年的人生选择》的报道刊发在《中国青年报》上。这篇报道随即被全国各大网络媒体转载。以后吴深就和我成了朋友，不时地给我发来短消息，比如 2009 年 6 月初，温家宝、王兆国等国家和省市领导都来到他们厂里参观考察，这使他感觉企业的发展大有希望。我也鼓励他潜心钻研技术，早日成为技术专家。

2009 年 5 月 26 日，教育部在北京市交通学校召开第 9 次发布会，介绍 2008 年全国中等职业学校毕业生就业情况。2008 年全国中等职业学校毕业学生的平均就业率为 95.77%。就业情况最好的专业是加工制造类，就业率高达 97.56%；其次是信息技术类，就业率为 96.55%；商贸旅游和土木水利工程类就业率达到了 95% 以上，处于就业率的平均水平。在金融危机的背景下，这么高的就业率与陷入困境的大学毕业生形成了强烈的反差。读到这个数据，那些心理不平衡的同学可能观念就有些倾斜，想想你读大学的目的是就业，能够使自己达到这个目的的途径当然就是最好的选择。

出路三：读知名的民办大学。

有一定成绩，但不想复读了，你就选择上民办大学。很多同学都问笔者，是上个民办大学、私立大学好，还是上三流的普通大学好？我都是这样回答的，我个人观点是私立大学好。

原因一，私立大学更重视教学质量，因为毕业生的素质及就业率就是日后生源的保证，就业率就是他们招生和发展的金子招牌，是他们的生命线。

原因二，私立大学设置的专业和课程特别贴近社会实际，应用性和操作性都比较强，因为这是学生日后就业的坚实基础，而国办普通大学的专业设置往往陈旧，按部就班，缺乏对社会变化的应对性。私立大学就不一样了，船小好掉头，可以根据需要随时从社会招聘富有经验的兼职教师。

原因三，私立大学门槛低，录取分数线低，而普通大学的门槛高，录取分数线也高。

当然，上民办大学得有个前提，那就是必须上有品牌效应的民办大学，否则就会被那些缺乏责任感的办学者给骗了。要找知名的民办大学，方法很简单，在网络上检索"中国十大实力民办高校"等字样，然后进入这些学校网站直接了解情况，再回头浏览一些网友的评议，学校就可以搞定了。

出路四：复读。

复读虽然辛苦些，但是却给自己了再次选择的机会。吸取了上一年学习和考试的成功经验和失败教训，从容地收集自己所感兴趣的专业和学校信息，这样成绩稳步提高了，专业和目标学校也清晰了，剩下的就是全力地、有条不紊地向目标专业和学校努力了。

出路五：成人高考——进入名牌大学的捷径。

如果不落榜，如果自己勉强考上一个三流的学校，自己永远与重点院校无缘，而落榜了，你就想到，哦，通过成人高考的捷径还可以进入重点院校，享受和利用那些院校的优质教育资源。

后两个出路，笔者分别有专门的分析，在这里暂不展开分析了。

美国康奈尔大学做过一次有名的实验。经过精心策划安排，他们把一只青蛙冷不防丢进煮沸的油锅里，这只反应灵敏的青蛙在千钧一发的生死关头，用尽全力跃出了那势必使它葬身的滚滚油锅，跳到地面安然逃生。隔了半小时，他们使用一个同样大小的铁锅，这一回在锅里放满冷水，然后把那只死里逃生的青蛙放在锅里。这只青蛙在水里不时地来回游动。接着，实验人员偷偷在锅底下用炭火慢慢加热。青蛙不知究竟，仍然在微温的水中享受"温暖"，等它开始意识到锅中的水温已经使它熬受不住，必须奋力跳出才能活命时，一切为时已晚。它欲试乏力，全身瘫痪，呆呆地躺在水里，终致葬身在铁锅中。这个实验揭示给我们一个冷峻的事实———突如其来的外在刺激或强敌往往能使人奋起面对，发挥出意想不到的潜力，而慢慢地腐蚀却往往使人防不胜防，一蹶不振。

高考落榜之于考生，就相当于油锅之于青蛙，从这个意义上说，高考落榜对于高中生来说，反而是一次求生的机会，一个实现腾飞的机会。每个人都有潜能，这种潜能绝对不是高考可以反映出来的。很多高考落榜的人找到喜欢的发展道路，所作出的成绩远非一些重点大学的毕业生所能及的，他们所崭露出来的才能也不是哪所大学的教授所能比的。比如，袁正洋，1999年的高考落榜生，在22岁时靠养癞蛤蟆发财致富，在22岁时挣下了百万财产、买了一幢别墅。他曾前后三次接受中央电视台的专访，2003年CCTV7《致富经》、2005年CCTV10《走进科学》和CCTV7《科技苑》。他的故事你可以在网络上检索到。

做这样一个设想，如果袁正洋也和别人一样顺利地进入了某所大学，那么他大学毕业后是否还有这样的精神走出一条新路，谁也说不准。如果找工作顺利，那么他的开创精神就有可能在优越的工作环境中逐渐弱化。如果找工作不顺利，那么经过四年的大学生活他还是否有这样的精神也难说。所以说，落榜，塞翁失马，焉之非福！

25.

宽容自己：复读吧

复读，对于一个考生来说，已经不再是过去意义上的名落孙山了，而是重新选择的机会，因为只要觉得学校和专业不理想，即使自己的分数较高，也是要来复读的。目前，复读的人群越来越大，很多人是手里怀揣着大学录取通知书来回穿梭于复读学校之间。

做任何事情都是要有成本的。那些将就着上大学的人，在最初决定上大学的时候，以为这样的成本最低，万一明年的成绩还不如今年呢，况且复读一年的滋味也不好受。其实他们没有意识到，一两年与人的一生相比，后者的影响更为巨大，成本也是最高的。虽然大学四年所学的专业以后可以变更，但是这一阶段的学习对一生的工作和生活的影响都是深远的。

　　说复读在中国普遍，不如说复读在美国更普遍。美国每年有七次高考，很多学生只要觉得学校和专业不理想，就会毫不犹豫地选择复读，选择重新参加考试。美国学生面对复读时的心情是非常平静的，因为从复读到重新参加高考的周期平均还不到两个月。时间成本低、经济成本小，纵然在未来的高考中有一些不确定性，这样的总成本依旧是低的。成本低，人的心态自然就平静。

　　中国学生从复读到重新参加高考的周期是一年，复读的时间成本远远高于美国学生的复读成本，况且经济的压力也会随着时间的增加而加大。时间和经济成本本来已经很高，这个时候还要面对前途未卜的高考，复读一年未必一定就能如己所愿。正是因为成本太高，很多人在复读前总会前思后想，反复权衡，心情是很难平静下来的。

　　虽然复读的成本很高，但是这个成本相对于自己错误地上了一所自己不喜欢的大学和专业来说还是不高的。俗话说，磨刀不误砍柴工。如果重新选择了相对称心的学校和专业，人的学习状态就会很好。在兴趣这个最好的老师的教导下，人的学习效率会是非常高的。这样，因为复读和重新参加考试而被耽误的时间，很快就可以得到补偿。有了学习兴趣，学习活动就变得轻松有趣味，其中还会夹杂着兴奋，纵然辛苦，也是乐在辛苦中。如此，专业基础必然扎实，那么他们将来参加工作时业务必然是一流的，最终他们收获的将是人生的幸福。

　　通过复读，很多学生有了更好的选择。有调查显示，在每年进入北大、清华等著名学府的幸运儿中，几乎有近10%至20%的人是复读生，其中也不乏有些省市的高考状元。它说明复读一年也有着相当程度的成功率。正因为如此，一些人就开始有了非议，譬如"高分复读如同赌博"、

"严重违反教育规律"、"变相浪费教育资源"、"极大浪费考生精力"、"恶性侵害应届生利益"等，不一而足。凡是发出此类非议的，一定不是考生自己或考生父母，而是那些站着说话不腰疼的人。如果一个学生用四年的时间学习一个并不适合自己的专业，那么这叫不叫浪费资源——个人资源和社会资源？只有选择是有效的，那么选择时所付出的成本都是值得的。

对于复读生来说，最困扰他们的是精神压力。

首先，没有面子。没考上自己认可的大学，本身就是一件很失败的事情。和新生在一起的时候，更觉得别扭。当你感觉没有面子的时候，是你的本能在作出反应，这很正常，此时，就需要用理智来化解，摊开自己复读的理由。一，一次成败偶然性很大，一次没考好不能说明自己就不行了。二，也是最重要的，为了给自己一次再次选择的机会。

其次，担忧来年的成绩。未来的事情谁也说不准，来年的情况带有很大的不确定性，这对任何人都是一样的。凡是担忧成绩的，都是过于重视结果的。说谁不看重结果，那是瞎说，不重视结果，干嘛来复读？但是如果过分注重结果，往往适得其反，欲速则不达会使自己远离自己所设定的目标，这个时候只能还是靠理智来化解。谋事在人，成事在天。只要确认自己努力，就足够了。把考试的结果放在一边，认真地梳理自己的知识，这是个人唯一能够左右的。做自己能够左右的事情，这是最正确的选择。

敌人都是自己树立起来的，压力是自己找来的。忘我地学习，就是不去计较考试结果的学习，这个时候人的压力自然就减弱了。当然，如果自己太放松了，给自己一点压力，增加点紧张感，就会提高自己的学习效率。在晚上睡觉之前思考一下自己今天的收获，如果收获颇丰，你可以安心地去睡觉；如果觉得今天学习效率实在是低，你就得要，用压力鞭策一下自己，然后下一个决心从明天开始要积极学习，再安心睡觉。

要使自己尽快进入良好的学习状态，几件工作必须要做：

一、要认真写一份高考总结。

复读有个应届生所不能比的优势，那就是自己有过一年高三学习的经历和一次高考的实战经验。有经历，有经验，就要好好总结总结，认真分析自己的成功与失败，得与失。只有彻底地认识到自己的问题所在，才可能在未来的复读学习中，加以改进，才可以产生动力，才能够提升自己的认知水平，才能产生知识的升华，提高成绩才有可能。

二、制定一年的复习计划。

知道了自己的薄弱环节，也知道了成功的地方，那么剩下的就是把成功的巩固下来，把薄弱的进行强化。针对每一科制定切实可行的复习计划，计划要实际，要分解到每一周必须复习的内容，并且每周检查自己计划的落实情况。通过复习使自己强项更强，弱项必须拿下。对于复读计划落实非常重要。

三、认真听讲。

许多考生认为该讲的都已讲过，听不听不重要，这样就大错特错了。高三的老师多数都是丰富经验的老师。听课听的是老师的思路、方法、技巧，不是知识的重复。由于自己曾经学习过同样的内容，那么在听课中要认真地比较两次讲授的异同，努力总结出该门学科的知识体系。在听课的同时要随时提出问题，与老师和同学形成交流、探讨，形成课堂良好的学习氛围，互相启发，共同提高。

四、重视基础，回归课本。

无论高分段学生还是中等生、较差生，在高考中基础题都有丢分现象，因此夯实基础是关键。忽视对课本的研读，这是复读生的通病，这也是他们来年高考成绩不佳的重要原因之一。高考所考察的内容万变不离其宗，大多数来源于课本。如果你把高考的课本认真阅读三遍，相信你对知识的理解会加深一步，你的考试得分率会有不少提高。

五、强化训练。

百闻不如一见，百看不如一练。复读需要一定量的题目训练，有了量的保证，才有质的提高，训练题应该以高考真题为主。除了做难题，更要做基础题，并且要保证基础题的正确率。解难题主要总结规律，找思路、寻方法。将难题分类，找出解题方法，为高考获取高分打下基础。

六、收集专业和学校的信息，确定自己的报考专业和学校。

复读一年给自己提供了充裕的时间，自己可以通过网络和其他途径，收集自己所感兴趣的专业和学校信息，然后确定自己立志要学的专业和目标学校。由于自己来年的高考成绩具有不确定性，所以可以将自己的目标学校分出若干梯度来，这样无论成绩如何，都能保证自己有机会上个人喜欢的专业，而且学校在同类院校中教学资源是最上乘的。

失败是成功之母。古希腊哲学家德谟克利特（公元前460－370）有句名言，使愚蠢的人学会一点东西的，不是言辞，而是厄运。这句话说得点太刻薄了，其实，即使是聪明的人，也可以从挫折中学习到重要的东西。人从失败中学到的东西远比从成功中学到的要多，不仅多，而且深刻。认真总结上次考试的经验和教训，把自己的学习状态调适到最佳，自然学习效果也会达到最佳。

有一首歌唱得很好，可以用来勉励复读的同学。

心若在

梦就在

人世间总有真爱

看成败

人生豪迈

只不过是从头再来……

26.

挫折磨砺后：走得更远

　　人都希望自己做事情一帆风顺，一是成功的感觉好，二是有面子。没有谁会希望在自己追求梦想的道路上遭遇挫折，尽管孟子说的话妇孺皆知，"天将降大任于斯人也，必先苦其心志，劳其筋骨，饿其体肤，空乏其身，行拂乱其所为，所以动心忍性，增益其所不能。"

　　希望自己成事时一帆风顺是可以理解的，但是真要使自己在成功的道路上走得更远，没有挫折的磨砺是绝对不可能做到的。很多成功者都是短命的，这里说的是成功短命，而不是人的寿命短。你可以盘点一下，那些出现心理障碍的和那些轻生的，没有一个不是曾经的学习上的佼佼者，学业上的成功者。他们多数都是重点高中、重点大学的学生。应试学习的成功把他们送进了重点高中和重点大学，但也是成功把他们送到心理不健康的边缘。

《河南商报》2009年7月3日报道，河南省某地农村的一对双胞胎姐弟高考成绩不理想，闹自杀住进精神病院。这对双胞胎姐弟，平时学习非常好，目标是上北大、清华。而父母也倾注了全部的心血，省吃俭用供孩子上学。"你们一定要考上大学，我们这辈子没进过大学门，只能指望你们姐弟俩了。"姐弟俩说，这是父母对他们说得最多的一句话。6月26日，高考成绩终于出来了，姐弟俩查完分数后一下子蒙了：姐姐刚够二本线，弟弟仅过大专线。从那一天起，姐弟俩封闭在房间中不吃不喝不出门。更可怕的是，姐姐不时捶打着自己的头，并试图用父亲的刮胡刀片割腕；弟弟拿砖头往自己头上砸，口里还说着"我完了，没脸见人了。"频频的反常举动让父母提心吊胆，日夜守在两个孩子房门前，最后在亲友的提醒下，父母才把俩孩子送进了郑州市第八人民医院精神病区。

如果不是平时学习成绩特别优秀，姐弟俩能把目标学校定位在北大、清华？绝对不可能！北大、清华，对于学习成绩一般的同学来说，简直就是天方夜谭，绝对不会纳入个人奋斗目标的系列。他们俩的野心一定是随着学习成绩的不断攀升而逐步膨胀起来的。

《北京晚报》报道，2009年4月15日上午10时许，北京理工大学一名大四男生从新一学生公寓8层坠楼身亡。据坠楼男生隔壁宿舍的一名学生称，自杀的男生姓张，就读专业为材料系，在此之前的学习中有几门不及格的科目，猜测其自杀原因与因考试不及格拿不到毕业证及学位证有关。

能考上重点大学的学生成绩是非常优秀的，能够考上北京的重点大学的更是非同寻常。优异的高考成绩和重点大学的靓牌子已经使这个男生在同学、老师和亲朋好友中赚足了面子。面子足了，脸皮也薄了，任何打脸的事情都逐渐变得难以忍受。

高考成绩不理想，或者因为成绩不理想拿不到毕业证，这肯定是让人失颜面的，但是因为这个就不活了，放弃年轻的生命，也是太令人感到惋惜的事情。其实，这种事情不是重点高中、大学才有的，在各个普通高中、大学里发生这样的事情也不稀罕。但是为什么想不开的多是那些重点学校的学生呢？这是值得人深思的。

成也萧何，败也萧何。成功把他们送进了重点高中、大学，但也是成功把他们送到健康心理的危险边缘。过去的成功使人的欲望膨胀，膨胀的欲望则使对自身的要求越来越苛刻。高标准、严要求，就意味着实现的条件越不容易满足，这实际上就等于是增加了隐含的挫折。隐含的挫折就是致命的软钉子。持续的隐含挫折会使人情绪低落，而长期的情绪低落就很容易使人形成抑郁症，使人绝望，绝望的时候自然就会想到死亡。反过来看，如果那些学生从来都没有成功过、辉煌过，他们还会给自己提那么高的要求吗？没有那么高的要求，就是知足者，而知足者是常乐的，他们才不会因为一次失败而寻死觅活的，虽然也有强烈痛苦的过程。

笔者在前面曾经讲过心理学家的一个小实验。将刚生下来的几十只小白鼠分成两组，两组白鼠吃的、喝的、玩的都一样，只是其中一组从开始就遭受电击，挨电。过了几个月之后，实验人员同时对两组白鼠实施同样强度的电击，结果从实验开始就挨电的那组白鼠挨电就跟没事似的，身体没有任何损伤，因为它们已经习惯于挨电，而从未挨电的这组白鼠，许多都因为紧张得了胃溃疡。人和动物是一码事儿，经常遭遇挫折的人会变得非常皮实，而一路从成功走来的人在挫折面前却显得非常脆弱，甚至到了弱不禁风的程度。

为什么经常遭遇挫折的人的承受能力比从没遭遇过挫折的人强？他们之所以是挫折面前的强者，是因为连续的挫折使他们对自己和周围环境有了越来越清醒的认识，他们越来越认识到个人力量的微薄和周围环境的严峻，他们不会再提出过分的、主观化的要求。要求低了，不会想入非非了，目标也越来越现实，自然就容易成功。2009年4月18日《中国青年报》报道"重点高中高三女生跳楼自杀获救，称实在太累"中主角小蓓，在经历一回自杀后哭着对妈妈说："妈妈，我宁愿是个差生，我宁愿是个笨人……"她再也不愿意做什么优秀生了，谁要是在她面前提学习考试的事情她就跟谁急。跳楼获救使她终于认识到生命才是最重要的，也是最基本的。只要没有天灾人祸，这个需要很容易满足，所以只要认识到这一点，虽然要求起点低了，但却成为了生命的强者，而那些要求起点高的人却成了生命的弱者，生命的弱者是不可能在成功的道路上走得很远的。

要想在成功的道路上走得更长远，就必须从遭遇的挫折中把握好磨砺自己的机会，而把握的前提是一定要对挫折有深刻的认识。

什么是挫折？挫折不见得都是出了多么大的事情，不见得都是大家看到的硬钉子，比如，落榜、失恋、失业等，只要是个人最强烈的意愿受到了阻碍，就都是挫折。硬钉子是挫折，软钉子也是挫折。有的时候，软钉子伤人更厉害。因为难以承受学习高压而跳楼的高三女生小蓓就属于被软钉子所伤，没有什么明显的挫折，比如考试名次下降等，但是她对自己的期望很高，她时时感到实现个人的期望的难度超出了自己承受能力的极限。

挫折相当于侵入人的精神世界的病毒，人精神世界的免疫系统也会发生作用，这就如同当人体遭到病毒的侵袭或遭到伤害时，人的扁桃体等部位就会发炎、人体开始发烧，或者创伤处就会化脓、肿胀等反应，这些反应的出现恰恰人的免疫系统在积极地发挥作用，它们在努力地抵抗着病菌的袭扰。抵得过抵不过就要看个人的体质了，反正无论人的体质如何，免疫系统都与病毒过招了。

在人面临冲突和挫折时，人的第一反应就是人的本能反应，这种本能反应直接体现在人的情绪上。紧张、愤怒、焦虑……这些都是人们在遭遇挫折后的情绪反应。心理学家通常把人的情绪反应归纳为如下几种类型：焦虑、攻击、退缩、退化、固执等。

（1）**焦虑**。焦虑是人在遭受挫折后或受到难以克服的障碍的威胁时，形成的一种紧张不安，带有恐惧的情绪状态。症状最轻的焦虑是不安和担心，其次是害怕和惊慌，最重的是极端的无名恐慌。不论轻重，焦虑都伴有不同程度的植物性神经紊乱或身体上的不适感，比如腰酸背痛、胃部不适、头痛头昏、懒而无力，其它如便秘、腹泻、口干、多汗、心悸、气短等。焦虑一般可以分为三类：客观性焦虑、神经过敏性焦虑和道德性焦虑。

客观性焦虑，是由客观上对自尊心的威胁引起的。例如，在高考前由升学压力产生的焦虑。"眼看高考一天天临近，自己事先制订的复习计划不能按时完成，内心万分焦急，无法安心学习，老是担心影响即将到来的高考，晚上睡觉时常常做噩梦。"

神经过敏性焦虑，即不仅对特殊的事物或情境发生焦虑反应，而且对任何情况都可能发生焦虑反应。比如，在遭受一连串的挫折打击后，人就容易变得心情沉重、烦躁不安，本来与自己无干的事情也会惹得心里不痛快。

道德性焦虑，由于违背社会道德标准，在社会要求和自我表现发生冲突时，引起的内疚感所产生的情绪反应。

（2）**攻击**。攻击是指当人受到挫折时，常常会引起愤怒的情绪，因而出现攻击性。一般的说，它可以分为直接攻击和转向攻击。

所谓直接攻击，就是谁使自己遭受了挫折，就报复谁。谁招惹我，我就"揍"谁。当然，"揍"的方式是多种多样的，有怒目而视，有打斗，有嘲笑谩骂，也有文字和漫画攻击。心理学家希尔斯（Sears，1940）曾对一群大学生进行实验，先令其彻夜不眠，告诉他们不能睡眠是要观察失眠后对疲劳的影响，并且告诉他们夜间将提供食物、饮料及游戏器材等以消磨时间，但到实验开始后却什么也不给他们，且严格限制不许吸烟，禁止交谈，还要保持清洁，以此制造挫折情境。实验结果表明，受试者多表现为直接攻击但方式不同。有的辱骂实验主持者；有的同在场的管理者争辩；有一被试者甚至在墙上画了一个四肢不全，遍体鳞伤的人像，并写上"此即心理学家！"

什么叫转向进攻？转向进攻就是，有人使自己蒙受挫折，但是这个人是有权势的，自己不敢惹，那么就把自己因挫折而来的痛苦发泄在他人身上。转向攻击可分为三种情况：

第一种是慑于对方的权势而不敢直接进攻，或碍于自己的身份不便直接攻击，只能采取间接进攻的方式宣泄对对方的愤怒。例如，指桑骂槐就是转向攻击的典型形式。

第二种情况是迁怒于他人。《华商报》报道，2009年

6月12日,19岁考生张聪在西安一书店里连砍3人致1死2伤,他与书店店员没有任何纠纷,他行凶的理由简单得有些可怕:没考好,想死。据了解,伴随着高考到来,张聪逐渐从一个虽然行为有些孤僻、思想有些怪异但热心帮助同学的学生,演变到最后的行为异常。他曾在模拟考试考场上痛哭过,"越临近高考,他的状态越不好。"

第三种情况是迁怒于自身。有的人遭受重大挫折后,由于既不能把矛头指向对方,也不能指向他人,于是就采取自我惩罚。比如,2009年6月25日,安徽滁州天长市汊涧一名学生的高考成绩虽然比安徽省的二类本科大学录取线高出了10分,但他仍感到无脸见人,于当天晚上9点自杀身亡。

(3)**退缩**。与攻击行为相反,有的人在遭受挫折后是以退缩的方式适应挫折情境。退缩通常分为三种情况:冷漠、幻想和依赖性。

冷漠是指人对挫折情境表现出冷漠和无动于衷的态度。比如,一个人社会责任感很强,在上学时积极为班级提出自己的建议,工作后总是希望通过所在的单位有所发展,非常关注集体的发展,但是他的一个又一个的建议不被采纳,想法总是因为各种主客观原因而搁浅,那么他对社会的那份热情逐渐被削弱,对集体和他人的事情表现得越来越冷漠。长期的挫折容易使人变得冷漠。当挫折情境表明个人的抗争已经毫无希望的时候,人也会变得毫无热情了。

幻想是人企图以自己想象的虚构情境来应付挫折,借以逃避现实,求得心灵上暂时的满足。比如,一位北京大学的精神科教授曾讲到发生在北大的这样一种现象。每年新生入学时,总有一些高考落榜的人也和新生一起到教室中上课。原来，北大是他们心中向往已久的理想学校，他们认为自己就应当到北大读书，尽管他们在高考中名落孙山，没有考上北大，但是却把自己假想成也考上了北大，所以也和新生一样到校上课。

依赖性是指有的人在遭受挫折后总是寻求精神寄托，以缓解受挫后的不安情绪。如，一个重点中学的男同学，因适应不了学校紧张的学习而退学。他躲在家中不敢见自己的老师和同学，常常伏在妈妈的大腿上哭泣，事事也离不开他的妈妈，对母亲有很大的依赖性。又如，有些青少年在家庭中得不到温暖，在学校学习成绩也不是很好，因此他们得不到家长、老师和同学的尊重和信任。于是，具有类似情况的同龄人常常结成小的圈子。当然，这样的圈子如果发展成扰乱社会治安，危害社会就走到了犯罪的边缘。他们之所以结成团伙，其根本原因在于他们可以彼此获得归属感，得到认同，寻求精神上的慰藉。这种依赖是对小团体的依赖。

（4）**退化**。本来，按照人的自然发展，应当是随着年龄的增长和阅历的丰富，一个人的心理和行为发展水平会不断提高。但是，在遭受重大挫折后，有的人的心理和行为水平反倒不如以前了，表现出与自己年龄不相称的幼稚行为，退回到原来较低的心理发展水平，这就是所谓的"退化"。比如，在受挫以前，一个人可能做事非常果断，很有主见，但是在受挫后却变得优柔寡断；有的女同学在考试失利后跑到宿舍哭泣；有的同学在遭受挫折后变得意志消沉、学生心不在焉、学习效率低下，而且还对其他同学吹毛求疵等等，这些都是受挫后心理和行为水平退化的具体表现。

（5）**固执**。固执是指有的人在遭受挫折或威胁后被迫重复某种无效的动作。固执通常的表现形式有惊慌失措、破罐破摔、强迫等行为。人都有惊慌失措的体验，比如在马路行走时突然迎面开来一辆汽车，这时有的人可能意识到眼前的危险，想立刻躲开，但是情急之下却迈不动步，愣愣地站在那儿，无法控制自己的身体。

强迫行为也是一种典型的固执行为。比如，有的同学在考试中，反反复复地演算一道题，自己明知道已经演算了两遍，却控制不住地还去演算，耽误了许多宝贵的时间，这可能与他在接连的几次考试中发挥失常有密切的关系。

在遭受挫折后还会出现一些其他情绪性反应，如缺乏安全感、多疑、逃避等。历史上有名的典故"草木皆兵"中的前秦符坚以及《三国演义》"空城计"中的魏将司马懿都是在遭受兵败后变得缺乏安全感和多疑。这种反应在实际生活中也很常见，比如，你昨天因犯错误受到老师的严厉批评，自己感觉自尊受到伤害，那么第二天你来到班上，看到一些同学正在议论什么，可能根本与自己无关，但是你心中不免要犯嘀咕，疑心他们是不是在议论自己，而假如是在平时，你可能会凑到跟前听听在议论什么，或许还会插几句嘴，发表自己的观点。

所谓逃避，就是躲开不愿意或不敢接触的事物。比如，与空军飞行员以及他们的家属谈话，忌讳谈论飞行事故，其实这本身就是在迁就飞行员和他们的家属对飞行事故的逃避心理。再如，一个女生在上高中时与同宿舍的同学打过一次架，发生一次大的冲突，事后她特别不愿意回到那所中学，甚至不愿意回到那所中学所在的城市。在上大学后，开学初又和同学发生一次小的冲突，事后她唯恐人际关系不好，她特别不愿意回宿舍，越是想好，心理压力越大，以至于每次回家后返校，临上车前自己都要哭一次，特别不愿意回学校。这是一种较为严重的逃避心理。

人遭遇挫折时的第一反应是情绪性的反应，带有很浓的本能色彩，这无论是对于弱者，还是对于强者。所不同的是弱者始终是情绪和本能主宰着自己，成为情绪和本能的奴隶，不再拥有理智了，而强者在经过一个时期的痛苦反应之后，逐步冷静下来，做出理智的反应。

所谓理智性反应，是指在遭遇挫折后逐步冷静下来，开始面对现实，审时度势，对挫折采用积极进取的态度。比如，金庸少年时代就立下了成为外交官的志向，为此他曾在专业学校就读外交系，系统学习过国际法。1948 年他远赴香港，在《大公报》任职，但这并没有改变当外交官的想法。在新中国成立后，金庸自认为报效祖国的愿望到了该实现的时候，于是在他人的引荐下，他离开香港，北上到外交部求职。当时主管外交部工作的领导乔冠华推荐他先到中国人民大学读书，或到外交学会工作，然后争取入党，再争取到外交部工作。对于这样的安排，金庸接受了。只要能当外交官，怎么办都行！但是，在进人民大学读书的手续办好之后，金庸突然意识到，这条道路自己走不通！他又详细考虑了一遍到外交部求职的可行性：自己祖上为官，属于"压迫阶级出身"；自己受的教育，自己的思维方式都与新中国的不一样，很难入党，又怎么可能进外交部工作呢？金庸这次北上外交部求职受挫所付出的代价是很大的：外交部没进去，《大公报》的工作给辞了，为北上而不顾妻子的劝阻导致两人感情出现破裂而致日后的离婚。代价这么大，却走不通了，这对任何人都是巨大的挫折，如同晴空霹雳一般，但金庸在一番痛苦的挣扎之后又回到了香港。1959 年，金庸 35 岁，抵港已 11 年了，

他对自己的这段时间做了一个总结：北上投效外交部失败，婚姻失败，唯写武侠小说成功。他迷途知返，这才有日后名满香江的传奇故事。

逆境升华也是一种受挫后的理智反应。人在遭受重大挫折后，往往在心理上积蓄一股不良的情绪能量，既定的目标无法实现，不良的情绪能量无处宣泄，这时就会选择一种安全又符合自己志趣的领域，使自己的这股能量得到发泄，同时又能满足自己的发展需要、实现自己的社会价值。这就是所谓的"升华"，正如司马迁在《报任安书》中所言："文王拘而演《周易》；仲尼厄而作《春秋》；屈原放逐，乃赋《离骚》；左丘失明，厥有《国语》；孙子膑脚，兵法修列；不韦迁蜀，世传《吕览》；韩非囚秦，《说难》、《孤愤》，诗三百篇，大抵圣贤发愤之所为作也。"

任何一个做成大事的人，没有一个少遭遇挫折的。事情做的越大，挫折的来势越凶猛。遭遇挫折的第一反应，这些伟人、英雄、成功人士和普通人没有什么两样，区别仅在于他们会很快地冷静下来，做出理智的反应。孟子为什么说"天将降大任于斯人也，必先苦其心志，劳其筋骨，饿其体肤，空乏其身"？你想啊，人经过挫折的反复打磨之后，人经历的事情多，人的情绪性反应也就少多了，剩下的当然就只能是冷静了。在缺乏经验和阅历的精神准备时遭遇挫折，人的情绪反应才强烈。冷静了，冲动少了，人做事情的能力自然就会强大起来。

无论人面对挫折做出何种反应，每次反应都在人的性格上烙下痕迹。一般来说，挫折越大，痕迹越深，对人的性格影响越大。唐朝开国皇帝李渊从小是孤儿，七岁就继承了父亲的爵位唐国公。可以说，李渊是在衣食无忧，但却是在父母双亡的背景下长大的。虽然李渊的姨母对他很好，但是毕竟不能等同于父母的关爱。幼年就失去父母关爱的李渊变得对环境特别敏感，从小就学会对别人察言观色和揣摩别人的心思，因为没有人能像父母那样帮助自己，一切都得依靠自己，他要争取有利于自己的社会环境，所以他的性格变得敏感，因为他能够敏感地知道别人的想法，所以他也能够理解和包容别人。敏感而包容的性格对于保护自己，开创基业是非常有利的。李渊有自己的政治抱负，他交了朋友很多，他想实现自己的雄心壮志，但在朝廷中他怕被皇帝看出来，于是就用各种办法来掩饰，装得还不错，所以，最后隋炀帝并没有真的向他动手。李渊的性格特征，做事很谨慎，胸有大志，隐而不露，以及能够团结人的能力对于他以后打天下来说都是非常有用的。

经过政治磨难的人往往有一些相同的个性特征，如少言寡语，有较强的封闭心理，虽然他们对问题有深刻的见解，但不会轻易发表看法，尤其是对于政治问题，绝不轻易表明自己的观点，因为他们晓得其中的风险。为了保护自己，他们委曲求全，与世无争，安于本分，独善其身，对于政治的兴趣越来越淡，开始埋头于业务活动，以清高、超脱维持心理平衡，等等。

人的性格所发生的这些变化，比如少言寡语、明哲保身、委曲求全等等，会使人尽可能地远离这些挫折源，避免遭受更严重、更频繁的挫折。性格的变化是人的一种自我保护的本能反应，虽然这也会使自己感觉到痛苦，但相对于直接的、硬性的挫折来说，多少是要轻松一些。

挫折引起的个性的变化，有消极的，也有积极的。巨大的挫折往往会把人推向两个极端，一个是使人变得更加软弱，另一个则是使人变得更加坚强。

人在挫折面前所出现的种种反应和变化，都是免疫系统，也就是人的心理防御机制，发挥的作用。人的挫折防卫机制主要包括升华、补偿、压抑、迁怒、文饰等。

（1）**升华**。升华是一种积极的挫折防卫机制，是指人在遭受挫折以后没有长期沉浸在受挫后的痛苦中不能自拔，而是将痛苦化为一种具有建设性的动力。升华不仅可以使原来的动机冲突和受挫后的不良情绪得到化解和宣泄，而且也是许多人走向成功的起点。比如，歌德在失恋后把自己内心的痛苦升华为文学艺术的创作，写下了风靡世界的《少年维特的烦恼》，引起了无数失恋者的共鸣。

（2）**迁怒**。人们在遭受挫折时，常会对使自己遭受挫折和烦恼的人进行攻击，但是慑于对方的权势地位，或碍于自己的身份，不能对引起挫折的真正的人直接进攻，便把自己的愤怒发泄到其他的人或事物上。那些软弱的、没有力量对侵犯性行为进行还击和自卫的人常被人当成替罪者（俗称"替罪羊"）。

也有这种情况，挫折来源不明，没有明显的攻击对象，有时甚至当事者也不知道为什么要进行攻击，反正就是感到不顺心，这可能是日常生活中琐碎挫折积累起来的压抑情绪而产生的综合影响，情绪长期处于低潮状态，就会造成所谓"无名烦恼"。这种情况也会出现"薄积厚发"的迁怒他人的现象。

除了迁怒这种形式外，还有很常见的投射作用。投射是指人将自己不喜欢的、不能接受的而自己具有的观念、态度、情感、欲望以及某些性格特征转移到别人身上，认为别人也这样。这就是所谓的"以小人之心，度君子人之腹"。比如，有的人特别爱说别人的是是非非，其实，他本人就是一个是非人；有的人特别自私，却总说别人很自私。弗洛伊德提出，当存在于人的潜意识中的各种本能冲动，如饥、渴等得不到满足或受到压抑时，人就会把这种冲动或欲望转移到别人或周围事物上。人如果在这方面被压抑了，就在其它方面表现出来。他认为，社会偏见等现象都来自于投射作用。这种防卫机制可把人的欲望、态度转移到别人身上，也可把自己的错误归咎于他人。

（3）**压抑**。人在遭受挫折后，把意识所不能接受的、使人感到困惑或痛苦的思想、欲望和体验不知不觉地赶到潜意识中去，使其不为自己所知觉，以解除自己心理上的负担和紧张，这就是所谓的"压抑"。压抑是弗洛伊德精神分析理论中的一个重要概念。按照弗洛伊德的观点，人每当回忆起痛苦的往事或发生冲突时，常有意识地予以压抑，将其排斥在记忆以外。因此，压抑也被称为动机性遗忘，或主动遗忘。不过，被压抑的痛苦经验或冲突，并没有真正消失，它只是由意识境界转入潜意识的境界，而且常常设法以伪装的方式出来活动，以求得暂时或象征性的满足。比如，梦中行为就是被压抑的愿望趁意识辨别作用低弱时出来活动的现象。

压抑是一种重要的逃避性挫折防卫机制，它能帮助当事者控制某些不适当的冲动，减轻不愉快经验的打击，暂时避免严重的困难，待有能力的时候再做出应付。但是潜意识中蕴藏的痛苦与被压抑的冲动过高，超过了意识管制能力时，个人的人格就会变态，出现心理失常或心理疾病。比如，在19岁青年高考失利连砍3人致1死2伤的案件中，青年张聪行凶的残暴程度所反映出的就是他内心压抑的程度。

（4）**退化**。有的女同学在受到老师的批评，或考试不理想时，常常捂着脸跑回宿舍，号啕大哭，或蒙头睡大觉。这被称做"退化",也是一种逃避性挫折防卫机制，是指人在受挫后，采取倒退童年或低于现实水平的行为来取得别人的同情和关怀，从而逃避紧张和焦虑。按照精神分析理论，退化是一种潜意识心理防卫机制，是指在内心冲突无法解决时，人的心理水平就会退回到较早期的、较幼稚的心理发展水平，从而出现相对幼稚的语言和行为举止。该学派用退化来解释一些日常行为和精神病学症状。比如，用退化解释成人在遭遇挫折时出现的幼稚行为反应；用退化解释癔病发作时的炫耀、表演行为，以及精神分裂症发作时的退缩、不与人交往等等。

（5）否定。在沙漠里生活的骆驼，当被追击得无法逃脱时，就把头钻进沙堆，危险看不见，似乎就等于不存在了。骆驼的这种应急方式与人类的"掩耳盗铃"在本质上是一致的。这其实是一种简单而原始的逃避性挫折防卫机制，被称为"否定"，人也同样存在。比如，一位女生的父亲在外出差时丧生车祸中。当她听到这个噩耗的时候，她怎么也不肯接受这个现实。在很长的一段时间内她精神恍惚，仍然坚持父亲还活着，只是没有办完事情还没有回来。后来，在心理医生的帮助下，她才逐渐恢复了理智，接受了这个现实。否定虽然暂时维持心理的平衡，稳定情绪，但是问题依然存在。

（6）补偿。我们都知道盲人的听觉、触觉都特别发达。这是为什么？原因在于盲人丧失视觉后，生存的需要促使其它感官的感受性大大提高，起到了机能补偿的作用。同样，一个人由于心理上的不适应致使目标无法实现而造成挫折感，便企图以种种方法来弥补这些缺陷，以减轻挫折感和心理不适，实现心理平衡，这被称为"补偿"。这也是所谓的"失之东隅，收之桑榆"。从广义上讲，补偿是以成功的行为替换原来失败的行为，或对原来行动的不足之处加以补充，使之完善。更确切地说，补偿是指个人由于生理上的伤残或其他方面的不幸给精神上造成很大的痛苦，感觉低人一等，从而发愤图强，发挥个人的其它方面的优势，使一定能力的缺陷由其它高度的能力所弥补。

不知道你是否注意过这样一种现象，当你走进名牌大学的校园时，你会发现那里的女学生多是其貌不扬。而当你走进一般的院校，你可以轻易发现漂亮的女生。当然，这不是绝对的。我们不禁要问：这是为什么？其实，这个为什么不难回答。人都是在努力追求一种优越于他人的感觉。如果自身自然条件较好，如相貌出众，她可以不需要特别的努力就可以得到别人的关注，使自己产生某种优越感，实现了一种心理的平衡。而那些自然条件不是特别出众的人，只有通过自身努力达到某种骄人的业绩来补偿自然条件的不足，使自己也产生某种优越感，从而达到内心的平衡。这虽然不是她们成功的全部理由，但是这种补偿心理肯定是起了重要的作用。

（7）认同。有句话说，榜样的力量是无穷的。青年人都喜欢读名人传记，常常为自己所喜欢和崇拜的英雄人物的事迹所感动，当自己也遇到苦难时，会不由自主地联想到这些人在遭遇挫折时克服困难的做法，无形之中自己也会受到鼓舞，自觉不自觉地模仿他们的做法去克服困难，这就是所谓的"认同"。例如，苦不苦？想红军两万五，自己的这点苦跟红军战士长征时的苦根本就没法比，于是人就会产生克服困难的勇气和信心。

认同是一种挫折防卫机制，是指人在遭受挫折而痛苦时，效仿他人获得成功的经验和方法，使自己的思想、信仰、目标和言行更适应环境的要求，或者是把别人具有的、使自己感到羡慕的品质加在自己头上，以提高自己的信心、声望、地位，从而减轻挫折感。比如，在北京大学，每年新生入学后，工作人员都要驱赶一些"冒牌学生"。这些"冒牌学生"也和其他正式学生一样规规矩矩地上课，但是他们却是北大的落选者，他们在高考失利后，无法接受落选的现实，于是采用"认同"的方式以维护心理上的平衡。精神分析心理学认为，一些精神病人的特殊表现，如那种显贵血统的妄想，自居为先知、神人、伟人的夸大妄想，也被看作是认同的防御机制。

目前，青年人中属于"追星族"的人很多，追得程度也很强烈。比如，歌星谭咏麟 N 年前来上海时，入场券卖到 100 元一张，还供不应求，被场外炒到 300 多元。当谭咏麟登场时，体育馆便立刻人声鼎沸，激情高昂，一批批"发烧友"拍肿了手掌，喊破了嗓子，还争着与歌星握手、签名，更有一个大胆的女孩冲破重重阻挡，把自己亲手赶制的幸运环挂在偶像的身上，亲吻巨星的脸颊。这是需要极大的勇气和拼劲儿的，事后她告诉记者，刚才的一幕如在梦境中。在西方也一样，超级明星所到之处都会迅速刮起一股追星的狂潮。究其原因，人生活在现实中总有这样那样的缺憾和不足，而这些又难以满足，比如，高中生正处于青春期，都会萌发一种对异性的倾慕，但是这种情感需要很难以社会允许的方式得到满足，或者现实中的异性不够理想，而对明星的崇拜确是相对安全的、可以公开的，满足了人在感情上的需要，于是"追星族"就成为一种普遍现象。从这个意义上讲，认同也是一种替代性挫折防卫机制。当然，青年人不应把自己局限在歌星、演员明星、足球明星，还应当把追星的范围扩展到科学家、企业家、政治家、大律师、设计师等等。如果多读一些名人传记，就能从更深层次把握这些人物的思想、感情，也使自己的思想、感情尽快地成熟起来。

（8）**文饰**。有的同学在考试中连续失利后，就一再宣称："我不喜欢高考，我认为高考是在埋葬自己。三年的奋斗只是为了高考，这与科举考试有什么区别？"他的慷慨陈词背后其实隐藏着内心的一种深深的失败感，他的这些强烈的言辞实际上是一种托词，当然其中也包含着迁怒的成分。使用这种托词本身就是自觉不自觉地运用一种被称为"文饰"的挫折防卫机制。所谓"文饰"，是指个人的动机或行为不符合社会行为准则时，或不能达到个人所追求的目标时，为减轻遭受挫折的痛苦和维护个人的自尊，对自己的行为寻找借口做出某种解释。文饰有以下几种表现形式：①以个人的好恶为理由，掩饰错误，维护自尊；②怨天尤人，将错误或过失归因于个人以外的原因，或推卸责任，以减轻内疚；③将不合理的行为解释为事实上的需要，似乎是不得已而为之；④用别人作过的行为来解释自己行为的合理性。

用文饰的防御机制来掩饰自己行为的例子，在日常生活中很常见。比如，有的学生考试成绩不理想，便责怪老师题出得太偏太难；有的人很想参加舞会，但是自己却不会跳，又不好意思告诉别人，就推说自己不喜欢跳舞，而喜欢安静等等；临近年关的时候，如果不小心摔破了碗碟，人们常常说"岁岁（碎碎）平安"，这样用某种象征性的活动来抵消已经发生不愉快的事情，以此达到心理上的平衡。这被称做"抵消"。

当然，如果人的掩饰能力达到一定的水平时，就可以称为"幽默"，从而体现出一种较高的文化修养。比如，古希腊大哲学家苏格拉底一次在与客人交谈时，他那脾气暴躁的妻子突然跑过来骂了苏格拉底一通，并把一桶水浇在苏格拉底的头上。对一般人来说，这很伤体面，一场吵架必不可免。苏格拉底笑了笑，对客人说："我就知道，打雷之后，接着一定会下雨的。"尴尬的局面就解除了。再如，一次，歌德在公园里散步，在一条小径上迎面撞见曾经对他的作品进行尖锐指责的批评家。那位批评家性情暴躁，看到歌德极不礼貌地嚷道："我从不给傻子让路。"而歌德冷静又不失幽默地说："我正好相反。"说完，笑着站在一边，让那位批评家通过。批评家自讨没趣，灰溜溜地走了。

挫折就如同闷棍一样，一棒下去可以把人打倒，也可以把人打醒。彻底被打倒的人从此一蹶不振，而被打醒的人一下子提高了认识深度，后者就是人们常说的，吃一堑长一智。还是古希腊哲学家德谟克利特（公元前460 - 370）的那句名言说的好，使愚蠢的人学会一点东西的，不是言辞，而是厄运。这句话说得有点太刻薄了，其实，即使是聪明的人，也可以从挫折中学习到重要的东西。

人有一种惰性，在一帆风顺时往往沉浸在成功的喜悦中，很难主动地去反省自己，思考社会和人生，头脑中充满的是如何扩充自己的既得利益。只有陷入困境，遇到挫折的时候，才会冷静下来反省自己，体验到社会上的世态炎凉，深刻地体会人的本性。简单地说，挫折把人变得深刻起来。

从挫折中受益的一个群体就是文学家。世界上最著名的文学作品，几乎都是悲剧。作品是悲剧，作者同样带有浓厚的悲剧色彩。正是作者才使他们有机会体察人间百态，领悟到人生的深刻含义，加上自身的文学天赋，他们就能够创造出引起千万人共鸣的作品。受挫折之后人都有一种表达欲、宣泄欲。可以说，认识深刻＋表达欲＋语言天赋＝作家的成功。台湾作家三毛每次在文学上的成功都是在情感遭受重创之后。试想，如果她的爱情生活始终是幸福的，每天都生活在快乐的旋涡中，可以断言，她很难写出风靡世界的作品，因为幸福和安逸不会使她产生创作的冲动和欲望，也不会有理性的思考。试想，如果曹雪芹的家族没有走向破落，他本人的生活价值和生活理想没有被褫夺，很难想象他会创造出揭露和鞭挞封建社会的文学巨著《红楼梦》；如果歌德没有在韦茨拉尔的失恋，很难通过文学艺术的形式道出人们初恋时的情感波动，也谈不上震动文坛的传世之做《少年维特之烦恼》。

挫折带给强者的是深刻的认识和坚强的性格，而深刻的认识和坚强的性格凝聚在一起，带给人的只能是成功，而且是更久远的成功。史玉柱是个大起大落的著名人物。从一穷二白的创业青年，到全国排名第八的亿万富豪，再到负债两个多亿的"全国最穷的人"，再到身家数十亿的资本家。1989 年，辞职下海，在深圳研究 M—6401 桌面中文电脑软件，获得成功。负债 2 万元在《计算机世界》上刊登广告，4 个月后，销售额突破 100 万元。史玉柱一年成为百万富翁，两年成为千万富翁，三年成为亿万富翁。1994 年，他领导的企业巨人集团的经营范围由计算机扩充到生物工程，推出"脑黄金"，并一炮打响。他领导下的巨人集团创造了年增长 300％ 的经济奇迹，资产一度达到 10 亿元。但是，由于扩张得太厉害和 70 层的巨人大厦的建设工作，一下子使他的事业跌入低谷，一下子成为负债两个多亿的"全国最穷的人"。失败后，史玉柱蛰伏了一段时间，他认真反思，总结自己成功与失败的经验教训。1998 年，史玉柱又开始做脑白金。2004 年 11 月，史玉柱又成立了征途公司，进入网络游戏产业。2008 年 9 月 9 日，《福布斯》杂志网络版公布了全球互联网富豪排行榜，史玉柱以净资产 28 亿美元的身价排名第 7 位，为华人之首。经过一番火与水的考验之后，可以肯定史玉柱的道路会走得更加沉稳，更加的长远。

古人曾有言："冬日冰冻如不固，则春夏草木虽长而不茂。"意思是，如果大地不经历冬天严寒的封杀，那么春夏之交的草木的长势就不会茂盛。人生也是如此，如果不经历千辛万苦，没有饱经风霜，就不能取得人生的胜利。所以，卢梭这样说："痛苦这件事，是一个人首先必须学会的事，因为只有懂得了它，才可能有将来的美好。"历史已经在不断地证明着这个规律：无论是过去还是现在，也不论是东方，还是西方，那些能做出了不起事业的人物，他们当中无论是政治家、企业家和艺术家，都无一例外地经受过挫折，经受了千锤百炼。对于每一个拥有自己理想的人来说，要想细致地体验人生。要想有所作为，就应当主动地接受人生的挑战，因为只有这样才能获得真正的人生价值。

27.

大学，梦想开始的地方

高考总算要结束了，现在终于可以长长地喘口气了。

回想过去，从小学到高中这 12 年，辛辛苦苦，连点起码的自由都没有，真是让人不堪回首。

现在终于确定自己要上大学，无论是什么大学，尽管大学生的就业形势很严峻，但毕竟圆了一个多年的梦想。

人在这个时候最想做的事情，就是赶紧与过去告别。长期堆积在自己眼前的课本和厚厚的复习资料，一度让自己感觉到厌恶，对于这些压得自己喘不过气来的东西，人的本能反应就是赶紧处理，眼不见为净。

让自己早点上大学，可以使自己马上换一个新的环境，至少摆脱了父母善意的唠叨。父母的这些善意唠叨已经让一些同学烦恼透了，个别人甚至想出去流浪，而出去读书不恰恰是最好的"流浪"方式吗？支持这种"流浪"方式，是父母法定的义务。有他们的经济支持，以上学的方式"流浪"是很好的赢得个人空间的方式。如果没有父母的唠叨，长期生活在一个狭小的地方这么多年，借外出上大学走出自己的出生地，到外面的大千世界去走走也是很诱人的一件事。

大学，尽管自己对大学没有多少了解，但那里一定是"解放区"。即使没有自己想象的那样好，至少比高中的生活要强得多。

"有足够的图书，有一个好的老师，有几个朋友，有足够的自由空间，最重要的是信息别封闭！"

"时间和空间！"

"有足够多的书可以够我看，有足够的时间够我睡。"

"美好大家都很珍惜……"

"每天早上起来晨跑，然后在学校草地上看书，在北京的阳光下骑着自行车逛胡同，周末背着白水和面包去各个博物馆和美术馆，在国家图书馆看古文……"

"我是今年参加的高考，可惜我还是没能顺利的进入大学。我也不知道是为什么老天要这样对一个如此喜欢大学生活的人。大学是我的梦，是我18年来最美的梦，我认为大学是最美好的，最幸福的，是最值得我们去体验的生活。可惜我没能成功。我不恨自己，不伤心，我只知道我的梦更近了，我不会放弃自己，更不会忘记我的梦想。我是幸福的，因为我有梦，我不会再在深夜无法如眠，不会再在教室蒙头大睡，不会再为了她旷课……明年就是我梦醒来得时候，放飞理想，一年卧薪尝胆，为时未晚，我会成功的，我的梦想，我的大学！"

这是一些高中生在网上论坛的留言。话里话外透露的信息，虽然有些模糊，但是却传递着他们对大学生活的憧憬。至少从基本生活保障上，大学应该比高中更好，起码在大学里有足够多的书可看，有足够的睡眠时间。

刚刚走进大学的时候，的确像自己想象的那样美好，这个时候你会想到用最美丽的语言去描绘大学的新生活。

"不知不觉我正站在大学校园的一寸方土上，呼吸这里的一丝新鲜，感觉这里的一点清新。大学生活就这样开始了。人生的三年时光已经画下了一定的跑线，你将沿着这一轨迹慢慢远行，大学时光对于我来讲是新鲜的，生平第一次远离故土，踏上求学之路。我对大学生活是模糊的，经多次调查，大家对大学校园生活的感受是二字——无聊，或许有那么一点原因吧！"

"三年高中生活是那么的紧张刺激。回想起来有点后怕，面对高三的紧张冲刺，努力考取大学之梦，大家是如此的奋斗，搏击梦想。而今，踏进大学校园，梦想实现了，内心的高度紧张已悄然逝去，留下的只有那种随心所欲。"

"是啊！大学生活是新鲜的。但不能说是放松的，应该更加紧张、精彩才是，或许这是人生之际最后的校园生活，之后将面对就业、生存。我想象中的大学生活应该是多姿多彩的。作为一名学生，除学习自己的专业，掌握一门技能之外，还应追求自己的业余爱好，充实自己的生活。参加学院的社团活动，来进一步锻炼自己，让自己的才能有用武之地，给自己的人生平添一分色彩，让美丽的人生划出精美的抛物线。"

"若对你来说大学生活是充实满载，那你头脑深处的无聊之感将悄然远去，留下的只有多姿多彩。"

读到这里，就不禁让人联想到人第一口咬苹果的感觉，爽！但是如果苹果连续咬下去，感觉就不同了。由于中国学生上大学缺乏深厚的兴趣点做专业的支撑，大家都是在懵懵懂懂的状态下填报的志愿，所以很快美好的感觉就会快速褪色，他们的豪言壮语很快就会变成空洞的口号。

"上过高四的人都曾努力地想象过大学生活的滋味。那般的憧憬……脸上总会漫上沉重的笑。心里想，上了大学，就不会这般的沉重了。可是，大一玩过了，上了大二，忽然变得懂事似的，知道就业的压力，于是，欣欣然，庆幸自己选的专业不错，可是，不错也是要代价的，超出其他专业的作业就说明了一部分。每门课都是，新奇的开始，草草的结束。有的时候在想，人的一生会不会草草地结束？"

"千万不要把你们心中对大学的憧憬真正地带到大学里面去，要知道理想跟现实生活是有很大的区别的，曾经我也跟你们一样大，高一时就已经开始梦想我大学的美好蓝图，可谁知道……不过，理想是要有的，我认为真正的大学不轻松，只有那些不想在社会立足的人才会认为大学很好玩。另外，大学在人们眼中的确是一个锻炼人的好地方，不过要知道，大学相当于一个小社会，钩心斗角，相互算计等等的一切都是很平常的一件事情，所以，赶快在高中找一个很要好的朋友吧，是那种真正的朋友。我记得在一中读书的时候，老师常常说赶快进入大学吧，那里怎么怎么样的美好……"

"初来乍到我内心充满期待，当我拖着大箱子跟在老爸屁股后头来报到时，一直在憧憬着如何在这里大有作为。而不久以后我发现大学生活与我想象中的落差很大，于是有些郁闷。课不多，我又不活跃，每天在宿舍忙着郁闷。我想如果我是个男生肯定会因希望破灭而每天借酒消愁，然而我是个还算乖的女生，只好把苦闷抒发在日记上。现在所写已与我的现状十分贴近了，心里不由自主一阵阵烦闷。前不久还因为考试成绩不好，又面临考不考研的抉择，内心矛盾痛苦不堪，一时激动给老爸发短信说'这样的生活还不如一头撞死'，当然，这只是口舌之快，然而不知老爸是怎么向我脆弱的母亲转述的，打电话给我时忧心忡忡旁敲侧击地劝我不要想不开，我问她怎么回事，她说你爸说你不想活了，我听了吓一大跳，看来老爸不懂年轻人的逻辑。当今大学生用'死'字表达苦闷，但只是语言上不是行动上。我还没有实现我大把挣钱大把花钱花园洋房养父母姥姥的凤愿，怎么能去死呢？看了几本关于大学生活的书诸如《草样年华》，都是抒发内心苦闷，难道大学生活都这样吗？仰或是只有苦闷才能激发人写书的愿望，那些每天积极向上，每次考试拿奖学金，生活充满阳光的大学生是想不起来写书的吧！回想我三年的大学时光，大都浮躁无所事事，在又一次面临强大竞争——考研时由于没有底气而退缩不前。当我在杂志上看到'我是一粒微尘'这样的句子时，突然燥热的内心冷静下来。一粒微尘，任风驾驭，她没有掌握命运的能力，但她会在风中飞舞盘旋，陶醉其中。我想也许我们这些芸芸众生，各自走不同的路，努力或放任，积极或消沉，但最后的归宿都应相同。殊途同归。"

"进校三年了，说实话我什么也没有学到，即使有也很少。当我第一次走进这个地方，我就觉得和我的想象不一样，现在的大学都不是我想的那个样子了，不只是这个学校。那时的同学有很深的感情，可现在呢？不是一个宿舍的几乎就谈不上什么感情，大家自己做自己的事，没有谁会真心的关心过别人，都大学三年了，可是有几个人在大学找到了知心朋友?? 好多的同学每到星期日就去找自己的老同学，为什么??? 我们为别人，为自己做了什么? 不要说，是我们不自己争取，因为我知道那有多虚伪。我大三了。我想：有的东西，我还是能看懂的。要毕业了，我不知道我的大学生活给我留下了什么，我想过，可是我想不出来，没有!!! 这是我们学习者的悲哀，是教育模式的悲哀，还是学校管理的悲哀? 是社会发展的悲哀，还是人性泯灭的悲哀? 上了四年大学可什么也没给自己留下，我不想这样对待自己，可又不得不这样! 这真的不是我想象中的大学生活。"

读了这些，似乎有一种刚逃樊笼，又落虎口的感觉。支撑着人挨过中学时期艰苦生活的一线希望，就是早日进入大学这块解放区。大学这块"圣洁之地"几乎凝聚了人生所有的美好梦想和希望，可是没有想到到了大学还要继续蒙受精神上的痛苦，其痛苦甚至比中学的还让人难以承受。

当然，大学和高中时的痛苦是有区别的。高中生活是紧张和压抑，而大学生感到痛苦是因为无聊和乏味。

在高中，学生每天经受着紧张和压抑对人的精神的折磨。学习内容缺乏让人感兴趣的地方，每天面对着堆积如山的、几乎让人窒息的复习资料，那种滋味只有当事者——高中生本人最清楚。恐怕尽快摆脱这种令人压抑的、紧张的学习生活就是支撑着学生坚持下来的一个强大动力。

在大学里，虽然有了足够多的睡眠时间，也有了一定空间选择和安排自己的生活和学习，但是学生很快就陷入了另外一种尴尬的生活状态——无聊和乏味。有人问了，那不是都有专业吗? 专业是有，但大多数人是填报志愿那几天仓促选出来的，缺乏深厚的兴趣作为专业学习的支撑，所以学了以后发现这并不是自己所感兴趣的。这就跟闪电恋爱、闪电结婚一样，因为不了解而走到一起，最后又因为了解而分道扬镳。

雪地行军，人最怕的就是患上雪盲症。得了雪盲症，人的眼睛就会出现视力模糊、流泪、怕光、刺痛、异物灼热感、眼皮水肿等症状。如果士兵患上雪盲症，他们就将失去战斗力，更可怕的是军队会因此迷失行进的方向，这是非常危险的事情。人们一直认为，雪的强烈反光是使人患上雪盲症的根本原因，但是当人们戴了墨镜之后，雪盲症仍不可避免。美国陆军部经过研究得出了结论：导致雪盲症的原因并不是雪地的刺眼反光，而是它的空无一物。研究者认为，人的眼睛其实总在不知疲倦地搜索世界，从一个落点到另一个落点。要是连续搜索而找不到任何一个落点，它就会因紧张而失明。所有的眼睛都在搜索世界，搜索世界的眼睛不怕光怪陆离，却怕眼前空空一片。美国陆军对付雪盲症的办法是，派先头部队摇落常青灌木上的雪。这样，一望无垠的白雪中便出现了一丛丛、一簇簇的绿色景物，搜索的目光便有了落点。

生活没有目标，是大学生无聊和乏味的根源。另外，严峻的就业形势又加剧了学生的痛苦。一方面知道工作不好找，但是工作又必须得找，另一方面却又不知道从何处下手为找工作奠定基础。自己也想做些事情，学一些自己需要的东西，但是却不知道自己真正应该学什么，每天就这样按部就班地生活，体内积攒的能量无处消耗，所以这种无聊乏味的生活注定是痛苦的。

目标是理想的直接反映。兴趣是滋生理想的温床，理想是兴趣的升华。大学生学生缺乏理想就意味着他们的学

习活动缺少兴趣基础。确实，在整个基础教育阶段，学生几乎是没有学习兴趣可言的，这一点学生、学生父母和教师都有深切体会。为啥没有兴趣？应试教育决定了学生只能学习那几门考试科目。

本来，人与人之间有差异。如果人能够自主自己的学习，那么学习的内容和方式必然是有差异的。人在学习的时候势必按照自己擅长的、感兴趣的内容和方式学习，这样学校里呈现出来的必然是万紫千红、多姿多彩的学习景观。然而，在中小学阶段，本来是学习主人的学生却成了一定程度上的被动学习者，只有埋头学习的份儿，没有任何选择的权利。

至于说中小学时期的各种兴趣、特长班，如音乐班，绘画班，奥数班，作文班，舞蹈班，围棋班，英语班……虽然多如牛毛，但是没有一样儿是出自孩子本人的兴趣，确切地说，这些兴趣班多是父母的兴趣点，而非孩子的兴趣点。这些所谓的兴趣班不过是应试教育的另外一块战场。

一个人长期生活在不能自主的被束缚的状态中，突然有一天给了他自由，他一定是非常不适应的，这就如同一个人长期生活在黑暗中，现在突然给他一片光明，他的眼睛会产生强烈的刺痛感，睁开眼睛都是困难的。

长期的应试教育已经严重地窒息了青少年的兴趣和爱好，现在到了大学一下子让他们找到自己的兴趣和爱好，并在兴趣和爱好的基础确立人生的理想和奋斗目标，这种任务的难度就相当于硬要生长周期本来为 9 个月的小麦在 1 个月内完成生长期一样。

高考目标的确立是简单的，简单到了几乎不需要人的考虑和权衡。而大学生的目标则是今后一生的奋斗目标，这个目标的确立需要建立在个人的兴趣、才能和社会需要的基础上。发现自己和认识社会都是很复杂的事情，不可能一蹴而就。即便是步入社会多年的人，要找准自己的人生坐标，也不是件容易的事情。

从兴趣的种子长成一棵理想的参天大树，需要一个较长期的过程。中国的应试教育在人生发展最迅速、最关键的青少年时期几乎没有为人的丰富多彩、姿态万千的兴趣留下任何滋生和发展空间，这就等于在种子萌芽的阶段就被掐掉了。现在到了大学，人突然一下子有了自由的选择的空间，但是因为兴趣的种子早已被湮灭，所以大学生注定无法在短期内发现自己的兴趣点，这就决定他们的精神生活处于无目标的状态，无所事事必然成为他们生活的主格调。虽然大学生都有各自的专业，但是通常的情况是学习兴趣和专业并不一致。

大学生要发现自己的兴趣，确立自己的理想，最简便的办法就是主动地、广泛地接触自然界和生活。东碰碰，西摸摸，前挪挪，后退退，说不定什么时候就能撞上自己感兴趣的东西。通过不断的尝试，逐步发现自己的兴趣所在。当然，以这种方式发现的兴趣，由于生长期较短，其根基往往是不稳固的，这就如同长得快的木材，其木质一定不会是最上乘的。可是，有总比没有强啊，骑着马找马吧！

这就与美国的高等教育有差距了，美国学生是带着积攒了多少年的相关资料进的大学，上大学对于他们来说不过就是升华，是过去兴趣的深化和延续，而中国学生上大学几乎是不带任何资料，他们只是到了大学阶段，才对所选择的专业形成初步的认识。学习的结果自然就是可想而知了。

现实是难以改变的，差距也是难以弥补的，但是如果在高中阶段就开始尝试着发现自己的兴趣点，从市场前景分析开始逐一分析各个专业的走势，如果发现适合自己口味的，就早早定下来，并开始有意识地收集与专业相关的各种资料，有点工夫了就开始学一学，这样填报专业和目标学校根本就不需要任何的权衡和选择了。报志愿省事，而上了大学则更像是羊羔发现了肥美的草地一样，尽情地吃，尽情地喝，学校的资源全是供自己利用的，哪里还有工夫无聊和乏味？任何专业，只要你挖掘得深入，都是有市场需要的，所以找工作根本是不需要发愁的事情。这样的大学生活才会是有目标的生活，紧张、充实，有乐趣！

附录：作者与高中生在线交流精粹

1. 我的意志力很差啊，看不进去怎么办啊

大副 20：09：24　你好，这些日子学习状况如何？

梦琳儿 20：17：32　还行吧。老师，我现在在家呢！

大副 20：25：17　在家复习环境更好，自主性更强。

梦琳儿 20：31：35　我的意志力很差啊。看不进去，怎么办啊？

大副 20：32：54　意志力差，表明你主观愿望是想做好，可对自己所做的事情并不感兴趣。当一个人做自己喜欢做的事情的时候，人的感觉是愉快的，根本不需要刻意的意志力。

梦琳儿 20：34：09　对，我厌烦啊。

大副 20：34：57　看不进去的时候就索性不去看，或者是出去活动活动，逛逛街。看不进去，还要硬逼着自己看，所做的只能是无用功，而且会导致恶性循环，使自己的学习变得更加厌烦。

梦琳儿 20：36：27　嗯。

大副 20：36：49　从主观上，你还是很上进的。

感触：像梦琳儿这类学生是最有代表性的，知道努力，可是对于所努力的东西却并不感兴趣，这样的学习是最累的。2009 年 6 月 11 日，她在博客上发表的个人日记上这样写到：毕业了，高兴！无论以后的路是多么的难走，我依然高兴，离开那里了，终于离开那里了，一个让我郁闷

的地方，我要对过去说再见，忘记过去，一切与我无关。这就是应试教育带给学生的感受。

2. 我对学校不满，我也受不了这儿的人满脑子都是幻想

大副 14：41：52 你希望你将来做什么？

じジ泪己 14：42：57 那就是不知道自己想干什么，也不知道能干什么。

大副 14：44：35 你现在学习状态不好，是吗？常常感觉到浮躁？

じジ泪己 14：44：59 懒的学了。

大副 14：46：20 你知道什么是学习吗？学习为什么吗？

じジ泪己 14：46：52 不能因为学习而学习。

大副 14：47：15 对。

じジ泪己 14：47：21 既然选择了学习，就应该努力的去学习？

大副 14：47：31 也不完全是。

じジ泪己 14：48：58 人的精力很有限…现在的教育体制毁了很多人。

大副 14：49：29 关键在自己，我还没上过大学呢！

じジ泪己 14：50：39 不对…其实学校本身的教学质量和环静也很重要。

大副 14：51：45 的确是重要，但是同样的环境，为什么个人的学习状态不同？关键在自己，多从自身找原因。连自己都改变不了的人，如何改变环境这么强大的现实力量？其实，能改变的也就是自己了。

じジ泪己 14：53：24 超负荷的学习只能事半功

倍……我们学校就是这样。

大副 14：54：53 弊端是一定有的，不过，你要再想享受应试教育的折腾，也没有多少时间了。既然根本就管不了，何必白费心思呢？

じジ泊己 14：56：12 是啊！

大副 14：56：44 你是聪明人，何必做无用功？

じジ泊己 14：57：44 我只是对我们学校不满…因为我们学校制度不对。

大副 14：58：42 现在的学习确切地说，就是为了竞争接受高等教育的机会和层次。你如果需要高等教育，那就你要应试学习，虽然这种方式不科学。

じジ泊己 14：59：49 是……我们学校都是假的，欺骗人民……

大副 15：01：49 总管学校的事情干啥？你觉得有必要接受高等教育，你就学得了。全国的应试教育都是大同小异，哪里不是如此？那你最好状告教育部。

じジ泊己 15：03：55 不是……就我们学校特殊……

大副 15：06：23 农村有句话，拉不卜屎来怪茅房。这句话说的就是那些失败的人总是在埋怨环境的不好。我看你就有这种倾向。很多政府官员贪污腐败，欺压百姓，你单靠个人的力量能改变吗？我建议你有时间了读点历史和哲学方面的东西，帮助你认识社会的发展。反思一下自己，给自己找条路，才是真的。

じジ泊己 15：09：37 嗯……学校和社会是完全不同的两个概念，现在有机会抱怨，为什么不说呢……在社会上就没有机会抱怨了……不是吗？现在有了抱怨，应该说出来，才能排解压抑。

大副 15：09：57 很有道理。不过，学校就是社会的一个组成部分，也是大社会的一个缩影。

じジ泊己 15：13：20　学校比社会还黑暗。

大副 15：15：45　任何人的发展都有两个方面的原因，外在的和内在的，外在的是指社会环境（包括学校），内在的就是个人自己。请问，你自身有哪些问题？

じジ泊己 15：16：35　您的心理学是自修的吧？

大副 15：17：39　是，通过自学考的研究生，但是你不要回避问题，请问你自身存在哪些问题？

じジ泊己 15：18：57？　我自身？我觉的我受不了……

大副 15：19：49　对，说说自身的问题，这是两个基本方面之一。

じジ泊己 15：21：56　现在好像在写一篇作文。

大副 15：24：26　你知道有个成语叫，怨天尤人，说起别人的问题一大堆，越说越起劲，但是就是闭口不谈自己的问题。这样的人总是要求社会环境完美，却总是不高标准要求自己。

じジ泊己 15：25：47　不是……我对自己要求的很高。

大副 15：26：07　那就说说你自己，只说你自己。

じジ泊己 15：26：22　哪方面？你说一个东北人去广东会什么样？

大副 15：27：55　去哪里都一样，成功的关键在自己。

じジ泊己 15：30：26　不对。

大副 15：30：38　我昨天早晨跟一个刚刚退伍的美国大兵聊天，他参军总共 4 个多月，回来之后本想靠自己从军的阅历，找份工作，可是怎么也找不着。然后，我就问了他一个建议。

じジ泊己 15：31：05　什么建议？

大副 15：32：43　如果你想挣得多，而且工作环境舒服，那你就得有一技之长，而要有一技之长，就得接受相应的高等教育。我建议他 return to college。

じジ泊己 15：36：53　呵呵。

大副 15：37：29　结果就是我们俩不谋而合。

じジ泊己 15：40：36　呵呵呵。

大副 15：42：07　就是单干，也是有专长的有优势。

じジ泊己 15：42：27　是，您误会我了，我是个比较实际的人。

大副 15：43：34　做了，立马就得有回报。

じジ泊己 15：46：52　我就是受不了这儿的人满脑子都是幻想。

大副 15：47：50　自己还没着落呢，你老管别人干嘛？

じジ泊己 15：48：35　所以我应该去调节好自己……

大副 15：49：17　你知道南方人和北方人的区别吗？

じジ泊己 15：49：47　南方人比北方人聪明多了。

大副 15：50：10　不是。

じジ泊己 15：50：38　那是什么？

大副 15：52：59　南方非常富裕发达，每家每户都忙着给自己挣钱，根本没有功夫去侃大山。北方就不同了，相对落后贫穷，越穷越有时间议论是是非非，这样的村子常常是非很多，无事生非吗？

じジ泊己 15：54：11　呵呵……挺逗！

大副 15：55：18　逗乐？你去趟南方就有体验了。你现在的心态就是北方人的一个典型缩影。

じジ泊己 15：56：27　您不是北方人吗？

大副 15：57：01　我是北方人，但是我的意识理念与南方人相似。

じジ泊己 15：58：02　别欺骗自己了……大街上谁不是在努力赚钱？没时间侃大山。

大副 16：00：35　那就再见吧，你知道我平时与人咨询个人发展问题都是收费的，一个小时就是600块，虽然并不是总咨询。今天跟你聊天，只是在你的人生路口上提些建议，供你参考。你已经占用了我很多时间了。

じジ泊己 16：01：28　我只是对您的专业性提出质疑。

大副 16：02：07　随便你怎么说吧，我从不在乎别人怎么看。再见。

じジ泊己 16：02：27　给您提个建议……对待心理问题应该实际。

大副 16：03：04　谢谢。

じジ泊己 16：04：08　客气……谢谢，您的这篇文章很有文采。

感触： 心理学上有个归因论，其依据就是人对事情的成败总是要找个原因，以维持内心的平衡。当人成功的时候，人就喜欢把成功的原因归结为自己有能力。当人失败的时候，人就喜欢把失败归结为外界环境不好，这就是平时我们说的怨天尤人。上面的这个男生恐怕就属于后者。

人的心理上的问题归根结底，就是人在世界观、人生观上的问题。像上面这个男生，如果凡事多从个人找原因，他就没有工夫去寻思学校有什么毛病，而是着力改进自己，这样才能谋求个人的发展。他的问题就是既反感应试教育，又需要应试教育，因为他一直没有找寻到适合自己的学习和发展的途径。

笔者在与其交谈的过程中，努力使其面对现实，面对自己，给对方开出的是一剂猛药，言语有些刻薄，以促其觉醒。

3. 我感觉我注定是要失败的

大副 21：03：24　复习得怎么样？还是挺辛苦吧？

注定伤心 21：03：36　还没什么感觉，我是一个不喜欢学习的人。

大副 21：05：14　那是你没有找到吸引你的目标。

注定伤心 21：05：46　反正我对什么都没兴趣。

大副 21：06：55　是吗？如果是这样的话，生命还有什么意义？

注定伤心 21：07：12　就是觉得活着没劲。

大副 21：09：15　活得没劲，可能是因为长期没有体验到成功的感觉。

注定伤心 21：10：26　不是。

大副 21：11：19　要不就是没有找到自己可以为之努力的目标？

注定伤心 21：13：36　我没有目标。

大副 21：14：23　说说你的兴趣爱好。

注定伤心 21：15：37　睡觉，整天睡觉都睡得着。

大副 21：17：58　生命在睡眠中，唉，太可惜了。我和你有些不同，我特别怕死。

注定伤心 21：19：12　为什么？

大副 21：20：58　感觉活着有意思。

注定伤心 21：21：08　哦。

大副 21：22：02　当我没有目标的时候，我就给自己树立一个带有挑战性的目标。有目标的生活，即使不成功，也是精神充实的。

注定伤心 21：24：32　我没兴趣。

大副 21：25：15　我没有目标的时候，是最空虚的时候。比如说，我考上研究生之后感觉特别空虚，因为原有的目标实现，暂时没有新的目标。没有目标，就根据自己的能力和兴趣树立一个新的，当然，树立新目标也是要经历一个探索失败再探索的过程。

注定伤心 21：29：52　还有两个月就高考了，什么都完了。

大副 21：31：44　一次高考不行了，还有 2 次，3 次，我考研就是 3 次。

注定伤心 21：32：55　我可没那个毅力。

大副 21：33：28　善待失败，失败是成功之母。那你太贪婪了，净想着一帆风顺的成功。

注定伤心 21：34：26　是啊，我知道。我是一个失败的人。

大副 21：36：46　总是梦想着简简单单就可以成功。

注定伤心 21：37：57　不，你错了，我没有梦想成功，我知道我不会成功。

大副 21：39：27　做任何事情都有两种可能，成功和失败。梨子不尝尝，你怎么就知道是酸的还是甜的？

注定伤心 21：41：27　一个人心死了，就什么都完了。

大副 21：43：29　你太注重结果和别人的评价了，所以我说你有些贪婪。你要的东西太大了，当然就难以感觉到希望。

注定伤心 21：45：12　你知道我想要什么？为什么说我要的东西太大？

大副 21：47：02　如果你只想做一件很小的事情，成功了，你就满足了，就品尝到了人生的乐趣。什么叫知足者常乐？这便是。你感觉不到人生的快乐，你是一个太不知道满足的人。

注定伤心 21：50：20　是吗？

大副 21：51：42　你说不是吗？

注定伤心 21：53：13　或许吧。

大副 21：54：45　一定的，你有摄像，让我看你一眼？

注定伤心 21：55：47　对不起，算了。您的家庭一定很幸福吧？

大副 21：57：42　是的。你的家庭不幸福吗？

注定伤心 21：59：51　不是，狠幸福。

大副 22：02：38　知足才能满足，知足就是降低对别人的要求，也包括降低对自己的要求。

注定伤心 22：04：58　嗯，我对别人没什么要求。

大副 22：05：36　对自己呢？你绝对是对自己要求太高，你是一个追求完美的人，你应该曾经很成功过。

注定伤心 22：07：31　呵呵。

大副 22：08：52　难道我说得不对吗？

注定伤心 22：09：24　不是。

大副 22：11：56　请先恕我直言

注定伤心 22：12：10　可以。

大副 22：13：01　贪心的人都是一些小有才能，且有小成就的人，否则就没有贪婪的基础

注定伤心 22：15：27　您不愧是心理学家啊！

大副 22：16：30　你高抬我了。你知道我为什么能成功吗？

注定伤心 22：17：41　请您说说看。

大副 22：18：51　我对外界需求很小，甚至有人曾经说我精神上有毛病，我都不予以理会，这是指我在中学工作时。

注定伤心 22：20：47　对外界需求小？怎么讲？

大副 22：21：38　我是个我行我素的人，基本上不关心外界评价，若说有关心，也只是本能反应。

注定伤心 22：23：58　噢。

大副 22：24：58　对外界需要少了，自己的精力就集中了，如同钉子一般，所以一些较难的事情也可以做得来。

注定伤心 22：26：13　嗯。

大副 22：27：12　你牵挂的事情太多了，所以你必定失败，因为人的精力是有限的，你分散了精力。

注定伤心 22：29：31　这一点我承认。

大副 22：30：06　你是个很聪明，也很有悟性的人。

注定伤心 22：31：18　这倒没觉得。

大副 22：32：01　先别呵呵，正是这些聪明耽误了你，影响了你的心情。

注定伤心 22：35：32　具体呢？

大副 22：36：05　因为你聪明，所以你心高，而心高就是贪婪。

注定伤心 22：38：24　嗯。

大副 22：40：52　你知道这个词吗？大智者若愚。

注定伤心 22：41：06　知道。

大副 22：42：28　你解释一下。

注定伤心 22：43：52　就是真正有才能的人不显露出来，不知道对不对？

大副 22：45：00　很正确，其含义很深。大智若愚的基本含义就是"才智很高而不露锋芒，表面上看好像愚笨"。出自宋苏轼的《贺欧阳少帅致仕启》："大勇若怯，大智若愚。"

真正聪明的人在别人看起来确实很傻，常人是绝对不会这么办的。常人喜欢斤斤计较，喜欢抱怨，而智者不会。常人对很多事情要求很高，要求高了自然难以实现，所以抱怨就多，而智者对于很多事情要求不高。常人喜欢在人面前显露个人的聪明，以博得在人面前的荣耀，而智者则处处低调。常人表现的是人的本性，在他们眼中智者对本性的超越绝对是不可以理解和接受的，他们是不会像智者那样做的，打死也不改本性。

注定伤心 22：48：44 噢，比照自己，我一定属于常人那一类的。

大副 22：50：41 大家都是常人，如果我们向智者学习，对很多事情要求很低，也不奢求在别人面前的荣耀，自然就容易满足，快乐在个人的精神世界里就逐渐多起来了，这时的人就会感受到生命的价值。标准定的低一些，收获的就是成功。收获成功的时候，你还感觉生活没有快乐和希望吗？

注定伤心 22：52：55 是啊？

大副 22：53：14 有所为，有所不为，才能有所为。什么都想做，什么都想得到，这注定是什么也得不到。当人感觉什么也得不到的时候，绝望就是自然生发的。

注定伤心 22：54：50 嗯。

大副 22：55：04 我无意中也暗合了智者的一些做法。别人曾经说我精神上有毛病，但是我都不理会，甚至窃喜，你看，我能做到我行我素！

注定伤心 22：57：51 我不想别人关心我。

大副 22：58：07 这不是你的心里话，这只是绝望之后的想法。任何人都是在乎别人的评价的，包括伟人。马克思在资本论的扉页上引用的就是但丁的话，走自己的路让别人去说吧，实际上就是专注做自己的事情，不计较外界的评价。但实际上，如果说他本能上不在乎别人的舆论的话，他也不把这句话放在扉页上了。重视，但要用理智把它放在一个很低的位置。这就是我对马克思的理解。

注定伤心 23：01：02　嗯，理解。

大副 23：02：52　马克思再聪明，他也是普通人，他很在乎别人的评价，但是他能用理智收敛自己的本性，使自己变得不太贪心，所以他就成功了。

注定伤心 23：05：59　嗯，谢谢老师。时间太晚了，打搅您的休息了。希望以后还有机会和您聊天。

感触：去除人的贪婪，就会减轻人的载荷。轻装前进，跑起来自然轻松。这个时候，想暗示自己跑不快都没理由了。

4．考得不好，感觉谁也对不起

哆啦Ａ梦 17：58：09　考得不好，感觉自己谁也对不起。

大副 17：59：27　尽心了，努力了，就都对得起了。

哆啦Ａ梦 18：01：19　可是父母是在乎结果的，周围的人也是在看你的学习成绩。我成绩不好的时候，父母还没完没了地做"思想工作"。

大副 18：03：27　谁不想出好成绩啊，可是谁也左右不了结果。谋事在人，成事在天。结果是老天爷管的事情，咱只能管自己能管的事情。非要管老天爷才管的事情，只能是给自己增加无谓的烦恼。

哆啦Ａ梦 18：05：11　道理我也知道一些，可是……

大副 18：06：27　知道对不起父母和关心自己的人，

说明你还是很懂事的，但是你非要关注结果，这说明你有些贪婪，恕我直言，一是你非得管个人管不了的事情，二是你很好面子，你渴望周围的人都能对自己有个好评价，高看自己一眼。

想到了，但却做不到，说明自己认识不深刻，而认识不深刻就注定自己的思想缺乏定力，外在环境就会很容易影响个人的思想和情绪。

哆啦A梦 18：08：16　嗯。

大副 18：09：27　人唯一能把握的就是自己。自己是否努力，这个是由自己来把握的。努力了，就说明自己真正内心没有任何缺憾。如果以成败论英雄的话，那些被飞弹打中倒下去的烈士难道就不是英雄了吗？他们当然是英雄。你现在只要努力了，尽了最大的努力，那你对得起任何人，包括你自己，这是最现实，也是唯一正确的思路。咱不能太眼皮薄儿了，那样要求自己的话，就太苛刻了。

哆啦A梦 18：12：09　那如何对待父母的"思想工作"？

大副 18：13：27　对待父母也很简单。你可以这样处理，让老爸老妈看看，自己已经快到了极限了，再唠叨闺女就疯了。你可以到网上看看，出事的学生可不少啊，你还是希望女儿健康活泼在你面前？另外，您老跟我提要求，那人家谁的父母可比你强多了，你得努力呀，非得追上人家，你才有资格这样要求我呀！

哆啦A梦 18：15：13　我不敢……

大副 18：16：27　父母就是这样，你要硬了，他们就软。他们的强硬也是你给惯出来的。我在中学教书的时候曾经有这样一个学生，父亲很懒，她就到乡政府告他，结果父亲颜面尽失，以后再也不敢小视女儿了。你不见得非要像这个女生一样，但是你可以坚定态度，并用你的智慧让父母软下来。

哆啦A梦 18：20：29　老师，您这招挺绝，我会努力赢得父母的理解的。

大副 18：21：27　在我中考的时候，我父母是非常开明的。父亲早早地告诉我，你只要上学我们就供你。你要想将来生活得好，就得学习。中考前，父亲对我说，你能考得上中专，就上中专。上中专在我那个年月是最好的选择。考不上中专，你就上中师。上不了中师，就上一中。上不了一中，你就上镇中。镇中上不了，还有农校。农校当时是学习半天，劳动半天。农校就是现在的职业学校。职校你也考不上，那我就送你到城里学修理钟表，那时修理钟表是很吃香的。所以我中考前没有任何思想负担，只知道努力就够了。当时，我对于考试排名一概不闻不问，有的排名是中考才听同学说。当时对成绩都麻木了。在中考过程中，物理感觉挺难，没考好。物理结束后，我也不同同学议论，我知道议论也没用，而且还影响成绩。努力准备下一科就是了。结果，物理及格了，全县的及格率才20%，我考得还是不错的。总成绩超出县一中录取分数线整整100分，排名全县3700多名考中的第14名。

哆啦A梦 18：26：39　老师您很棒，我也向您学习，对成绩麻木起来，只管耕耘不问收获。谢谢老师的点拨。

感触：做自己能力范围之内的事情永远轻松。

5. 考试前我总是睡不着觉

婞福 & ＿゛ 13：21：17

老师您好！我考试前睡不着觉。整晚在做梦，这是怎么回事？

　　大副 13：23：20

　　考试焦虑，因为你太在乎考试的结果了。方法，如果你真地能只管耕耘，不问收获，自然你就轻松了。其实，你越想结果，越是在阻挡自己前进的道路。索性就不去管它了，反正你也左右不了结果，干嘛做做不了的事情呢？

　　婷福＆＿＇ 13：25：28

　　嗯。

　　大副 13：26：32

　　考试焦虑产生的根本原因是对考试结果抱有过高的期望，华山一条路，压力大，焦虑就严重。从根本上解决问题，是为个人的发展多备几条路。如果自己的发展道路有N条，那么他就不那么紧张，那么焦虑了，睡觉一定安稳许多。

　　婷福＆＿＇ 13：28：49

　　有的时候，真是难以入睡，这时该怎么办？

　　大副 17：29：22

　　当你越睡不着的时候你越想，这时候你常常会要求你快点睡觉，提醒自己明天还有那么多学习任务呢，可往往是越要求，反而越睡不着。

　　婷福＆＿＇ 13：31：11

　　对。我还常常数数，听别人说这样可以使人入睡，但效果也并不好。

　　大副 17：32：26

　　要想让自己摆脱失眠缠绕的方法也很简单，那就是既然越要求自己越适得其反，那就干脆不管了，顺其自然，不要用意念强迫自己快点睡觉，爱啥时候睡就啥时候睡，那么入睡速度反而会更快一些。

婷福 & ＿ ˋ 13：35：37

我会尝试的，谢谢老师。

感触：顺其自然，无为而为。

6. 高考考场紧张了怎么办

逍遥岛主 20：39：02　老师，高考考场上紧张怎么办？

大副 20：40：27　紧张，都是因为你太想考好了

逍遥岛主 20：41：02　怎样才不会紧张？

大副 20：42：56　如果你对对待高考采取无所谓的态度，就一点紧张也没有。你不是逍遥岛主吗？为什么不逍遥一些？多为自己准备几条后路，如狡兔三窟那样，你的紧张程度自然降低。

逍遥岛主？20：44：02　我要是现场紧张了怎么办？

大副 20：45：56　我刚才讲的是治本的方法。如果远水不解近渴，一时没有找到更好的备用出路，那么我有两条建议给你。一、你要认识到，面对决定自己命运的考试任何人都会焦虑，不同的只是焦虑的程度不同，这样就会使自己心态略微平衡一些。二、在进入考场后、发卷子以前，安静地做一做类似眼保健操的保健操，以使自己尽快心情平静下来，去除杂念。当人的心情平静下来时，考试焦虑就达到了一个正常的水平了，正常的考试焦虑是有利于个人临场发挥的，因为他使人保持应试所需要的一定的紧张感，这是能够提高效率的。

逍遥岛主 20：49：02　谢谢老师。

感触：及早标本兼治，就会及早使考试焦虑处于正常水平，使之成为有利于自己在考场上发挥的积极因素。

7. 进入名校的捷径——成人高考

大副 18：04：12　除了高考外，你还有一次机会。

鱼儿 18：05：52　怎么说？

大副 18：07：30　8 月份报名，10 月份考试的成人高考。

鱼儿 18：08：45　前几天我的确在网上搜到过这样一篇 2006 年的报道："成人高考成读名校捷径，逾万人挤爆咨询会"，报道中提到很多高考落榜生也来参加成人高考，我也很感兴趣，但是具体怎么成为进名校的捷径，我还没看明白。

大副 18：09：12　成人高考的机会应该比你们现在参加的高考机会要好得多。我给你举例说明。一个朋友的孩子曾经告诉我这样一件事情，她在高中是学习算是比较好的一拨儿，她高考才考了个普通院校的本科，而她同班一个女同学的平时成绩根本跟她没法比，高考成绩很差，但是她却居然通过成人高考考上了一所重点大学，这让她慨叹不已。这个捷径其实就是田忌赛马。

鱼儿 18：12：29　田忌赛马？

大副 18：13：45　对呀，成人高考相当于业余比赛，而你们参加的高考则是专业比赛，你们专业选手在专业赛中可能很难有优势，但是打业余赛还是绰绰有余的，就像孙膑和田忌用二等马与三等马赛跑一样，胜负是没有悬念的，要不学习很差的人怎么可能通过成人高考进入名校呢？

鱼儿 18：15：29　谁不想进名校啊，只是没想过……

大副 18：16：45　进名校有很多的优势。

师资力量雄厚。名师出高徒。别看是成人高考班，但是师资力量和别的班级是一样，学校不可能会刻意挑一些水平相对较差的老师来讲课和选择一些落后的教学设备？

名校教育资源丰富。很多名人都乐意到名校做演讲，况且名校之间的学术交流非常频繁，这是一笔很重要的优质教育资源。

校际资源丰富。名校往往扎堆。你是北大的，但是你可以到清华听课，听讲座，只要你比别人到的早，肯定有座。

第四，机会多。用人单位都乐意到名校招人，自己打着学校的招牌也好找工作，成人班的虽然不如通过普通高考的牌子靓，但那也是名校的毕业生！何况在那么优越的环境中接受熏陶，人的潜能会得到较为充分的开掘，成人班的学生也会很优秀的。

当然，你必须上全日制的，这样才能和其他大学生一起共同享受同样优质的高教资源。

鱼儿 18：21：36　成人高考考什么，多少分可以进？

大副 18：22：41　也是高中的那些内容，只不过更简单。成人高考的复习资料和往年的试题在各大新华书店里都可以买到，看了你就知道是否是业余赛的水平。这是我刚从网上搜到的 2008 年北京市成人高校招生录取最低控制分数线。

高中起点专科

文史外语类：162 分　艺术类：72 分　理工类：132 分

体育类：95 分　高中起点本科　文史外语类：266 分
艺术类：172 分　理工类：180 分　体育类：130 分

鱼儿 18：25：48　这么低的分儿？都是考哪几科目？

大副 18：26：41　这个你可以在各地的招生简章中查询到。比如，我刚才到北京教育考试院网站上查到《2009年北京市成人高考招生简章》，上面就有你要了解的东西。

高起专各专业考试科目是三门：语文、数学（文科或理科）、外语。

高起本各专业考试科目是四门：语文、数学（文科或理科）、外语、史地或理化。

每门满分都是150分。专科总分是450分，本科总分是600分。

鱼儿 18：29：48　这么低的分儿！

大副 18：31：02　要不怎么叫捷径呢？请问你在哪那个大城市有亲戚？

鱼儿 18：32：34　北京、承德，老师你问这干什么？这也与成人高考有关系？？

大副 18：34：02　当然，这不是为了走捷径吗？承德就不必要了，城市小好学校少。

2009年7月21日公布的《2009年北京市成人高等学校招生简章》对报考对象有这样的规定：考生应选择在本人户口所在地或居住地的区县报名确认点办理确认手续。在北京工作，无北京市户口的考生，到暂住证所在地的区县办理报名确认手续。报名确认时考生须持本人居民身份证，无北京户口的考生还需携带暂住证。看出门道儿没有？没有北京市正式户口也可以参加北京市的成人高考！每年的政策基本稳定，几乎是没有变化的，所以这就意味着你每年都有这样的机会！

鱼儿 18：38：34　高考移民？

大副 18：40：02 比那容易多了，因为办理暂住证是非常容易的事情。我曾经在北京市公安局的网站上检索过，"凡年满 16 周岁，在本市暂住时间拟超过 1 个月或拟在本市从事务工、经商等活动的外地来京人员，应申领《暂住证》。"只要你打算暂住 1 个月，就可以拿着身份证去办理。北京各个派出所的户籍科都会免费办理。你要是北京有亲戚，你不就很方便地办理暂住证了吗？

鱼儿 18：42：33 那我就去北京。

大副 18：43：09 你提前一点去北京，赶在报名之前，到那里之后就到附近的派出所办一个暂住证。

鱼儿 18：44：52 感觉这样的话太容易了。那去了能跟上么？

大副 18：45：45 大家去的情况都差不多，不存在跟不上的问题，再说了即使有困难，也是能克服的。你选择的是你感兴趣的，你想学，当然就可以学。天才就是强烈的兴趣。任何人找到自己的兴趣点，就都是天才。

鱼儿 18：48：40 幸亏有老师的点拨，我有点拨云见日的感觉。由衷地感谢您。

大副 18：49：45 仅供你参考。

感触： 机会面前人人平等，差别仅仅在于如何把握和利用机会。

8. 复读，就为了心中的名校情结

寻梦 19：16：57 本来我是喜欢学历史、文学一类的，可是到网上一搜，这些专业确实不好就业。我爸跟人咨询了一下，在文科类不多的技术性强、应用面广的专业中，会计算一个，况且我爸妈也都是学会计出身的，母亲已经是单位财务部经理了。这样，我就决定学会计了，对历史、文学只能作为个人的业余爱好了。心中理想的学校是东北财经大学，可是549的分数，肯定是没有希望，不过，我不认可，我也不服输。平时的哪次摸底考试都是远远高于549这档分数的，我这次一定是没有发挥好。我打算复读一年，争取来年考进东北财经大学。

　　大副 19：23：38　会计专业是个技能性工作，不像自然科学和社会科学那样有广阔的探索空间。就专业而言，任何一所大学基本上都可以学会，甚至在专门的会计学校时间会更短，效果会更好，因为这样学校都是着眼于实战和应对各种会计资格考试。如果你一旦通过注册会计师考试，你的就业前景胜于一般的硕士、博士的就业前景。在这个方面，重点大学并无明显的优势。会计技能学会之后，要想成为一个好会计，很多功夫是会计之外的，比如与领导、与同事、与客户的关系等。现在学会计的人很多，就业相对也容易，毕竟办企业的多了，但是做好会计，很多是会计之外的素质和功夫。

　　寻梦 19：26：36　但是我还是想考个重点，我的确是有能力的……

　　大副 19：27：48　我相信你有这个能力，但是想一想高三一年也不是好过的。你如果真有心，你还不如把这些功夫放在在外语方面。外企很多，出口企业也很多，如果你外语能力强，你可以到这些涉外的企业，工资高，条件优越。在国内虽然任何企业报账都是中文，但是老板还是需要英文版的，而这正是一般人所不具备的优势。财务是企业的关键部门，做财务工作前途无量。

　　名校情结这是学校和家庭熏陶的结果，名校虽好，但是也要根据自己的需要。贪慕虚荣，花费一年的时间太不值得了。你如果早上一年学，首先你要轻松，而且基础更牢固，成功就会在你眼前。外语学习，我建议争取与外教学习，这样学出来的才是真正与人沟通的语言能力，当然，学费贵些。

寻梦 19：32：57　谢谢老师，我会认真考虑的。

感触：名校确实很好，但是也不要迷信。对于个人来说，合适最重要。